천추태후와 남첩 ㅣ

천추태후와 남첩 1

신주현 지음

도서출판 선영사

| 미래의 참된 삶을 위해서 |

단군 이래 우리 한반도에는 대략 삼십여 개의 크고 작은 나라가 출몰하였고, 그에 따라 유명한 여걸과 왕비만 해도 백여 명에 이를 것이라고 한다. 그러나 한편으로는 고려 6대 성종조成宗朝 때의 두 왕비처럼 괴상 망측한 사통私通으로 세상은 물론이고 만월대滿月臺의 수창궁壽昌宮의 지초支礎까지 떠들썩하게 진동을 시킨 왕비는 고금 동서에는 아무도 없었을 것이다.

더욱이 애석한 것은 거란契丹의 3차 침략으로 인하여 역사적인 가치를 가진 건물은 물론 기록까지도 절반이, 아니 어쩌면 그 이상이 암매장을 당하거나 편중되게 한 원인을 불러일으키게 했다. 이로 인해 우리 민족은 이 땅에 찬란하게 꽃피웠던 역사들을 잃은 채 수난을 계속적으로 당하고 있었던 것이 근래까지의 실정이었다.

그런데 몇몇 문학가나 저술가 및 드라마 작가 등이 이 책의 주인공인 천추태후, 즉 헌애왕비를 고려 초기 네 명의 왕경종·성종·목종·현종을 이끌었던 막강한 정치가로 묘사하고, 자신의 영욕을 떠나 국가의 융성과 이상을 위해 몸바쳤으며, 특히 목숨을 걸고 세 번이나 거란의 침략에 맞서 싸웠던 여걸로서 미화시키고 있다. 또한 그녀의 파란 만장한 삶과 더불어 품고 있는 야망에 초점을 맞추어, 그 당시 시대상에 기인한 혼란과 갈등, 그리고 화합 등을 생동감 넘치게 그려 보여 줌으로써 오늘을 사는 우리에게 거울이 되고자 했다.

물론 이러한 시도는 국가적인 자존심과 민족적인 자존감을 위해 충분히 이해할 수가 있고 박수도 받을 만하다. 하지만 지나친 역사의 왜곡이나 어처구니없는 비약은 또 다른 비극의 씨앗들을 잉태할 수 있으므로 냉철함과 신중함을 잃지 말아야 한다.

그러므로 미래의 참된 삶을 영위하기 위해 역사의 비극을 실감해야 하는 것이 현대인들의 절대 불가결한 처세의 길이니만큼, 저자는 한국의 역사와 인접국의 역사 자료들을 비롯, 일화와 전설에 이르기까지 이것들을 총괄하여, 잃어버렸던 우리 겨레의 소중한 궁중 비사를 적나라하게 발굴하고자 하려는 의도이다.

　그런데 발굴 과정에 이상한 점이 간혹 있어서 그것에 대해서는 부득이 나름대로의 자취를 짐작하고 가명도 사용하였으니 널리 양해하시기 바라며, 아울러 이 저서를 애독하여 주시는 데에는 감사하나 발굴 과정에서 희비의 실상들을 속 깊이까지 적나라하게 발굴을 하려다 보니 본의 아니게 충격적인 참상과 쑥스러운 점도 많아, 마음이 나약한 아녀자나 미성년자는 죄송스럽지만 이 작품의 독서는 삼가 주시기를 거듭 당부하는 바이다.

저자 신주현

목
차

무너진 두 왕비의 수절

　　5일에 한 번씩 소집되는 조정 회의에 입회하고자
만월대에 예궐하였던 중추부사 채충순蔡忠順은 여러 명의 문무 당상들과 같
이 상정전詳政殿 탑전榻前:임금의 자리 앞을 마악 들어서려는 참인데, 이 때 상
정전 정문 앞에는 뜻하지 않는 천추궁千秋宮의 수직내관守直內官이 애타게 기
다리고 있었던 듯 갑자기 나타나서 앞을 가로막으며 국궁하면서 아뢰었다.

　"채부사 나으리. 소인 기다리고 있던 참입니다. 탑전에서 입조심하시는
줄 잘 압니다만 외람되나 궐 안에 괴상스러운 변고가 있는 듯하여 긴밀히
뵙고자 하오니 잠시 조용한 자리로 옮겨 주시지요."

　천추궁 수직내관은 중추부사 채충순에게 나직이 독대를 청한다.

　"어허, 궐 안의 괴상스러운 변고라면 주저할 일이 아니라네. 어서 조용한
곳으로 옮겨서 그대의 말을 들어 보세."

　하며 중추부사 채충순은 발걸음을 돌려 상정전 앞 넓은 뜰 건너편에 있
는 의봉루儀鳳樓로 자리를 옮겼다.

　두 사람은 뭇 사람과의 이목과 멀리 떨어진 의봉루 누하에 선 채 마주 대

하고 있었다.

"아닌 밤중에 홍두깨라고 하더니만 느닷없이 무슨 괴변이란 말인가? 어서 차분하게 사연을 일러 보시게."

"예, 여쭙기가 쑥스러운 일입니다만 보고 느낀 대로 여쭙겠습니다. 지금 천추전에서는 괴상한 일이 벌어지고 있는 것 같습니다. 소인은 수일 전부터 이 일을 채부사 님께 의논 드리고자 벼르고 있었으나, 서로 만날 기회가 여의치 못하여 오늘에서야 비로소 뵙게 되었음을 양해해 주십시오."

"알겠네. 어서 긴장을 풀고 자초지종을 자상히 일러 보시게나."

"예, 그럼 여쭙겠습니다. 사연은 다름이 아니라 소인이 보살피고 있는 천추전에는 달포 전부터 가사 장삼으로 승려 법복을 걸친 칠척 거구의 건장한 까까머리를 한 중이 헌애마마獻哀王妃:선대 성종의 비, 천추태후에 참선을 시킨답시고 침소에 들락거리더니, 근자에는 밤낮을 가리지 않고 두문 불출하며, 침식도 같이하는 형편입니다.

지금 이 아침에도 그는 물러가질 않고 있는데, 그들 품행이 하도 수상스러워 이렇게 말씀드리는 것입니다."

"뭣이? 달포 전부터 가사 정삼에 승려 법복을 걸친 까까중 한 놈이 천추전 헌애마마에게 참선을 시킨다고? 더구나 근자에는 두문 불출하고 침식까지 같이하며, 지금도 머물고 있다는 말이냐?"

"예. 그렇습니다. 우리 종묘 사직을 지키며 다스리는 신성한 궁궐 안에, 더더군다나 소인이 담당하고 있는 천추전에 이런 해괴 망측한 일이 있으니 행여 나중에라도 주상 전하로부터 묵인죄로 큰 힐책이나 당하지 않을까 우려되어 지금 채부사 나으리께서 이 의문을 풀어 주십사 하고 드리는 청이옵니다."

"음, 자네의 뜻은 족히 알고도 남네. 한데 수일 전부터는 한방에 두문 불출하고 침식도 같이하며 머물러 있었다니, 대관절 그 위인은 어느 절간에 있는 누구이며, 그 동안 해 왔던 어떠한 행적도 모른단 말인가?"

"예. 소인이 헌애마마에게 어떤 분이시냐고 여쭈어 보았더니, 우리 왕실의 외척되는 김치양金致陽이란 분으로서 불교를 선교하는 선사님이라 하실 뿐, 그 외에는 어떠한 말씀도 없었습니다."

"그 동안 침소 안에서 이상한 행동 같은 것은 없었던가?"

"예, 궁중 율법궁중 법도에는 귀빈이건 선사님이건 외간 남성이 들어갈 때는 엄연히 시녀라도 한 사람을 위요圍繞:들러리로서 함께 하셔야 할 텐데, 어인 일이신지 헌애마마께서는 '나 홀로 정숙히 부처님께 참선을 하겠노라'시며 아무도 위요를 못 하게 물리치셨습니다. 그리고 내실에는 문고리를 굳게 잠근 데다 문염자門簾子:커튼까지 둘러쳐져 있기 때문에 소인이 궁금하여 문풍지를 뚫어도 들여다 볼 수가 없습니다. 밤새도록 참선을 하는 것인지 아니면 별 다른 일을 하시는 건지 도저히 모르겠습니다.

하지만 소인의 짐작에는 밤중뿐만 아니라 대낮에도 문틈으로 새어나오는 거친 숨결 소리와 간드러진 여인의 비명 소리를 듣노라면 행여나 간음질을 나누고 있지나 않은가 싶기도 합니다."

"어허— 가지 치지 말고 딱 부러지게 이르시게. 지금도 그런 짓으로 머물고 있단 말인가?"

"예, 지금은 밤새도록 녹초가 되셨는가 천추전의 대들보가 바람에 날려 갈 정도로 두 분의 코고는 소리만 들릴 뿐입니다."

"아뿔싸. 이를 어찌할꼬. 그 말이 사실이라면 우리 종묘 사직에 먹칠을 하는 짓이니 이는 묵과할 수도 없는 일이로구나."

"예. 그렇습지요. 우리 종묘 사직에 먹칠을 할 뿐만 아니라, 장차 보위에 오르게 되실 헌애마마의 소생이신 효신태자孝伸太子의 위신도 깎일 것입니다. 그것이 크게 우려되는 일 아니겠습니까?"

"그러기나 말일세. 남도 아닌 자기 친아드님의 체통을 생각해서라도 화냥질은 삼가야 되겠건만, 스스로 자멸 행위를 저지르고 있으니 민망스러운 일이로세. 하지만 내 직분으로서는 엄엄한 천추전에 쳐들어가 그 김치양이란 까까중을 몰아낼 수도 없고, 지엄한 헌애상왕비를 만류할 수도 없으니 이를 어찌한단 말인가? 실로 난감한 골칫거리로고……."

채충순은 침통한 표정으로 장탄식을 하면서 고개를 떨군 채 고민을 하고 있었다. 채충순으로서는 이 사건 말고도 또 근래에 헌애왕비의 친동생이 되는 헌정왕비獻貞王妃:선대 경종왕의 두 번째 비의 사통私通 관계까지 접수되어 있었다. 그러니 언젠가는 금상今上:현 임금인 성종왕에게 들통날 것이 뻔한 일이라 이번마저 모른 체 방관할 수가 없는 상황이다 보니 무척 난처한 일들이었다.

청상과부로 십이 년을 수절하던 이 두 왕비가 끝내 불륜 관계를 똑같이 자행하였다는 것은 단군 이래로 여러 왕실들 속에 수백 명의 왕비들이 거쳐갔어도 이렇게 불미스러운 간통 사건은 상상하지 못했던 해괴 망측한 일이었다.

그것도 음욕淫慾과 야망을 이루기 위한 간통인가 하면, 다른 한편에는 왕씨 고려의 혈통과 종묘 사직을 다른 성씨에게 빼앗기지 않기 위한 간통까지, 쌍곡선을 자행하고 있는 이런 내역들을 누구보다도 은밀히 잘 알고 있는 채충순이었다.

그는 중추부사로서 궁중의 비위 관계를 주로 규찰糾察하는 직책이건만 아랫사람이 상전의 귀한 손님까지 간섭하는 격이라, 이러지도 저러지도 못하는 난처한 입장이었다.

"채부사 나으리, 무엇을 그다지도 난처해 하십니까? 김치양이란 까까중에게 자객을 보내든가, 아니면 궐문 밖으로 유인하여 외진 곳에서 쥐도새도 모르게 처치해 버리면 그뿐 아니겠습니까?"

"그런 짓은 안 될 일이라네. 그렇게 일을 처리하면 주상께서야 긍정적으로 용납하시겠지만, 명색이 상왕비이신 헌애마마는 자기의 정부情夫를 시해시켰다고 길길이 날뛰며 나를 죽일 것이 뻔하지 않은가."

"오. 채부사 님의 직책에 금중 규찰이시니 그 말씀도 일리가 있습니다. 그러면 어찌하시겠습니까?"

"글쎄나. 이도저도 못할 골칫거리로고……."

"채부사 나으리. 지금 심란心亂 중에 송구합니다만, 소인이 궁금한 것이 있어 여쭙고 싶은데 들어 주겠습니까?"

"어허. 새삼스럽게 그게 무슨 소린가? 자네가 이렇게 막중한 사실을 귀띔까지 해 주었는데 내 어찌 자네의 청을 마다할 수 있겠는가? 내가 아는 것은 대답할 것이니 어려워하지 말고 무엇이 궁금한지 어서 일러 보시게나."

"황감합니다. 소인이 여쭙고자 하는 것은 다름이 아닙니다. 소인은 나으리께서도 아시다시피 본래 망국 신라의 계림궁鷄林宮에 속했던 환관이라 이곳 수창궁에 시관侍官:시종의 우두머리으로 전임된 지 불과 두어 달밖에 되지 않았습니다. 그러니 소인으로서는 아직 친밀하게 대화를 나눌 수 있는 친지도 없기 때문에 지금까지 이 곳 왕실의 매력이나 실정은 잘 모릅니다. 앞으로 소인이 시관으로서의 소임을 수행하자면 누가 무슨 일을 하는지, 또 왕실 내력이나 실정쯤은 대강이라도 알고 있어야 되겠기에 궁금해서 이렇게 여쭙습니다."

"아무렴. 낯선 곳에 새로 전임된 시관들은 당연히 궁금하겠지. 우리 고려 왕실에서 일을 하자면 다른 것은 몰라도 왕실 안의 내력과 실정쯤을 알고 있어야 하고말고. 내가 대강을 일러 줄 것이니 귀 기울여 들어보시게. 지금 우리 왕실에는 말썽이 많은 첫째 상왕비이신 헌애왕비를 위시하여, 둘째 상왕비이신 헌정왕비와 셋째 상왕비이시며 신라의 마지막 경순왕敬順王의 따님이신 헌숙왕비獻肅王妃:《삼국유사》에는 헌숙왕후라고도 함가 계시질 않은가.

이들 세 분 모두는 선대 경종왕의 왕비들로서 그 중에서 첫째인 헌애왕비와 둘째인 헌정왕비는 친자매이며, 모두 사촌지간이었던 경종에게 시집을 왔었고, 또 두 자매는 지금 용상에 앉아 계신 주상과도 친남매지간이라네.

그리고 이 세 왕비들은 모두 열대여섯의 한창 꽃필 나이에 선대 경종왕을 모셨었지만, 경종께선 젊은 나이에 병으로 승하하시니 결국 세 왕비들은 애매한 청상 과부가 되어 버리셨다네.

내력을 좀더 자상하게 말하자면, 당시 경종께서는 세 왕비 말고도 빈이나 귀인·소의昭儀·소용昭容 등 이십여 명의 후궁내명부들이 성은을 바라고 있었네. 하지만 선대왕께서 그들 중 몇몇 분들을 건드리기만 했었더라면 건장한 왕자 아기 한 분쯤은 손쉽게 탄생시킬 수 있었을 것이네.

본래 경종께서는 호색성이건만 허약한 체질인 데다 정력이 너무 없어 결국 첫째 왕비인 헌애마마의 몸에서 이제 열두 살 되는 아들 효신태자 한 분만을 겨우 맡기신 채 승하하셨다네. 그러나 효신태자도 당시 갓 태어나신 유아라 대를 계승하지 못하고 왕위는 경종왕의 사촌 동생이신 왕치께서 마지못해 계승하게 되셨으니, 이분이 바로 고려 6대 성종 임금이신 지금의 주상이시네.

그리고 지금 주상께서도 옥체가 허약하시어 중전文德王后은 고사하고 내명부나 숱한 궁녀들 하나 정도도 건드릴 힘이 없어 일점 혈육이 아직까지 없으시다네. 게다가 이제 열두 살 된 헌애마마 소생이신 효신태자마저도 사흘이 멀다 하고 심장병이다 위장병이다 하고 앓아 눕는 일이 많으니 없는 분이나 다를 바가 없질 않은가.

그리고 종친들로는 주상의 당숙되시는 욱태공郁太公 王郁:태조 왕건의 여덟 번째 아들이 계시고, 형제로는 효덕孝德·경장敬章 두 대군마마가 계시나 팔자가 사납게도 이분들 역시 딸들만 몇몇 두셨을 뿐이니 장차 이 나라 왕실의 혈통과 종묘 사직을 지킬 만한 세자감이 없다네. 그래서 결국 이런 사연들로 하여 지금 왕실의 청상 과부들은 처신을 못 가리고 불륜을 저지르는 모양인가 싶네. 이 정도 일러 주었으면 이젠 알 만하겠는가?"

채충순의 장황한 전말을 듣고 있던 천추궁 수직내관은 그래도 듣기에 의심점이 있는 듯 고개를 갸우뚱거리다가는 재차 물었다.

"예. 이제 왕실 내력들은 대충 짐작은 갑니다만, 한 가지 의문점이 또 있습니다. 만약 헌애마마와 그 김치양이란 위인 사이에서 아들이 태어난다면 후사後嗣로 대체시키려는 음계陰計가 생길지도 모른다는 그런 뜻입니까?"

"글쎄나. 확실한 것은 좀더 두고 봐야 알겠네만 내 생각엔 십중팔구 그런 음계인가 싶단 말일세."

"어허. 그런 것은 천부당만부당 안 될 일입지요. 성씨가 다르고, 혈통이 다르고, 또 품행들까지도 흉직한데 어찌 왕씨 고려의 종묘 사직이 성씨 다른 김씨에게 넘어갈 수가 있단 말씀입니까?"

"그러니까 말일세. 천추전 헌애마마께서 앞뒤를 생각지 못하시고 허망스러운 음계를 자행하신다면 이는 곧 자멸로 가는 길일 걸세."

"헌애마마의 낌새가 그렇다면 큰일도 이만저만 큰일이 아닙니다. 그들의 깊은 관계로 아이가 태어나기 전에 지금 당장이라도 서둘러 손을 쓰시어 그 김치양이란 작자를 쫓아내든가 목을 자르시든가 양단간에 서두를 일이 아닙니까?"

"아암. 아이가 태어나기 전에 서둘러야겠지. 어쨌건 이 일에 대해선 내가 알아서 처리하도록 노력해 볼 것이니 자네는 염려 말고 이만 들어가 보시게."

"예. 종묘 사직과 우리 백성들에게도 거기에 연유한 위험이 크게 미치지나 않을까 우려가 됩니다. 나으리께선 어떻게든 속히 처단하셔야 되겠습니다. 그럼 소인은 이만 물러가 굿이나 보겠습니다."

천추궁 수직내관이 물러간 뒤에도 한참 동안 뒷짐을 지고 그네처럼 우왕좌왕 서성거리며 골머리를 짜내고 있던 중추부사 채충순, 그는 살벌한 참상들이 벌어질 줄 뻔히 알면서도 부여된 소임보다는 신하된 도리로서 묵과할 수가 없었는지 결국은 비장한 표정으로 상정전 조정 회의에 들어갔다.

만월대 수창궁에 참상의 파란이 일기 시작한 때는 지금으로부터 천여 년 전 고려 6대 성종왕 10년서기 991년 신묘년 음력 이월 초이렛날. 엄동 설한에 꽁꽁 얼었던 대동강이 풀리고 삼라 만상들도 겨울잠에서 기지개를 켠다는 경칩날 아침 사시巳時:오전 9시부터 11시 사이 무렵이었다.

중추부사 채충순이 상정전 탑전에 들어섰을 때는 벌써 조정 회의가 끝났는지 탑전 좌우로 홍색 비단 장삼에 쌍학 흉배로 정연히 부복하고 있던 백이십여 명의 문무 당상들이 마악 일어나 하직 숙배를 올리려던 참이었다. 그러나 채충순은 이에 개의치 않고 숙연하게 안으로 들어가 탑전에 엎드렸다.

"주상 전하. 소신 중추부사 이제 늦게나마 알현하옵니다."

"오, 채부사. 어서 오시오. 안 보여 염려를 하였더니 무슨 일이라도 있었소?"

"황공하옵니다. 주상 전하. 일찍 예궐은 하였으나 뜻밖에도 괴상한 추문이 들리기에 염문艶聞을 하느라 이리 늦었습니다."

"어허. 괴상한 추문이라니, 대관절 어떤 추문이오?"

성종은 추문이란 말에 어지간히 놀란 표정이었다.

"추상 전하, 황송하오나 여쭙기 쑥스러운 일이라서 조용히 아뢰고자 하니 모두들 물리시고 몇 분만 계시게 하여 주십시오."

"오, 알겠소."

성종은 잠시 문무 당상들을 둘러본다. 그리고 이어,

"문하시중을 비롯하여, 문하시랑과 병부상서, 그리고 예부상서와 선휘판관, 이 다섯 분은 잠시 기다리시고 그 외 제신들은 모두 퇴청하셔도 좋소."

성종은 다섯 사람에게 잔류를 명한다. 하직 숙배를 올리고 나서 잠시 멈칫거리던 문무 당상들은 정연하게 줄을 이어 물러 나간다. 그리고 문하시중 박양유朴良柔를 위시한 문하시랑 최량崔亮:성종의 스승이자 친구과 병부상서 서희徐熙:문무 겸비한 고려 초기의 명장, 그리고 예부상서 강감찬姜邯贊:문무 겸비한 고려 초기의 명장과 선휘판관비서실장격 황보유의皇甫兪義가 탑전 가까이 채충순 뒤에 한일자로 엎드린다.

"채부사. 괴상한 추문이라니, 어떤 추문인지 어서 일러 보시오."

"예. 여쭙기 송구스러우나 보고 들은 대로 아뢰겠습니다. 오늘 예궐하던 중 입시 전에 뜻하지 않았던 천추전 수직내관의 독대를 받게 되었습니다. 그 사연은 다름이 아니라, 지금 천추전에는 달포 전부터 가사 장삼의 승려 법복에다 칠척 거구의 우람한 중이 참선을 가르친다고 드나들고 있다 합니다.

그런데 수일 전부터는 주야로 두문 불출하고 있고, 오늘 아침까지도 헌애마마의 침소에 머물고 있다하니 이는 왕실의 체통뿐만 아니라 나라와 종묘 사직에도 누가 미칠까 우려되오니 진상을 살펴 보시기 바랍니다, 전하."

"어허. 나라를 다스리는 신성한 궐 안에 추문이 웬말이오? 과인이 알기로는 중이란 온 누리를 돌아다니며 어떤 집이건 들러 일정 시간 설교를 하고 간다는 것은 관례라 들었소만, 십여 년을 수절 중인 청상 과부 독방에, 더구나 왕실의 상왕비 침소에 수일씩이나 두문 불출 기거를 하고 있다니, 대관절 어느 절간의 어떤 중놈이며, 그 동안 행동거지는 어떻다고 하오?"

"예. 여쭙기도 쑥스러운 일이오나, 천추전 수직내관이 헌애마마께 물으니, 외척되는 김치양이란 분으로서 그냥 선사님이라 하실 뿐 어느 절간인지 그분의 거처는 일러 주시질 않더라 합니다.

그리고 참선을 처음부터 배우려면 불상 앞에서 일정 시간 선사의 설교를 듣고 난 뒤, 마음을 가다듬고 정신을 통일하여 무아 정적의 경지에 몰입하는 것으로 알고 있습니다. 그런데 헌애마마께서 참선을 하시려면 궁중 법도에 따라 상궁이나 상의 아니면 하급 궁녀 하나라도 데리고 참선에 임하셔야 될 일입니다.

하지만 어인 까닭인지 헌애마마께서는 홀로 조용히 참선하겠노라 하시며, 침소에는 아무도 위요를 제지하실 뿐만 아니라, 방 안에는 문염자까지 둘러친 탓으로 문풍지를 뚫은들 들여다볼 수도 없으니, 주야로 참선을 하시는 것인지 어떤 별 다른 일을 하시는 것인지 도통 모르겠다 합니다. 그렇지만 대낮이고 밤이고 침소에서 새어 나오는 소리를 들어보면 분명 추행을 저지르고 있는가 싶다 합니다. 왕실에 불미스러운 일이 있어선 안 될 것이므로 이런 일에는 지존께서 친히 진상을 살펴 보셔야 될까 합니다, 마마."

"어허, 듣자 하니 과연 괴상 망측한 추문이구려."

성종은 채충순의 추문설에 크게 놀란 듯 격노하는 표정이었다.

"전하, 쑥스러운 일이라 지존께서 천수전 수직내관을 친히 부르시어 우선 사실들들 좀더 자상하게 친문해 보시고 나서 어지御旨에 임하십시오."

"알겠소. 천추전 수직내관의 말을 좀더 들어봅시다."

성종은 이어 용상 뒤에 시립하고 있는 두 지말나인에게 어명을 내렸다.

"천추전 수직내관을 즉각 대령토록 일러라!"

"장번내관은 천추전 수직내관을 즉각 대령케 하랍신다—"

용상 뒤에 시립하고 있던 두 지말나인이 어명을 받은 즉시 권마성勸馬聲을 크게 외친다.

"예— 즉각 대령시키오리다—"

정정문 앞에 국궁 근시近侍하고 있던 장번내시는 길게 답하며 뛰쳐나간다. 한 궁중 울안이라 잠시도 안 되어 천추전 수직내관이 들어와 탑전에 엎드린다.

"천추전 수직내관 부름을 받고 대령했습니다, 주상 전하."

"천추전 수직내관은 듣거라. 천추전에는 요즈음 중 한 놈이 머무르고 있다던데 그게 사실이렷다!"

"예, 달포 전부터 승려 한 분이 조석으로 들락거리더니 수일 전부터는 아예 동침하기로 되었는가 주야로 두문 불출하며, 침식도 같이하고 계십니다."

"어허. 괴이하구나. 대관절 어느 절간에서 나온 중놈이라더냐?"

"황공하옵니다. 어느 절간에 계시는 승려인지는 모르겠습니다. 다만 헌애 마마께서는 외척이 되는 김치양이란 선사님이라고만 일러 주실 뿐이니 소신으로서는 무엄하게도 더 물어 볼 수가 없었습니다."

"그런 추문이 있었다면 우선 과인에게 실정을 고했어야 하겠거늘 어찌하여 지금까지 고하지를 못했더냐?"

"황송하여 몸들 바를 모르겠습니다. 수일 전부터 고하고자 벼르고 있었으나 한편으로 생각하건대 헌애마마께서는 지체가 상왕비이시고, 또 지존과는 남매지간이십니다.

그래서 사전 협의가 있으신 것 같기도 하여 어찌된 영문인지 확실히 모르니 함부로 여쭙기가 두려웠을뿐더러, 침소 안의 동정을 직시하지 못한 처지로서는 여쭙기도 주저되어 고민 끝에 채부사 나으리께 묻게 되었던 것입니다. 너그러이 살펴 주시옵소서, 주상 전하."

"네 놈이 직책을 경솔히 하였구나. 침소에 외간 남자가 들어갈 때는 상궁이나 상의가 아니면 주변궁이라도 들러리로 곁은 지켜야 할진대 어찌 그리하지 못 하였더란 말이냐? 도대체 방 안에서 무슨 짓들을 하는지 그 내색들을 알 수도 없었단 말이냐?"

"황공하옵니다. 상의가 전선典膳나인으로 들러리를 나섰으나, 헌애마마께서는 나 혼자 부처님께 조용히 참선할 것이니 모두들 물러가라고 엄히 이르시기에 들러리를 못 했으며, 방문을 걸어 잠근 데다 안으로는 문염자까지 둘러쳤으니 소신도 알 도리가 없었습니다. 너그러이 용서하여 주시옵소서, 주상 전하."

"방 안에서 목탁 소리나 불경을 읽는 소리는 기미도 안 보이더란 말이냐?"

"예. 지존 앞에 여쭙기 쑥스러운 말씀이오나 하문이시니 본 대로 이실 직고를 하겠습니다. 눈으로 침소 안을 볼 수는 없었으나 소신이 침소 문틈으로 새어 나오는 소리를 들으니, 단지 거친 숨결 소리와 간드러진 비명 소리만 간간이 들릴 뿐 목탁 소리나 참선 기미는 전혀 없는가 싶습니다. 그러니 자상한 실상들은 지존께서 직접 알아보실 일인가 하옵니다.”

“지금도 머물고 있느냐?”

“예, 긴 밤을 지새시더이다만, 지금은 조용한 기미를 보니 녹초가 되셨는지 천추전의 대들보가 떠내려갈 듯 두 분의 코고는 소리만 진동하고 있습니다.”

“음. 알았다. 그만 물러가거라.”

성종은 기가 찬 표정으로 더 이상 묻지를 않고 내관을 돌려보냈다. 그리고 고개를 떨군 채 침통한 표정으로 잠시 고심을 하다가는 무슨 비장한 결단이라도 굳힌 듯 중신들을 잠시 둘러보고 나서,

“경들은 신중히 들으시오. 이제 천추전의 두 사람은 더 힐문할 여지도 없소. 왜냐 하면 두 사람의 밀접 관계는 과인도 이미 염문을 들은 바가 있었소. 무슨 염문인고 하니, 과인이 보위에 오르기 대여섯 달 전 선대 경종께서 와병으로 신음 중이신데도, 헌애왕비가 취침 때면 몹시 성가시게 보챈다 하여, 급기야는 외척되는 김치양이란 작자를 남첩^{男妾}으로 중매시켰다는 염문이 있었더라오.

하지만 그런 일이 있은 이후 과인은 보위에 오르는 즉시 이들의 밀접 관계를 엄단하게 하였었소. 그럼에도 불구하고 이제 또 나라와 백성들을 다스리는 신성한 궁중에서 이런 추문을 일으킨다는 것은 왕실의 체통뿐만 아니라 종묘 사직에도 먹칠과 누를 끼치는 짓이니 묵과할 수 없는 일 아니겠소.

그리고 헌애왕비는 선왕을 모셨던 상왕비로, 더구나 효신태자의 생모이며 과인에게는 친남매지간의 누이란 체통으로서도 이럴 수는 없는 일 아니겠

소. 과인으로서는 골육지간의 누이란 말이오. 그러니 체통으로서도 그냥 묵과할 수는 없는 일이오.

도저히 용납할 수 없으니 이제 과인은 종친 회의도 거칠 것 없이 이들 두 사람을 궁중 율법에 따라 헌애상왕비에게는 사약을 내릴 것이니, 제신들은 이의 없이 종친들을 비롯해서 백관과 백성들에게도 오해가 없도록 이해시켜 주도록 하시오.”

성종은 지엄하게 독단적 하교를 내렸다. 성종의 강력한 분부가 떨어지기 무섭게 박양유가 나섰다.

“문하시중 박양유 아뢰옵니다.”

“이의가 있으시면 어서 일러 보시오, 박시중.”

“황공하옵니다. 방금 지존께서 내리신 전지傳旨는 궁중 율법에 따라 극형으로 치죄하심이 마땅한 줄 압니다. 하지만 우리 고려는 태조께서 창건 이래로 칠십 년이 지나온 오늘까지도 부처님을 숭상하는 민족이라 역적들 외에는 살육 치죄殺戮治罪한 열성조는 한 분도 안 계셨습니다. 하오니 과분한 형벌을 삼가심이 지당한 줄로 아뢰옵니다. 그리고 천추전 헌애상왕비의 입장으로 보면 자신의 소생으로 지금 열두 살 되는 효신태자가 쇠약하나마 계실 뿐만 아니라, 또 아직 춘추가 삼십 밑이라 청상 과부로 십여 년을 수절하다 보니 천성적 섭리에 따라 이성을 대하신가 봅니다. 또한 골육지간이란 정상을 침착해서라도 과분한 형벌만은 삼가심이 옳은가 합니다. 너그러이 자비를 베푸시옵소서, 전하.”

“박시중의 말씀은 과인도 잘 알고 있소. 하지만 종묘 사직을 올바르게 지키기 위해서도 이런 일을 사사로운 일로 내버려 두어선 안 될 것 아니겠소? 대의 멸친大義滅親이란 이런 때를 두고 하는 말이오. 뼈 아픈 일이지만 골육지간이라도 이런 때는 용납할 수 없다는 말이외다."

성종은 매우 격앙된 표정으로 일축을 했다. 성종의 말을 이어 강감찬이 선뜻 나선다.

"예부상서 강감찬 아뢰옵니다. 지금 말씀을 들으니 전하의 신충宸衷:임금의 마음은 익히 알고도 남지만 대죄인을 치죄하는 데도 굳이 살생만이 능사는 아닌 줄로 아옵니다. 살육을 하시지 않고도 죄질에 따라 남자는 몇 년 귀양이나 징역형을 내리면 될 것이고, 여자는 대형帶刑:여자의 음부에 차는 월경대처럼 쇠로 만든 정조대이며, 뒤에는 자물쇠가 달려 있음이나 형량에 따라 일정 기간이 지나면 참된 사람으로 개과 천선은 될까 싶습니다. 남매지간이란 골육도 참작하시어 한 번은 너그러이 자비를 베풀어 주십시오, 전하."

강감찬에 이어 나선 사람은 과거 2대 선왕까지 모셨으며, 치열한 전투 중에도 위험을 무릅쓰고 적지인 거란 진영에 홀몸 단신으로 들어가 적장 소손녕蕭遜寧과 담판으로, 싸움을 하지 않고도 잃었던 평북 지방의 옛땅을 다시 찾았던 명장 서희徐熙가 옛날의 장군답게 석 자나 되는 흰 수염을 드리운 노익장의 모습으로 나섰다.

"병부상서 서희 아뢰겠습니다."

"어허. 서장군도 이의가 있단 말이오? 어서 일어나 말씀해 보시오, 서장군."

"황공하옵니다. 소신은 이제까지 오고 간 말씀을 들어보니 소신 역시 들은 바가 있으므로 이는 소홀히 다룰 일이 아닌 듯싶소이다. 지존 앞에 외람된 말씀이지만 실황을 여쭙건대 천추전 헌애마마와 김치양이란 위인의 행동거지들은 모두가 우리 조정은 물론 종묘 사직에도 크게 누를 끼치려는 음계가 은밀히 포착되었습니다.

실증을 몇 가지 여쭈오면, 첫째로 소신의 손주 며느리가 매달 초하룻날이면 세 분의 상왕비전에 문안을 드리는데, 그럴 때마다 정담을 들어보면 유별나게도 헌애마마께서는 사내가 보고 싶다는 이야기를 주로 하신다고 합니다. 그리고 자신의 소생인 효신태자의 병폐病廢:병으로 인해 몸을 잘 못 쓰게 됨한 것은 종자부터가 병폐한 탓이라면서, 이제라도 건장하고 우람스러운 종자를 받고 싶노라는 말씀을 종종 하신다고 합니다.

그로 미루어 보면 지금 장대하고 우람한 그 김치양이란 남첩을 다시 의지해서 왕실의 건강한 후계감을 낳아서 왕통의 전권까지 휘둘러 보려는 음계가 역력하지 않습니까? 그리고 둘째로 소신이 2대 선왕까지 모셨던 연관으로 그 김치양이란 작자의 족보는 물론 근자의 집안 실정까지도 대충 알고 있습니다.

그 내력들을 대충 말씀드리면 김치양이란 작자는 중이 아니라 가짜 중이며, 지존과 헌애마마와 헌정마마 등 남매들에겐 이모의 시당숙 되시는 집안의 자제이니 외척의 또 외척이라, 친근은 좋지만 외척으로는 들어가지도 못합니다.

그리고 김치양의 선조들은 당상 당하의 벼슬과 전답으로 떵떵거리던 집안이었으나 근래에 이르러 김치양은 극심한 팔난봉언행이 허랑하고 방탕하여 온갖 짓을 하는 사람으로 가산과 전답들을 하나하나 갉아먹던 중 감언 이설로 고려개국벽상공신 신숭겸申崇謙 장군이 가장 총애하던 증손녀를 아내로 맞이했습니다.

그러나 천직이 계집질이라, 염문을 들으니 남의 집 부녀자들을 겁탈하여 가정을 파탄하게 한 것이 팔십여 호가 넘는다 하며, 내당 규수들의 순결을 유린시킨 인원만 해도 삼십여 명에 이른다는 소문이 파다합니다. 더구나 근자에는 헌애마마를 다시 꾀어 왕실의 대야망을 이루기 위해 부하 양성의 자본을 마련하고자 전답을 팔기에 혈안이라 합니다.

한 마디로 말씀드리면 색마라기보다는 패륜적인 살인마가 아닙니까? 그런 까닭에 피해를 당한 백성들을 생각해서라도 그렇거니와 우리 고려의 종묘 사직에도 누란의 화가 일어날 조짐이 손금 보듯 뻔하니 두 간자姦者에게는 냉엄히 극형으로 다룰 일인가 합니다. 신중히 헤아려 처리하십시오, 전하."

서희의 진언으로 참혹한 전지가 다시 성종의 입에서 떨어지려는 순간이었다. 이 때 성종의 과거 대군으로 있던 시절 스승 겸 친구였던 최량이 나섰다.

"문하시중 최량이 한 말씀 올리겠습니다. 지금 서장군께서 진언하신 실증들을 들어보면 대역죄라 마땅히 극형으로 다스려야 될 것이지만, 왕실의 현 실정으로서는 장차 효신태자의 꾸중을 우려해서라도 생모와 김치양이란 남첩을 죽여서는 절대 안 된다고 봅니다.

소신의 의견으로는 강정승의 진언대로 김치양이란 남첩에게는 황해 머얼리 무인도로 도배島配시키고 헌애마마에게는 대형을 내리심이 나으실 듯합니다. 신중히 헤아리소서."

성종은 최량의 간언에 수긍은 가면서도 비위가 언짢은 듯 잠시 난감한 표정을 짓다가 시선을 채충순에게 옮긴다.

"채부사는 어찌 처리하는 게 옳다고 생각하시오?"

결국은 중추부사 채충순에게 판단을 내리게 한다.

"예, 소신의 의견도 강상서와 최시중의 진언대로입니다. 무엇보다도 지존께서는 남매지간이란 골육 관계도 있거니와, 위신이 상왕비시옵니다. 또 불미스러운 일이지만 선왕께서 일시나마 남첩으로 윤가允可를 하셨던만큼 한 번쯤 살려 주심이 옳은가 생각됩니다, 전하.”

성종은 당상들의 과반수 이상이 극형을 만류하자 어쩔 수 없다는 듯,

“경들의 의향들이 다수가 그렇다면 과인도 별수없는 일 아니겠소. 중추부사 채충순은 즉시 금오위金吾衛:치안군에 전령을 보내어 소요량의 군사와 대형구帶刑具에 포승끈도 챙겨 가지고 왕명으로 천추궁에 출두하시오. 그리고 헌애비에게 대형을 종신토록 채울 것이며, 김치양이란 간부에게는 포박하여 머얼리 무인도에 종신형으로 위리 안치圍籬安置:죄인이 귀양지에서 달아나지 못하도록 가시로 울타리를 만들고 그 안에 가두어 둠토록 냉엄하게 처치하시오.”

성종은 채충순에게 준엄한 전지를 내린다.

“예. 지엄하신 어명이오니 추호도 그릇됨이 없도록 집행하겠습니다, 전하.”

중추부사 채충순은 곧바로 일어나 하직 숙배를 올리고 물러나온다. 그리고 물러나오는 즉시 금오위에 전령을 보내어 중낭장中郎將 한 명을 비롯해 낭장郎將 두 명, 별장別將 열세 명의 분대에 대형구와 포승줄을 갖추고 즉각 대령하게 했다.

잠시 지나 대령된 금오위 군사들에게 채부사는 사건 내역과 당면 지침을 대강 이르고 나서 친히 그들을 이끌고 천추궁으로 향한다. 천추궁은 만월대의 한 궁중이긴 하나 수창궁 상정전에서 우측으로 삼백여 보 떨어져 있었다. 채충순이 금오위 군사들을 이끌고 천추전 앞 뜰에 들어섰을 때 별장 한 사람이 앞에서.

“어명이오. 어명이오. 헌애마마, 어명을 받으시오!”

연방 권마성을 지르며 섬돌 층계를 올라 대청 앞 청하에 다가선다. 청하 앞에 서성거리고 있던 천추궁 수직내관은 중추부사 채충순의 행차임을 보

고 추이를 직감한 듯이 행여 자기가 고자질을 했던 행동이 다른 사람들에게 들킬까 봐 아는 체도 못 하고 의연하게 대청을 올라, 내당으로 달려 들어갔다.

어명이 왔음을 알리려는 모양이었다. 그리고 십간 대청 좌우의 별실에 있던 시종나인들 열댓 명도 나와 경아한 표정들로 늘어서 있는데, 청하에서는 연방 권마성을 외쳐대고 있다.

한참 만에 돌아 나온 천추전 수직내관은 언짢은 표정으로 청하에 내려와서는 채충순 앞에 정중히 국궁하며 난처한 표정으로 아뢴다.

"채부사 나으리. 이를 어찌합니까? 소인도 방문 앞에서 어명이라고 권마성을 수십 번이나 목이 터지게 외쳤으나 아직도 코고시는 대답일 뿐 방문도 잠겨 있으니 이를 어쩌면 좋습니까?"

"음, 그렇다면 방문을 부수고라도 들어갈 수밖에 별수가 없구먼. 자네는 이만 물러서 있게."

채충순은 이어 금오위들에게 불호령을 내린다.

"듣거라! 어명을 정숙하게 집행하게 하려고 했더니 안 되겠구나. 방문을 부수고라도 들어가 어명을 집행하거라!"

어명이란 말에 시종 나인들은 가로막지 못하고 모두 방문 좌우로 시립하고 있을 뿐이다.

"예, 분부대로 거행하겠습니다."

금오위들은 주저없이 신발도 벗지 않은 채 일제히 대청으로 올라갔다. 그리고 대청 좌우 별실들 안쪽 끝에 정자로 위치한 내실 앞에서 방문을 두드리며 연방 권마성을 질러댔다. 그러나 방 안에서는 깊이 잠이 들었는가 두 사람의 코고는 소리밖에 반응이 없었다. 채충순은 몹시 화가 난 듯 대청에

올라서며,

"방문을 부수고 들어가라고 했거늘 어이하여 쓸데없이 무슨 권마성이냐? 지체하지 말고 얼른 방문짝을 부수고 들어가렷다!"

금오위들에게 추상 같은 불호령이 다시 떨어졌다.

"예엣!"

낭장 하나가 주저하지 않고 문고리 곁의 문살들을 돌로 부수고 손을 디밀어 문고리를 벗긴다. 이어 장지문이 열리고 안에 쳐져 있었던 문염자도 양 옆으로 활짝 젖혀 버렸다.

채충순이 문 앞에 다가서며 방 안을 들여다보니 아니나 다를까 수직내관의 의문대로 헌애상왕비는 어린아기마냥 김치양의 품 속에서 달콤한 잠 속에 떨어져 있고, 방 안 도처에는 한 군데 가지런히 개켜 놓을 새도 없었던지 두 남녀의 벗겨진 옷가지들이 여기저기 낙엽처럼 흩어져 있었다.

채충순은 그 꼬락서니들이 보기가 민망한 듯 뒤로 물러서며 시종 나인들에게 엄명을 내린다.

"시종나인 두 사람은 방 안에 들어가서 헌애마마를 흔들어 기침起寢하도록 하거라!"

"예."

두 시종나인이 방 안에 들어 가서는 헌애상왕비의 머리맡에 무릎을 내리고는,

"헌애마마. 어명이옵니다. 이만 기침하십시오."

두 시종나인은 헌애상왕비의 어깨를 마구 흔들며 기침을 재촉했다. 한참만에 비로소 헌애상왕비는 곤잠에 설친 잠결에도 크게 놀란 듯 반신을 일으키고 주위를 두리번거리며 어리둥절한 표정으로,

“이 밤에 어쩐 일이냐? 지금 생시냐, 아니면 꿈 속이냐?”

새삼스러운 기침 소리에 칠척 거구의 김치양도 잠귀가 이 때 비로소 뚫린 듯 즉각 반신을 일으키며 어리벙벙한 표정으로 주위를 두리번거린다.

“헌애마마. 지금 꿈 속이 아니오라 현실입니다. 의식을 수습하십시오. 지금 중추부사께서 어명을 받들고 납셨다 합니다.”

“뭣이? 나에게도 어명이라고?”

“예, 어떤 어명인지는 모르지만 어명이라 하오니 어서 옷을 입으시고 어명을 맞으십시오, 헌애마마.”

“어허. 이제 보니 생시라! 괴이하구나. 아무리 어명이기로서니 내가 잠들고 있는 방 안에 예고도 없이, 더구나 무엄하게도 방문까지 부수고 침범하다니 고이한 일이로구나!”

“헌애마마, 정신을 차리십시오. 지금 어인 까닭인지는 모르오나 우선 옥체에 입성이나 가리시고 어명을 맞아 보십시오.”

“음. 아닌 밤중에 홍두깨라, 무슨 까닭인지는 모르겠다만, 누나 앞에도 어명이라니 일단은 받아봐야겠지. 애야, 내 옷들을 이리 가져 오너라.”

헌애상왕비는 그래도 부끄러움은 아는 듯 금오위들이 잠시 방문을 닫아주건만 일어나 입지를 못하고 금침 속에서 옷들을 낚시질하듯 끌어서 걸치기에 부산을 떤다.

그리고 김치양은 곁에 두 나인이 있건만 쑥스럽거나 창피도 모르는가, 말의 그것과 같이 큰 음경을 드러낸 채 벌떡 일어나 방 안을 돌아다니며 흩어진 옷가지들을 주워 걸친다.

이어 김치양은 추이가 심상치 않음을 느꼈던지 삼십육계 줄행랑을 놓으려는 듯 슬며시 방문을 나와서 대청을 내려서려는 것을 중랑장이 날쌔게 그 앞을 막아섰다.

"까까중 나으리. 모처럼 단꿈 중에 심히 안됐소이다만 지금 어명이니 포승을 받고 가시지요."

이에 따라 한 낭장이 김치양의 양팔을 뒤로 모두어 가지고 손목에 오라를 묶는다. 그리고 이어 두 별장은 양팔에 포승까지 지운다. 김치양은 덩치 답지 않은 칠척 거구에도 처신은 아는 듯 앙탈을 않고 참담한 표정으로 순순히 포박을 받았다.

"까까중 나으리. 지엄한 어명이시니 엄숙히 맞으시오. 이제 보아하니 가사 장삼에 승려 법복으로 변장을 하시고도 신성한 궐 안에서까지 엽색질계집 사냥하는 걸 보면 뱃심이 대단하시구려. 어쨌건 어명에는 천참 만륙天斬萬戮:여러 동강을 내어 참혹하게 죽임하라는 극형이 떨어졌었소만, 중신들이 사형을 만류하여 다행스럽게도 귀양길로 결정이 되었으니 고맙게 맞도록 하시오."

중추부사 채충순이 김치양에게 한 마디를 하고 나서 이어 헌애상왕비의 침소로 발머리를 옮겨 방문 앞에서,

"헌애마마. 황공 무지하옵니다만 어명을 받드소서. 주상께서는 골육지간이라도 범법에는 대의 멸친이라며 전지를 내리시게 되었습니다. 어명의 취지는 헌애마마께서 더 잘 아시겠지만, 주상께서는 요즈음 신성한 궁궐 안에 해괴 망측한 추문이 돈다 하시며 이를 물리쳐 없애기 위해 결연한 결단으로 정조대를 내리셨으니 엄숙히 받으셔야겠습니다."

채충순은 어명의 취지를 대강 이른다.

"뭣이? 나에게 정조대라니, 무슨 뚱딴지 같은 소리요? 이 누이에게 대형을 내린다는 뜻이오?"

"예. 그렇습니다. 헌애마마."

"어머나! 하늘이 무너졌는가, 세상에 누이에게 대형이라니! 그것이 옳은 일이라고 생각하오? 나는 선대왕을 모셨던 상왕비요, 주상에겐 누나요, 또 효신태자에게 생모라오.

내가 십여 성상을 청상 과부로 수절하다가 이제는 외로움을 다소나마 달래 보고자 그것도 다른 분이 아니고 선왕께서 살아 계실 때 솔선해서 중매를 시켜주셨던 남첩을 다시 맞아들인 것뿐인데, 주상은 남매지간에 위로는 못 하나마 외로웠던 이 누이에게 대형을 내리다니, 그걸 말이라 하오? 아무리 말세란들 세상에 이런 법도 있느냐 말이오?"

헌애상왕비는 요염한 미모답지 않게 노기를 띠며 길길이 뛴다.

"헌애마마, 고정하십시오. 지금 마마께서 이르신 말씀은 일신상의 사정일 뿐, 상왕비란 체통과 주상 전하의 남매란 체통으로, 더구나 효신태자의 생모로서 어찌 이런 짓을 자행할 수가 있습니까? 왕실의 체통뿐 아니라 나라의 종묘 사직에도 누를 끼치는 일이니 우리 백관 백성들은 지금 헌애마마의 처사에 통탄하고 있음을 이제나마 깨달으셔야겠습니다.

주상께서는 대의 멸친이라 골육지간이라도 종묘 사직의 유린 죄는 극형에 처하겠노라 하시며, 여자에게는 사약을 남자에게는 능지처참하라는 엄명이었습니다. 하지만 몇몇 중신들이 정상 참작을 극진히 간청하여 극형을 이나마 애걸복걸로 감축시킨 것이니, 이를 거역하시면 도리어 극형으로 환원될 우려가 많습니다. 그러니 무작정 변명 마시고 고이 어명에 승순承順하심이 큰 화를 모면할 수 있으리다. 신중히 헤아리소서."

채충순의 충고에 헌애상왕비는 더는 대꾸를 못하고 침통한 표정으로 고개를 떨군다. 그러나 더 주저하다가는 이나마도 불리함을 느꼈던지 곧 고개를 치켜들며 응대한다.

"좋소. 남매지간에 상왕비라도 굳이 어명이라면 승복해야죠. 그렇다면 지금 바깥에 포승을 지운 나의 선사님은 어찌하려는 게요?"

헌애상왕비는 지금의 주제꼴에도 남첩의 신변만은 특별히 염려된 듯 물었다.

"예, 헌애마마께는 정분이 격리당하여 심히 안돼셨으나, 그분도 천참 만 류으로 극형이 떨어졌었으나 다행히 도배형島配刑으로 감축되었으니, 이제는 서해 바다 머얼리 무인도로 귀양지에서 생활하게 되었습니다."

"형량은 어찌 되오?"

"그야 극형을 감축한 것이니 살자면 종신형밖에 더 있겠습니까?"

헌애상왕비는 그래도 김치양과의 정사가 못내 아쉬웠던가, 어쨌든 참혹한 죽임은 면하게 된 것만도 다행이란 듯 안도의 숨을 길게 내뿜으며 고개를 수그린다. 이 때 별장 하나가 검포黔佈에 싼 대형구帶刑具 : 정조대를 양손에 정 중히 받쳐들고 방 안에 들어가 헌애상왕비 앞에 공손히 내민다.

"이게 뭐야?"

"대형구라는 것입니다."

방문 앞에서 채충순이 능갈맞게 대꾸한다. 잠시 주저하던 헌애상왕비는 마지못한 듯 검포 보따리를 받아 무릎 앞에 냉연히 내려 놓는다.

"잠시 방문을 가려 드릴 것이니 그 동안 걸치십시오. 자물쇠는 대형구를 차신 후에 소인이 잠가 드리겠습니다."

채충순은 부서진 문짝이나마 주위를 가려주게 한다.

헌애상왕비는 마지못해 몹시 짜증스러운 표정으로 검포를 풀어제치고 대 형구를 꺼내어 개짐 모양 몸 속에 끼워 걸친다. 자신 딴에도 쑥스럽고 수치 스러운지 벌레 씹은 듯 일그러진 표정이다.

잠시 지나 정조대를 차는 일이 끝난 듯 나인 하나가 방문을 연다.

"채정승 나으리 듭시죠."

자물쇠를 잠그라는 뜻이다.

중추부사 채충순은 중랑장이 건네주는 엄지손가락만한 동제 자물쇠를 받아가지고 서슴없이 방 안에 들어선다. 헌애상왕비는 석좌상 모양 눈을 내려감은 채 보료 위에 앉아 있다.

"나인은 자물쇠 고리를 밖으로 보이도록 내의를 절개하여라."

"예."

나인 하나가 자신의 옷고름 밑에 노리개로 차고 있던 호신용 은장도를 빼어들고 헌애상왕비의 등 뒤에서 무릎을 내리고는 헌애상왕비의 치마에 허리폭을 반뼘 찢고 이어 속치마의 속곳까지 찢어 자물쇠 고리를 보이게 하고 물러선다.

은장도로 치마 허리를 찢는 것은 지체가 지극한 상왕비라 속살을 외간 남성에게 보이지 않기 위한 의례였다. 채충순은 주저없이 헌애상왕비의 뒤로 다가서며 무릎을 내린다. 그리고 번개가 치듯 자물쇠를 찰카닥 채우고 일어선다.

"헌애마마. 어명이라 소인은 어쩔 수 없는 일이니 어쨌든 황송하기 이를 데 없소이다. 너그러이 해량하여 주십시오."

채충순은 헌애상왕비 앞에 길게 읍揖을 하고 방문을 물러나왔다. 이 때 비로소 헌애상왕비는 남첩과의 작별도 느껴졌던 듯 당황한 표정으로 자리에서 일어났다. 그러나 헌애상왕비는 정조대를 했기 때문에 걸음걸이가 불편한 듯 두 나인의 부축을 받으면서 어정 걸음으로 대청을 따라 나왔다. 그리고 포승줄에 묶여서 끌려 나가는 김치양의 앞을 막아 서면서 말했다.

35

"임자. 느닷없이 뜻하지 않은 봉변을 당하고 보니 경황 망조驚惶罔措하여 어찌할 바를 모르겠구려. 어찌했거나 어디를 가시더라도 절대로 비관하지 마시고 생활과 건강에만 치중해 주시오. 우리는 비록 모진 인연이지만 천생 연분이니 언제 어느 때고 다시 해후 상봉하게 되오리다. 그 동안 견딜 수 없는 고생이 닥치더라도 참고 견디며 목숨만은 부지해 주시오. 내 말 알아 듣겠소?"

헌애상왕비는 남첩 김치양에게 간곡히 살아 남아 주기만을 당부했다.

"알겠소. 뜻하지 않은 봉변을 당하고 보니 무심한 부처님이 원망될 따름 이구려. 하지만 우리는 천생 연분이니 언제 어느 때고 다시 만나게 되리다 만, 가능한 한 빨리 만나게 되도록 마마가 서두르셔야 되겠소. 마마는 슬하 에 있는 효신태자에게 의뢰하고, 또 남매지간인 주상에게도 간곡히 청원하 여 이 봉변을 될 수 있는 한 속히 모면하도록 신신 당부하여 우리들의 한세 상을 멋지게 보람되게 영위해 봅시다."

"예, 기회가 나는 대로 주상께 간청하리다만, 설령 오랫동안 풀리지 못하 더라도 절대 비관하지 마시고 어디에 계시든 간에 건강하게 살아만 있어 주 시오. 언제 다시 만나게 될 날을 기다립시다."

헌애상왕비는 남첩 김치양과의 정분이 그렇게도 깊었던가, 그녀의 옷고름 에 눈물까지 적신다. 본 남편 선대 경종왕景宗王이 승하하였을 때는 눈물 한 방울도 없던 여인이 육욕肉慾이 정분까지 만들었던 모양이다.

사람의 도리로서는 민망스럽기보다 기괴한 인품이었다. 지금 불륜 관계로 야기된 형벌인 줄 잘 알고도 남으련만, 상왕비란 위신은 고사하고 장차 왕위 에 오를 효신태자의 체통도 지켜주어야 될 터인데, 회개는 고사하고 일신상 의 음욕과 야망만이 평소의 목적이었던 모양이다.

곁에 있던 중추부사 채충순과 금오위를 비롯한 열대여섯 명의 시종나인들은 지금의 참담한 상황에서도 언행 자체가 못마땅한 줄 알면서도 애틋한 석별 장면이 신기한 듯 멀거니 지켜보고만 있었다. 훗날 어느 때고 다시 만나서 야망을 달성시키겠다는 것이니, 그들의 품행들이 관심 밖의 일이었던 모양들이다.

"채부사. 이분의 귀양지는 어디로 되어 있소?"

잠시 옷고름에 눈물을 쥐어 짜던 헌애상왕비는 곁에 있는 채충순에게 고개를 돌리며 김치양의 귀양지를 묻는다.

"예. 주상께옵서는 극형을 감형하는 대신 멀리 무인도로 보내라 하셔서 도배지島配地로 지정된 서해 용매도龍梅島:지금의 해주만 부근로 갈 것입니다."

"그 곳에 사는 주민들은 얼마나 되오?"

"사람이 안 사는 섬이기 때문에 무인도라 합니다. 그리고 옛날부터 도배지로 지정된 곳이라서 아무나 들어가 살 수는 없지요."

"그럼. 혼자서 목숨을 어떻게 유지한다는 말이오?"

"주식으로 곡식밥과 술만 없을 뿐, 비록 생식이지만 육식으로 뱀을 비롯해 다람쥐·여우·갈매기 등이 있고, 그리고 해변에는 조개나 굴·게·멍게·해삼 등 잡아먹을 것들이 풍부하게 널려 있으니, 혼자 사시기엔 안성맞춤입니다."

"예엣? 채부사 돌았소? 그걸 말이라 하오? 아직 역적질한 죄질도 아니신데 하루 한 끼라도 쌀밥이 없어서야 될 법이오? 그렇게 생사람을 잡아서야 되겠소? 채부사, 내가 패물을 드릴 것이니 섬으로 가시기 전에 뭍에서 쌀이라도 몇 섬 팔아가지고 선적케 하여 주오. 그리고 금침 도구와 부식거리 등 필수품 일체도 주선해 주시오."

하며 헌애왕비는 선왕인 경종왕과의 혼사 때 납폐納幣로 받았던 칠보 황금 및 쌍팔찌를 서슴없이 벗어 준다. 이 팔찌는 명나라에 주문해서 구입된 것으로 당시 시세로는 백미 백이십 석에 해당되는 값이니만큼 헌애왕비의 남첩에 대한 애착과 성의는 짐작이 가고도 남을 것이다.

"헌애마마. 그렇게는 안 됩니다. 죄인과 관련되는 물건은 이용하지 못하게 되어 있습니다. 지엄한 어명에 따른 도배형이라 절대 그렇게는 안 됩니다."

"채부사. 안 될 것이 무엇이 있소. 어명에 따른 도배형이긴 하지만 장차 보위에 오를 내 아들 효신태자의 뒤를 생각해서라도 들어 볼 만한 일이 아니겠소? 그리고 여기 있는 사람들의 모든 입을 굳게 봉할 것이니 아무도 모르게 편의만 선처해 주면 그뿐 아니겠소? 어서 이것을 받아가지고 편의를 봐 주시오. 이 은공은 언제든지 잊지 않고 보은하리다."

"황감하오나 그것을 받을 수는 없습니다. 거두어 주십시오. 소인이 죄인을 담당하고 있으니 소인의 자비로 재량껏 편의를 도모할 순 있어도 삼자 개입은 받을 순 없습니다. 기회가 허락하는 대로 소인이 정성껏 편의는 도모해 볼 것이니 다소나마 심려는 놓으십시오."

"굳이 그렇다면 별수가 없구려. 어쨌든 이분의 생사와 안부는 채부사만 믿고 있겠소. 최선을 다하여 편의를 봐 주시오."

"예. 성심껏 해 보겠습니다. 그럼 소인은 이만 물러가겠습니다.

중추부사 채충순은 읍례를 하고 대청을 물러나왔다. 헌애상왕비는 가사 장삼의 승려 법복에 포승을 지고 끌려 나가는 남첩 김치양을 울먹이며 전송했다.

김치양은 대여섯 발 걷다가는 뒤돌아보고, 또 걷다가는 뒤돌아보며, 차마

떨어질 수 없는 발길을 떼어 놓는데, 칠척 거구의 황소만한 두 눈에서는 장
부답지 않게 눈물이 떨어지고 있었다.

2

왕통을 위한 혼외 임신

헌애상왕비에게는 대형을 내리고 그의 남첩인 김치양을 서해 무인도로 유배시킨 지 여섯 달째 되는 칠월 열하룻밤 아침 진시辰時의 조정 회의가 끝난 후, 성종은 정사의 피로를 식히려는 듯 두 지밀나인과 장빈내관을 뒤따르게 한 뒤, 중전 문덕왕후를 대동하고 상정전 앞 넓은 뜰 어귀에 있는 의봉루儀鳳樓에 올라 단출한 주안상을 들며 신선한 납량納凉:더위를 피하여 서늘함을 맛봄을 즐기고 있을 때였다. 제조상궁 유씨는 어딘지 문안을 다녀오는 듯했다. 그리고 무슨 심상치 않은 일이 있었는지 몹시 다급한 표정으로 달려와서는 의봉루 누하에 국궁하며 성종에게 알현을 청한다.

"주상 전하. 쇤네 유상종이옵니다. 외람되오나 어전에 긴히 여쭈울 말씀이 있기에 들렀습니다."

"오, 유상종. 갑자기 무슨 일이냐? 어서 올라와서 자상히 일러 보거라."

"예."

제조상궁 유씨는 의봉루 층계를 올라 어전 옆에 무릎을 내리고 앉았다.

“무슨 일인지 어서 일러 보아라.”

“예. 여쭐 말씀은 다름이 아니오라 쇤네는 지금 상춘전賞春殿:선왕 경종 왕의 둘째 왕비로 헌애상왕비의 친동생이며 성종에게는 둘째 누나인 獻貞上王妃의 궁에 문안차 다녀오는 길입니다. 상춘전 헌정마마를 배알하온즉 뜻밖에도 헌정 마마께서는 느닷없이 임신 4개월이라 하시었습니다.”

“뭣이? 십여 년을 과부로 수절하던 헌정비가 임신 4개월이라니 그걸 말 이라고 하느냐? 어인 잠꼬대 같은 소리인가?”

성종은 믿기지가 않은 듯 의아한 표정으로 힐책을 한다.

“황공하옵니다. 외람된 말씀이오나 이는 사실이니 노여움을 거두십시오. 그리고 누구와 사통私通을 하셨는지는 여쭈어 볼 수는 없었지만 종실간이 라는 말을 얼핏 들었습니다. 쇤네 짐작으로는 종실의 종정宗正이신 욱태공郁 太公 王郁:태조 왕건의 여덟 번째 아들로 성종과 헌정비에게는 당숙임 나으리가 아닐까 싶습니다. 확실한 것은 지존께서 자상히 친문하여 보실 일이옵니다.

그리고 헌정마마께서는 쇤네에게 이르시기를 네댓 달 전에 상춘전에는 두 대군을 비롯하여 서정승서희과 강정승강감찬이 찾아왔었다 하옵니다. 그 이유는 왕실의 종친들이 몇몇 있어도 모두 자손들이 희귀하여 단지 헌애마 마 소생으로 효신태자님 한 분 있기는 하지만, 효신태자도 너무 쇠약하여 사흘이 멀다 하고 병석에 눕는 날이 많다 보니 이대로 방심만 할 수는 없다 시며, 종묘 사직의 혈통을 지키기 위해서는 나더러 종친들과 사통이라도 하 여 만일의 경우를 대비하라는 간청이 있었노라고 하옵니다.

왕실의 체통과 십여 년을 수절하던 몸이 인륜 대사에 어긋나는 짓인 줄 알면서도 어쩔 수 없어 종친간에 사통하여 지금 임신 4개월이라 하셨습니다. 주상께 사전에 의논해야 될 일이었으나 아무리 남매지간이라도 이런 의논은 겸연쩍고 어색한 일이라 차일피일하다가 결국 지금에 이르렀다고 하셨습니다. 주상께서는 무작정 노여워만 하시지 말고 이 누나의 피치 못할 입장을 널리 이해하여 달라는 전갈도 함께 있었습니다.”

“어허, 망측한지고! 헌정비가 곱게 수절을 못 하고 종친간에 사통이라니, 더구나 두 대군들과 몇몇 중신들이 불륜을 주선까지 하였다니 고이한 일이로구나. 어서 장번내관을 들라고 일러라!”

벼락 치듯이 성급한 성종왕의 명이 떨어지기가 무섭게 뒤에 시립하고 있던 두 지밀나인이 권마성으로 크게 받아 건넸다.

“장번내관은 즉각 누상에 오르랍신다 —”

“예—이!”

누하에 근시하고 있던 장번내관이 길게 대답하며 누상에 올라와 국궁한다.

“소명을 받잡고 대령이옵니다. 전하.”

“내관은 내시부內侍府에 급히 전령들을 풀어 문하시중을 비롯 병부와 예부, 그리고 두 대군들을 즉각 예궐케 하라!”

“예, 즉각 대령케 하겠습니다.”

장번내관은 들썩 하는 채찍 소리에 황급히 물러갔다.

“과인이 알았으니 유상궁도 그만 물러가거라.”

“예, 종묘 사직에 크게 연관되는 일인가 싶으니 신중을 헤아리시기를 비옵니다. 쇤네는 이만 물러가옵니다.”

유상궁이 신중히 헤아리라는 뜻은 무작정 인륜 대사의 도리만 중하게 여기지 말고 왕실의 혈통을 위한 만일의 경우도 인정하라는 뜻이었다. 유상궁이 물러간 뒤 성종은 심기가 매우 언짢은 듯 안주는 들지 않고 중전 문덕왕

후가 따라 놓는 대로 술잔만 연거푸 들이켰다. 이를 보다 못 한 중전은 손수 젓가락에 안주를 집어 올리며,

"마마. 아침 수라도 몇 술 드시는 둥 마시는 둥 하셨는데, 공복에 술을 드시려면 안주라도 많이 곁들으셔야 옥체에 해롭지 않으십니다. 주량에 따라 안주도 많이 드시옵소서."

중전은 성종의 입가에 안주를 갖다댔다.

"미안하오. 곤전^{중궁전, 왕후의 높임말}"

성종은 서슴없이 안주를 몇 점 받아 넘긴다. 그리고 술잔도 예사 아니게 연거푸 기울인다. 두 잔만 마셔도 안색이 화사해지던 성종의 안색은 열 잔 가까이 들었건만 역으로 침울해질 뿐이었다.

"마마. 외람된 말씀이오나 상춘전 헌정마마에 관해서 너무 신경을 쓰지 마십시오. 용안을 뵈오니 너무 안되었습니다."

"미안하오, 곤전. 대여섯 달 전에는 헌애비가 불륜을 저지르더니 이번엔 헌정비까지 불륜을 저질렀다니 왕실의 인륜 대사가 너무나 불미스럽구려."

"마마. 고정하십시오. 외람된 말씀이오나 신첩 소견에는 헌애마마의 불륜은 왕실뿐만 아니라 종묘 사직에도 언짢은 일이가 봅니다만, 헌정마마는 성품이 인자하시고 자상하시어 평소에 틈만 나시면 내관 하나만을 거느린 채 미복 잠행으로 백성들의 질고^{疾故}를 돕는 것을 천직으로 삼을 만큼 어진 분이십니다. 이번 사통도 종묘 사직의 혈통을 지키자는 중론에 따른 일이라 추호도 나무랄 일이 아닌가 싶습니다."

"어허. 나무랄 일이 아니라니 곤전은 어찌 그런 말씀을 하시오?"

"예. 경망된 말씀인지는 모르겠지만 신첩 소견을 여쭈오면 지금 우리 왕실에는 신첩부터가 삼십이 가깝도록 태기를 못 보고 있는 처지입니다. 그리

고 효신태자가 있기는 하오나 그도 사흘이 멀다 하고 병석에 눕는 날이 많으니 안심할 수는 없는 일입니다. 또 마마의 형제되시는 두 대군들께서도 후취들을 십여 명씩이나 맞아들이셨건만, 모두 허약 체질에 정력이 없으신지 기껏 낳으신다는 게 옹주들뿐이니 헌정마마인들 어찌 방심할 수만 있으시겠습니까.

그리고 헌정마마는 방년 열다섯의 나이로 선왕의 둘째 왕비로 시집을 오셨지만, 백 일도 못 되어 선왕께서 승하하셨으니 청상 과부로 지금껏 십여 년을 수절하시어 왔습니다. 이런 현실이니 헌정마마 염려에는 우리 종묘 사직을 타성에 뺏기지 않으려는 저의에서 종실간에 사통을 해서라도 고려 왕실의 혈통을 지키고자 하는 충정일 것이니, 무작정 윤리 준칙만으로 나무랄 수는 없는 일인가 합니다."

"곤전…… 그걸 말씀이라 하시오? 왕실의 대를 이을 후사가 염려된다면 차라리 종실되는 욱태공이나 대군들을 궐 안에 끌어들여 삼천의 궁녀들을 건드리게 하면 그 중에서 씨받이가 몇 명쯤은 나올 것이오. 그런 식으로 주선을 하지 않고 명색이 일국의 상왕비의 체통도 생각하지 않고 망측한 짓을 자행하다니 그게 될 법한 소리요?"

"마마의 말씀도 지당합니다만, 아무리 종실지간이라도 주상이 거느리고 계시는 궁녀들을 건드린다는 것은 금중 율법에도 없거니와 처지가 어색할 뿐더러 엄두도 낼 수 없을 것 아닙니까. 기왕지사 상춘전 헌정마마가 상왕비란 체통을 희생해서라도 우리 종묘 사직의 혈통을 지키고자 두 대군과 많은 정승들의 간청을 물리칠 수가 없어 저지른 일이라고 하니 멀리서 지켜보시고 헤아리셔야 합니다."

"당치 않소. 상왕비란 체통도 그렇지만 남매지간인 과인에게 어찌 말 한 마디도 없이 그런 짓을 할 수가 있단 말이오. 과인은 어떤 사유이든지 간에 절대로 용납할 수가 없는 일이니만큼 곤전은 편견을 들으시지 말고 침묵하고 계시오."

"송구하옵니다. 마마."

성종은 분통이 터지는 듯 술잔을 석 잔이나 계속 마시고 나서는 심각한 표정으로 나직이 문덕왕후를 불렀다.

"곤전."

"예. 마마."

"무엇보다도 우리 둘 사이에서 원자 아기가 태어나야만 왕실이 조용해지고 정연할 터인데, 어떤 방법으로 지성을 들여야 아기를 점지할 수가 있을지 참으로 난감한 일이로구려."

"마마. 신첩은 황송하여 몸 둘 바를 모르겠습니다. 신첩이 원자 아기를 보시게끔 마마의 정력을 흡족하게 해 드렸어야 될 터인데 미숙하여 그렇지 못한 원인이니 송구하기 이를 데 없습니다."

"천만에요. 과인이 원래 허약한 체질인데다가 정력이 너무 없어서 한 금침 속에서도 일을 못 하는 목석이니 오히려 과인이 송구할 따름이오."

"마마. 신첩이 청하옵건대 종전대로 보양제만 드실 게 아니라 정력제도 함께 보강하도록 전의시典醫侍:궁중의 의약을 관장하는 곳에게 특명을 내리시어 원자 아기를 보시게끔 치성을 들여 주셨으면 합니다. 그리고 신첩이 임신 못 하는 돌계집아이를 낳지 못하는 여자. 석녀인가 하고 의문도 있으니 신첩만 품지 마시고 내명부와 삼천 궁녀들 중에도 아리따운 여인들이 많으니 그 중에서 몇 명만 건드리시면 원자 아기 하나쯤은 손쉽게 점지되리라 생각됩니다. 수시로 불러들여 접촉해 보시옵소서."

“어허. 과인더러 상놈과 같은 짐승 노릇을 하란 말이오? 과인은 정력도 부족하지만 전부터 곤전 외에는 어떤 여인이고 마음에 드는 여인은 하나도 없다질 않았소. 그리고 내가 요즈음 먹고 있는 탕제는 보양제와 정력제가 혼합된 것이라오. 그런데도 열매는 맺지 못하니 우리 운수 팔자에 자식은 없는 건가 보오. 짐도 아기를 점지시켜 주시지 않는 칠성님이 야속스럽기만 하구려.”

성종은 장탄식을 길게 내뿜으며 고개를 떨구었다.

“마마. 공연히 실망하실 일이 아닙니다. 설령 칠성님께서 일점 혈육을 점지해 주시지 않더라도 허전한 대로 인생을 영위하다 가는 수밖에 없지를 않습니까? 하지만 아직 희망은 있습니다. 지성이면 감천이라고, 지극한 지성이면 언젠가는 칠성님께서도 감복하시어 아기 하나쯤은 점지해 주실 것이니, 한 달에 한 번씩이라도 신첩을 꼬옥 품어 주시면 소원 성취는 되오리다. 용기를 가지십시오.”

“알겠소. 지성을 들여 보리다.”

이 때 궐문 쪽에서 소명을 받은 정승들과 두 대군이 들어오고 있었다.

“곤전이 듣기에 어색한 일들이니만큼 이만 편전으로 물러가 있으시오.”

“예. 신첩은 어색한 자리라 이만 물러가겠습니다. 삼가 여쭙건대 장차 만일의 경우라도 멀찍이 내다보시고 신중하게 헤아려서 임하십시오.”

성종은 문덕왕후의 당부를 들은 척도 않은 채 물러가게 하고, 이어서 지밀나인에게 주안상도 한쪽 구석으로 물리게 했다. 문덕왕후가 물러간 뒤를 이어 문하시중을 비롯하여 예부와 명부, 그리고 두 대군이 영문을 모르는 듯 의아한 표정들로 누상에 올라와 어전에 좌정한다.

“전하. 찾아 계십니까? 졸지에 무슨 일이신지 소명을 받잡고 입시했습니다.”

문하시중 박양유가 좌중을 대표해서 예를 갖추었다.

“모두들 편하게 가부좌跏趺坐하고 가까이 앉으시오.”

“황감하옵니다, 전하.”

세 정승들과 두 대군은 고이고 앉았던 무릎을 가부좌로 고치며 한 발 가까이 둘러앉았다.

“과인이 오늘 느닷없이 경들과 지친을 듭시라 한 것은 다름이 아니오. 대여섯 달 전에 천추전 헌애비가 추문을 일으키더니 오늘은 또 믿고 믿었던 상춘전 헌정비에게 망측스러운 추문이 일고 있더구려. 왕실의 큰 수치라 과인은 쥐도 새도 모르게 단독으로 처리해 버릴까 하였소이다만, 종친들과 백관 백성들의 오해가 우려되어 경들을 드시라 하였소.”

성종은 술을 여러 잔 들었건만 취기는 분노에 밀려 도망쳤는가? 태연한 표정으로 말을 꺼냈다.

“황공하옵니다. 새삼스럽게 무슨 추문이온지 어서 밝혀 주시옵소서, 전하.”

박양유가 먼저 독촉했다.

“오늘 상춘전의 전갈을 들으니 망측스럽게도 일부 종사 수절해야 할 헌정비가 임신 4개월이라 하더구려. 백성들도 이런 짓을 못 할진대 하물며 종묘 사직을 지키는 왕실에서 일어난 일이오. 더더군다나 과인의 남매요 상왕비란 체통을 망각하고 추문을 일으켰다는 것은 인륜 대사에도 용납할 수 없는 일이 아니겠소. 게다가 이 일의 배후에는 지친과 제신들의 충동질까지 있었다니, 대관절 어인 망령들인지 그 곡절이나 기탄 없이 이르시오.”

성종의 묵중한 힐문 속에는 냉엄한 서슬기가 서려 있었다. 이 때 2대 선왕까지 모셨던 서희가 성종의 말뜻을 이미 알아챈 듯이 석 자의 흰 수염을 늘이운 채 선뜻 엎드린다.

"병부상서 서희 아뢰옵니다."

"어서 일러 보시오, 서장군."

"예. 여쭙기 황공하오나 상춘전 헌정마마의 이번 일은 소신이 엄책을 무릅쓰고 간청한 것입니다. 죄가 된다면 마땅히 소신이 석고 대죄席藁待罪:거적에 엎드려 처벌을 기다림할 것이니 형벌은 소신에게만 내려 주시면 되옵니다. 엄책하여 주시기 바랍니다."

"어찌 된 권유였는지 묻지를 않소."

성종은 추상 같은 노호성으로 역정을 냈다.

"황송하여 몸둘 바를 모르겠습니다. 여쭙기 겸연쩍지만 하문이시니 이실직고하겠습니다. 우리 고려 왕실에는 태조 건국 이래로 선대 경종 임금까지 다섯 분의 열성조가 계셨으나 후사 문제로 긴장된 사례는 없었습니다.

하지만 근대에 이르러 우리 종묘 사직을 지키는 지존께서 옥체가 허약하신 데다 아직 후사가 없으실 뿐만 아니라, 천추전 헌애마마의 소생으로 이제 춘추가 열두 살이 되시는 효신태자가 계시기는 합니다. 그렇지만 그분 역시 허약 체질에 사흘이 멀다 하시고 자리에 눕는 날이 많으시옵니다.

또 종친들 중에도 혈통을 이을 분이 한 분도 안 계시니 우리 종묘 사직에 누란의 화가 일지 않을까 모든 백관 백성들은 장래가 염려되지 않을 수 없는 긴박한 실정입니다.

소신은 인륜 대사에 어긋나는 일인 줄 알면서도 오직 고려의 종묘 사직이 행여 다른 성에게 넘어가는 우려를 미연에 예방하고자 헌정마마와 종실이 되시는 욱태공 어른에게 혈연 관계를 권유한 것이니 널리 헤아려 주십시오,

전하."

"당치 않소, 서장군! 우리 백의 민족은 유사 이래로 동방예의지국이라고 다른 나라들로부터 숭상받고 있는 정결한 나라요. 구왕실이었던 고구려를 비롯, 신라의 서라벌과 백제의 왕실에서도 종친 간에 혼사는 사정에 따라 있어 왔을 뿐이오. 여자들의 가장 아름다운 미덕은 일부 종사라, 한 번 혼인하면 싫건 좋건, 또한 죽었건 살았건 한평생을 수절할 뿐이외다.

만약에 마지못한 사정으로 혼인을 하려면 정식 절차를 밟는 것이 당연한 일이 아니겠소? 하물며 백관 백성들의 어른이신 상왕비라는 체통으로 불륜을 저지른다는 것은 인륜 대사뿐만 아니라, 백관 백성들 앞에도 음란 사회를 조장하게 하는 오착이란 말이외다.

후사가 염려되어 왕실의 상왕비를 종실의 사통까지 시킬 처지였다면 차라리 과인과 의논하여 종실 욱태공에게 여기 내명부나 궁녀들을 접촉하게 하는 것이 왕실의 체통을 손상하지 않게 하는 일이 아니겠소?"

성종은 몹시 화가 난 듯한 험악한 인상으로 힐책을 했다. 이 때 성종의 형인 효덕대군孝德大君이 읍을 하며 말했다.

"소신 효덕이 여쭙습니다."

"어서 일러 보시오, 형님."

"황감하옵니다, 전하! 이번 일은 주상께 의논부터 먼저 했어야 할 일이었습니다만, 소신들의 입장으로서는 군신지간에 여쭙기가 어색한 일이라 차후를 기다릴 수밖에 없었습니다.

그리고 욱태공과 헌정비의 사통을 의논 없이 권유한 사유는, 첫째 임신 여부가 문제요, 둘째로 임신이 되었다 해도 딸인지 아들인지 의문이었습니다. 만약 아들이 아닐 때에는 공연히 왕실의 위신만 손상하게 되지 않을까

우려가 되어 차후를 기다릴 수밖에 없었던 입장이었습니다. 그러니 주상께
서는 너그러이 양해를 하시고, 앞으로 종묘 사직을 위한 후사가 미흡하고
긴박한 이런 때에는 모른 척하고 계셨으면 합니다. 그러면 우리 종친들과 조
정의 중신들이 알아서 할 것입니다, 전하."

"형님의 말씀도 당치가 않소. 임신이 되건 안 되건 사통을 시키려면 재혼
을 해야 하는데, 재혼이라도 인륜 대사의 절차에 따라 마땅히 전안례奠雁禮:
혼인식는 올려야 할 일 아니겠소.

성교라는 것은 남녀가 칠성님께 한평생 희로애락을 같이하겠다는 선서를
하고 비로소 부부임을 만인 앞에 알린 뒤 이루는 법이오. 상스럽게 성교를
해 보고 임신이 되면 혼인하고 임신이 안 되면 내버린다는 그런 짓거리가 어
디 있단 말이오? 그리고 성교란 내외지간에만 허용되는 칠성님의 철칙이오.

그리고 임신 여부는 칠성님께서 점지하는 운수이니, 그에 따라 백년 해로
하는 것이 참된 부부가 아니겠소? 어찌 그것이 금수 어충들이나 하는 짓이
지 인간이 할 짓이라고 생각하시오? 과인은 고사하고 백관 백성들도 모르
게 은밀히 사통시켜, 설사 아들을 생산한들 그 아기는 아무도 모르는 불륜
의 자식이니 장차 의젓한 후계자는 될 수도 없질 않겠소."

성종은 예전의 성군답지 않은 성난 표정으로 연달아 노호성을 질렀다. 이
때 효덕대군의 뒤를 이어 강감찬이 나섰다.

"예부상서 강감찬이 아뢰겠습니다."

"일러 보시오. 강상서."

"망극하옵니다. 지금 추이를 보니 전하의 심충은 족히 알고도 남습니다.
하지만 이번 헌정마마의 사통 관계는 소신들이 의정 당상들로서 권유한 것
이니, 이는 백관 백성들이 권유한 거나 다름이 없습니다. 그리고 헌정마마

께서는 상왕비란 체통을 희생시켜서라도 우리 종묘 사직이 다른 성에 넘어
갈 우려도 십분 고려하시어 이를 예방하고자 하는 막중 국사로 생각하셨습
니다. 이는 불륜이 아니라 구국 충정의 고육책으로 여겨주십시오. 다만. 한
가지 아쉽다면 사통 관계에도 절차가 있었어야 되는 법이온데 소신들이 미
처 거기까지 미치지 못했습니다. 이 점은 소신들이 석고 대죄하고 엄벌을
감수하겠으니 엄히 치죄하여 주십시오.”

“강부사. 어찌 그리도 경망하시오. 우리 종묘 사직이 다른 성에 넘어갈
우려가 있다니, 너무 방정맞지 않소. 과인이 비록 기력이 약하긴 해도 아들
하나쯤은 낳을 것이오. 만일 그러지 못하더라도 효신태자가 있지를 않소.
효신태자가 근자에 위질환인가 폐질환인가 앓고는 있소마는 한창 자라는
체질이라 조만간에 회복될 것이오. 그런데도 방정스럽게 다른 성에 넘어갈
우려라니? 불난 집에 부채질하는 격으로 병이 낫기는커녕 성한 사람도 생병
에 죽겠구려. 이번 헌정비의 사통 관계도 왕실의 일일 뿐만 아니라, 왕실의
주인되는 과인이 모르는 것은 불륜이지 어찌 구국 충정이라고 강변을 하시
오.”

두 대군과 세 대신들은 혹을 떼려다가 도리어 혹을 붙인 격으로 더 변명
할 말도 찾지 못하고 면박만 당했다. 잠시 침묵이 흐른 뒤 성종은 무슨 결
단이라도 굳힌 듯 결연한 표정으로 말을 했다.

“모두들 들으시오. 대여섯 달 전 천추전의 음란 사건을 치죄한 대로 이번
일도 금중 율법에 따라 헌정비와 욱태공에게 유배형을 내릴 것이니, 앞으로
궁중뿐만 아니라 궁 밖의 백관 백성들을 불문하고 윤리 준칙을 어기는 자
가 없도록 전국 감영에 영을 내리시오.”

성종의 말이 떨어지기가 무섭게 영상 박양유가 즉시 나섰다.

“무슨 변명거리가 또 있으시오? 굳이 있으시면 어서 일러나 보시오. 박시중.”

“망극하옵니다. 추이를 듣고 보니 전하의 심충은 족히 알겠습니다. 하지만 그렇다고 형벌만이 능사가 아니라 다소나마 정상 참착도 고려하셔야 될 줄로 믿습니다.

전하께서 남매지간이라 더 잘 아시겠습니다만, 현정마마께서는 천추천 헌애마마와 같이 선왕을 모셨던 상왕비요, 전하의 누님이란 점도 있습니다. 특히 헌정마마는 운수가 기구하게도 용모가 유별나게 절염 단정한 탓으로 열다섯의 나이에 성왕의 둘째 왕비로 계셨으나, 혼인한 지 백 일도 못 되어 일점 혈육도 못 본 채 선왕께서 승하하셨으니, 청천 벽력의 청상 과부의 몸이 되셨습니다.

그래도 설움과 외로움을 달래며 십여 성상을 수절하던 분이십니다. 또 행적으로 보면 추하추동 사시사철 미복 잠행으로 내관 하나만을 대동하시고 멀리 지방에까지 백관들의 비위와 백성들의 질고를 보살피며 인정으로 돕는 것을 생의 보람으로 지내시던 분이셨습니다.

그리고 지존께서도 한정마마의 성품이나 행실은 더 잘 아실 것입니다. 이를테면 천성이 금은보옥 등 패물이나 사치품은 물론, 몸치장이나 옷치장도 유별나게 삼가실 뿐만 아니라, 자비심만 두터운 분이십니다. 지금이라도 그분의 수중에는 값진 패물들이 있기만 하면 있는 대로 몽땅 팔아가지고 지방에 가서 가난에 허덕이는 백성들을 도와 주실 것입니다.

또한 수중에는 오직 백성들을 위한 자예심밖에 없는 빈털터리요, 추호도 사심 없는 나라의 어머니이십니다. 그런 분을 칭찬은 못 하시나마 정상 참착도 없이 사통 절차가 불미한 불륜이라며 무작정 형벌을 가하신다는 것은 역효과로, 우리 민족의 기운을 꺾는 처사가 될 뿐입니다.

그리고 종실의 종정이신 욱태공께서도 왕실의 혈통을 이을 후사가 미흡하여 만일을 대비하고자 했을 뿐이니 추호도 나무랄 일은 아닌가 싶습니다. 멀찍이 내다보시고 신중하게 헤아려 주십시오. 이는 백관 백성들의 간절한 소청입니다, 주상 전하."

"허튼 소리라도 격에 맞지 않는 소리는 그만하시오. 과인도 헌정비의 성품이나 행실을 남매지간이라 더 잘 알고도 남소. 그리고 당숙이신 욱태공의 인자한 품행들도 자알 알고 있소. 하나 왕실 내의 불륜은 백관 백성들에게 음란 사회를 조장하게 하는 본보기라, 그것이 우려되어서 과인은 골육지간이라도 용서할 수가 없는 것이오. 대의 멸친이란 이런 때를 두고 하는 말이니 결코 받아들일 수 없소이다."

문하시중 박양유가 헌정상왕비의 성품과 행실에다 행적까지 모두 동원해서 정상 참작을 장황하게 소청하였으나, 성종의 심기만 건드릴 뿐이었다. 별달리 설유說諭시킬 말이 없었다. 그리고 더 설유를 해 보았자 역효과만 우려된 듯 대군과 세 정승들은,

"황공하옵니다. 전하의 너그러운 판단만 바랄 뿐입니다. 신중을 헤아려 주십시오, 전하."

할 뿐이다. 성종은 화가 몹시 나서 더 지체할 수도 없는 듯 뒤에 시립하고 있던 두 지밀나인에게 또다시 급한 명을 내렸다.

"장번내관을 즉각 대령하도록 하라!"

왕실에는 천추전 음란 사건 이후 여섯 달 만에 다시 제2차 파란이 일려는 조짐이었다.

"장번내관은 즉각 누상에 오르랍신다!"

두 지밀나인이 즉각 권마성으로 받아서 소리를 질렀다.

"예—잇!"

누하에 근시하고 있던 장번내관이 의봉루 층계를 올라와 어전 옆에 국궁을 했다.

"찾아 계십니까? 소신 대령입니다. 전하."

"장번내관은 급히 내시부 전령에 명하여 중추부사를 즉각 예궐하도록 하여라!"

"예. 즉각 대령하도록 전갈하겠습니다."

장번내관이 물러간 뒤, 만월대 수창궁에는 또다시 예상대로 여섯 달 전 천추궁처럼 참담한 분위기가 확연하게 감돌기 시작했다.

잠시 긴장된 침묵이 흐르고 있을 때 성종의 막냇동생인 경장대군敬章大君이 침통한 표정으로 한 마디를 했다.

"주상. 침착하게 신중을 헤아리십시오. 지금 이 처사를 어찌할 작정이신지 소신은 모르겠소이다만, 성급한 독단의 분부는 삼가소서."

성종의 신중치 못한 독단이라 단정하고 만류하는 질타였다.

"어허, 동생은 지금까지 오고 간 말썽거리를 귀가 따갑도록 듣고도 모르는 귀머거리인가. 이 일은 백관 백성들 앞에 큰 수치일 뿐만 아니라, 종묘 사직에도 먹칠을 하였으니 마땅히 경중警衆을 위해서도 금중 율법에 따라 형벌을 받아야 될 일 아닌가. 더욱이 골육지간이라 마음은 더욱 쓰리고 아프지만 대의 멸천에 의한 일이니, 형의 입장으로서도 어쩔 수 없는 일이라네."

성종은 한 마디를 하면서도 골육지간의 애틋한 감정에는 억제할 수 없는 듯 눈에서는 눈물을 흘리고 있었다. 그것을 본 경장대군은 무슨 진언을 올리려던 모양이었으나 말문이 막혔는지 고개를 떨구고 말았다.

이 때 소명을 받았던 중추부사 채충순은 궁궐 가까이에 있었던지 경황한 표정으로 달려 들어와서는 의봉루 누하에 국궁을 했다.

"주상 전하. 소신 중추부사 소명을 받고 대령하였습니다."

중추부사의 대령 소리에 성종은 소매 끝으로 눈물을 닦아내고 나서는 일어나 의봉루 난간 앞으로 다가섰다.

"이제 과인은 금중 율법에 따라 전지傳旨를 내릴 것이니 채부사는 추호라도 소홀함이 없도록 냉엄하게 수행하시오."

성종은 채충순에게 냉담한 어투로 먼저 임무 수행부터 준엄하게 내린다.

"황공하옵니다. 갑자기 어인 전지이신지 모르오나 소신은 어명에 따라 냉엄하게 봉명할 따름입니다. 하명하십시오, 전하."

"전지는 다름이 아니오. 대여섯 달 전에 천추전의 헌애비와 김치양이란 중놈의 음란 사건을 엄벌로 치죄했소만, 이번에는 상춘전 헌정비와 종실되는 욱태공 간에 사통이 자행되어 벌써 임신 4개월이라 하오. 상왕비로서 체통을 망각하고 과인도 모르는 불륜을 저질렀소. 이제 과인으로서는 만부득이 대의 멸천으로 전지를 내리나니, 중추부사 채부사는 일각도 지체하지 말고, 이 두 폐인을 함거에 싣고 산악이 험준한 교주도 등주交州道 登州:지금의 함남 추가령 지방으로 유배토록 하시오."

"황공하옵니다. 소신은 어명에 따를 뿐이나 한 말씀 올리겠습니다. 욱태공께서는 왕실 종중의 종정이시니 주상으로서는 나라와 백성들을 다스릴 뿐 조상을 다스릴 수는 없는 엄존이십니다. 또 헌정마마께서는 선왕을 모셨던 상왕비이시며, 지존께는 골육이신 누님이십니다.

특히 헌정마마께서는 백관 백성들이 선대부터 국모로 우러러 숭상하는 분이시온데 형벌을 내리시면 온누리의 백관 백성들은 국상이 난 것같이 통

곡의 바다를 이루게 될 것입니다. 그리고 헌정마마께옵서는 언니 헌애마마께서 맡긴 효신태자를 십이 년째 친자식 이상으로 돌보고 계십니다. 이제 헌정마마께 형벌을 내리시면 효신태자의 운명은 어찌 되겠습니까? 어쩌다 헌정마마께서 중죄를 범하셨다 하셔도 헌정마마의 자비심과 골육지간이란 정상을 참작하셔서라도 따끔한 훈계로써 벌하심이 천만번 지당한가 합니다. 너그러이 관용을 베풀어 주십시오, 주상 전하.”

“채부사. 혀가 길어서 자르고 싶었소? 웬 말이 그다지 많소! 이 전지는 과인의 명이 아니라 옥황상제께서 내리시는 천명이니, 채부사는 군소리 말고 금오위 군사와 함거를 갖추고 글피 저녁 낙양落陽 때까지 소임을 수행하고 돌아와 결과나 보고하시오!”

성종은 대단히 화가 난 듯 안면에 서슬이 시퍼런 노기까지 띠우며 불호령을 내렸다.

“황송하옵니다, 전하. 소신의 혀 끝이 너무 경망했으니 노염은 푸십시오. 소신은 어명에 따라 즉각 수행하고 글피 저녁 낙양 때까지 돌아오겠습니다.”

중추부사 채충순은 꾸중을 호되게 얻어맞고는 어전에 하직 숙배를 올리기가 무섭게 ‘걸음아, 나 살려라’ 하는 듯 물러나온다. 그리고 궐 문을 나서는 즉시 타고 왔던 필마 단기匹馬單騎:한 필의 말을 혼자 타고 감에 계속 채찍을 내리치며 선지교選地橋:고려 때 이름으로 지금의 선죽교를 가리킴를 지나 자남산子男山 처마 밑에 있는 금오위 본영을 향하여 화살처럼 날아갔다.

3

헌정비獻貞妃의 귀양

중추부사 채충순이 두 죄인의 귀양 채비를 마련
하고자 금오위 본영을 달려가고, 또 의봉루에 두 대군과 세 대신들도 완강
한 성종의 옹고집을 꺾지 못한 채 퇴궐령에 못 이겨 가재걸음을 당할 무렵,
상춘전 헌정상왕비는 예전처럼 친언니인 천추전 헌애상왕비 소생의 열두 살
인 효신태자와 십여 명의 수중 나인들을 이끌고 뒤뜰 정원에서 눈에 긴 수
건을 가리고 한창 술래잡기를 즐기고 있을 때였다. 전빈典賓나인 하나가 숨
가쁘게 홍치마를 펄럭이며 달려와서는,

"헌정마마. 놀이를 멈추십시오. 지금 우리 상춘전 앞뜰에 두 대군과 두
대신께서 찾아 계시옵니다."

하며 헌정상왕비 앞에 손님들의 내방을 알렸다.

"두 대군과 두 대신께서?"

"예. 그렇습니다, 헌정마마."

"어인 일로 이 곳에 오셨다더냐?"

"그 이유는 묻지를 못해 모르겠으나, 그분들의 표정을 보옵건대 무엇인가

근심스러운 기색들이 역력하옵니다."

"오, 그렇더냐. 느닷없이 무슨 일들일까? 어서 가 봐야겠구나."

헌정상왕비는 술래놀이를 중단하고 이어 효신태자를 불러 세웠다.

"태자야. 손님이 오셨단다. 오늘 아침 나절엔 이만하고 이따가 저녁 나절에나 다시 즐기자꾸나."

"한창 재미있게 노는데 대관절 어떤 손님이 무슨 일로 오셨어요?"

"두 대군과 두 대신께서 오셨단다. 무슨 일인지는 나도 모르겠다만 일단은 가 봐야겠구나."

"이모. 그분들이 무슨 일로 오셨는지 가 보세요. 그렇지만 될 수 있는 한 빨리 쫓아 버리고 술래놀이를 계속해요."

"오냐. 될 수 있으면 그리 하자꾸나."

헌정상왕비는 효신태자의 손목을 잡고 상춘궁 뜰로 돌아나왔다. 효신태자의 그 모습은 너무나 측은해 보였다. 말이 열두 살이지 생모가 자상히 보살펴 주질 않아서인지 몰라도 병약해 보일뿐더러, 자라지 못해 보통 일고여덟 살밖에 안 돼 보이는 체격이었다. 식욕이 한창 왕성한 나이이건만 하루에 공기밥 한 그릇도 못 드니 속병이 얼마나 깊은가는 알고도 남는 일이다.

그리고 생모 헌애상왕비가 천추전에 있건만 네댓새에 한 번쯤 문안 인사로 잠깐 다녀올까 말까, 그 외에는 통 가지를 않고 이모인 헌정상왕비의 품 속에서만 지내며 좋아하고 따른다.

그도 그럴 것이, 생모 헌애상왕비는 성품이 교활하고 방자한데다 난폭스러워 모자지간의 사랑과 모성애란 털끝만큼도 없었으나, 이모 헌정상왕비는 언제나 자애스럽고 건강 관리에도 특별히 세심한 정성을 들여 주니 아니 따를 수도 없을 것이다. 그리고 헌정상왕비는 임신 4개월의 무거운 몸이건만,

효신태자의 건강을 위해 운동 삼아 매일 술래놀이뿐만 아니라 투호놀이를 비롯해 산보와 동산에 오르기 등 여러 가지로 놀아 주는 그 지극한 정성도 알아줄 때가 있을 것이다.

헌정상왕비가 효신태자를 이끌고 앞뜰로 돌아 나올 때 섬돌 층계 앞에는 의봉루에 입시하였던 두 대군과— 세 대신들 중 병부상서 서희는 욱태공을 모시러 간 듯 그 자리에 없었고— 두 대신이 좌우로 국궁하여 숙연히 기다리고 있었다.

"오셨습니까? 그런데 두 오라버니와 대신들께서 느닷없이 이 곳엔 어인 행차시오?"

헌정상왕비는 효신태자의 손목을 이끈 채 다가서며 의아한 표정으로 묻는다.

"예, 헌정마마. 뵈올 면목이 없습니다. 오늘 예상하지도 못했던 날벼락이 떨어졌기에 이렇게 오게 되었습니다."

큰오라버니 되는 효덕대군이 예를 다 해 응대를 했다.

"예상하지도 못했던 날벼락이 떨어졌다니오? 어서 안에 들어가 자상히 들어봅시다."

헌정상왕비는 효신태자를 이끌고 앞장 서서 안으로 들어갔다. 뒤를 이어 두 대군과 두 대신은 십간 대청 만화석滿花席:여러 가지 꽃무늬가 수놓인 돗자리에 올라 헌정상왕비 앞으로 다가 앉았다.

"오라버님. 무슨 일인지 자초지종을 자상히 일러 주시죠?"

"예, 애석하게도 여쭙기가 매우 거북스러운 날벼락이었습니다. 오늘 느닷없이 소명이 계시다 하기에 우리 제신들이 예궐을 하였더니, 주상은 다짜고짜 여기 상춘전에 해괴 망측한 추문이 일었다시면서, 노발대발하시며 힐책이 대단하셨습니다."

"그러셨습니까? 그것은 예상했던 일이랍니다. 오늘 제조상궁 유씨가 문안을 나왔기에 나는 여쭈어 올려야 할 일이기로 현실정을 곧이곧대로 전갈하게 하였었지요. 한데 주상께서는 무어라 힐책을 하셨습니까?"

"예, 여쭙기가 난감한 일입니다. 자초지종을 자상히 말씀드리면, 오늘 예궐하여 주상이 의봉루에 계시기에 올라갔더니 주상께서는……."

하며 효덕대군은 오늘 의봉루에서 일어난 자초지종의 논란들을 간략하게 품고를 했다.

"알겠어요. 그렇다면 엄형嚴刑이란 어떤 형이라오?"

"예. 몇 년 동안인지 기한은 모르겠으나, 깊은 산간 벽지의 유배형이라 하였습니다."

"그래요? 유배형이라면 멀리 귀양살이가 아닌가요? 산다 한들 이승과는 격리된 쓸모없는 인생살이인데, 그렇게 공연히 고생시키지 말고 차라리 안락하게 사약을 내려 주었으면 싶소. 오라버님. 지금이라도 사약을 청할 수 없겠어요?"

"헌정마마. 그건 천부당만부당한 말씀이오. 모처럼 한 세상을 왜 그리 허무하게 버리시려고 하시오. 우리 목숨은 칠성님께서 부르실 때까지 안락한 극락 왕생을 위해서 희로애락도 그런 대로 두루 맛보며 이승을 거쳐가는 것이 부여된 인생이랍니다. 그러니 자포자기는 꿈도 꾸지 마십시오. 그리고 주상께서는 우리 제신들이 여러 모로 왕실의 실정들을 설유시켰습니다만, 고집도 옹고집이시라 말이 통하질 않았습니다. 그러나 머지않아서 주상께서는 크게 회개하시리니, 그 동안 험준하고 고된 귀양살이라도 억세게 참고 견뎌만 주십시오."

"아니에요. 주상께서도 나름대로 품은 뜻이 있을 거예요. 또 주상의 뜻은 하늘의 뜻이니 억지로 설유시키거나 원망해서는 안 됩니다. 그리고 내가 잘못이라면 마땅히 벌을 받아야 되는 것이거늘 그런 소리는 마세요."

"알겠습니다. 어쨌건 이번 일은 우리 종묘 사직이 다른 성에 넘어가는 우려를 예방하고자 했던 일이니 절대로 자포 자기를 하지 마시고, 또 귀양길은 가시되 어떤 난관이 눈앞에 닥치시더라도 건강한 후사감은 결단코 탄생시키셔야 합니다."

"오라버님, 고정하세요. 주상께서 굳이 못마땅하게 생각하는데…… 이제는 낙태를 시킬 수밖에 없질 않겠어요?"

"어허, 큰일날 소리. 안 되오이다. 주상의 옹고집은 단지 금중 율법이다, 절차 없는 불륜이다 하고 의례상으로 힐책하는 것일 뿐, 종묘 사직의 장차 후사 문제에 대한 만일의 경우는 염두에 없는 탓이니, 우리 측으로서는 방심할 수 없는 일입니다. 만일의 경우에 확고한 대비책은 있어야 우리 백관 백성들은 마음놓고 왕실에 의지할 수가 있는 것이랍니다. 그러니 어디서 어떤 난관이 닥치더라도 만일의 경우에 대비할 후사감 한 분은 결단코 낳으셔야 됩니다.

그리고 이제 귀양길에는 종정이신 욱태공께서도 같이 가게 되었습니다. 아녀자의 몸으로 귀양지에서 홀로 지내자면 무서움과 어려움도 많을 것이니, 기왕 연분으로 결합한 사람끼리 같이 지내면 식량 걱정이나 주거 생활 등 모든 일에 다소간 도움이 될 것입니다. 욱태공까지 형벌을 당하게 되어 마음은 아프옵니다만, 한편으로 이런 때에는 불행 중 다행한 일이라 할 수밖에 없습니다."

"어머, 욱태공까지 형벌에 걸리다니 이를 어쩌나? 참으로 애석한 일이로

구려. 욱태공은 나를 임신하게 하였어도 중론에 의해 마지못해 했던 일일
뿐 죄라곤 추호도 없는 분이신데, 종묘 사직의 혈통을 염려하다가 애꿎은
중벌을 당하시다니 정말 복장이 터질 일이로구려. 이를 어찌하면 좋을꼬?”

　헌정상왕비는 크게 충격을 받은 듯 상성喪性:본래의 성질을 잃음된 표정으로
연달아 장탄식을 내뱉었다.

　“욱태공이나 헌정마마 모두가 애매한 형벌입니다. 하지만 거듭 이르건대
어떤 난관이 닥치더라도 비관이나 헛된 망상은 절대로 하지 마시고, 오직 종
묘 사직을 위해 건강한 후사감 한 분만은 꼭 탄생시켜야 합니다. 만일을 대
비하자는 것이니 명심해 주십시오.”

　“글쎄요? 요즈음 보아 하니 우리 효신태자의 건강이 차도가 있는 것 같
은데, 건강 관리를 좀더 잘 지키면 내가 아기를 굳이 낳지 않아도 될까 싶구
려.”

　“아닙니다. 혹 효신태자의 건강이 회복되더라도 장차 혼인시 정력도 문제
가 될 수 있는 일이니, 만일의 경우까지 안전히 대비해야 합니다. 그러니 절
대로 임신 중절이나 자해를 해서는 안 됩니다. 그리고 태어난 아기가 딸이
라면 다시 임신을 해서라도 후사감만은 무조건 탄생시켜서 잘 키우셔야 합
니다. 이는 온누리 백관 백성들의 기원임을 명심하시고 치성을 들여주십시
오.”

　“실정이 그렇다면 나로선 별수가 없지요. 치성은 다 해 보리다. 그런데 언
제 귀양길을 보낸다오?”

　“예. 잠시 후면 중추부사가 함거와 호송꾼을 이끌고 올 것입니다. 병부상
서 서장군은 욱태공을 모시러 갔으니, 이 곳에서 같이 동반해서 떠나게 되
어 있습니다.”

이 때 헌정상왕비의 무릎 옆에 붙어 앉아서 이 대화 내용을 물끄러미 듣고 있던 효신태자는 의아한 표정으로 이모인 헌정상왕비에게 물었다.

"이모. 이모가 무엇을 잘못했어요? 그리고 형벌은 무엇이며, 귀양이란 무엇이고, 또 어디를 간다는 게요?"

천진 난만한 효신태자로서는 이제 세상 밖에 나와 처음 듣는 말과 내용들이니 모르는 것은 당연한 일이다. 그러나 헌정상왕비는 태연히 효신태자를 아기처럼 무릎 위에 끌어 앉히며 이른다.

"태자야. 네가 이런 것까지 알 것은 아니란다. 네가 궁금하면 대충은 일러 주마. 내가 주상에게 무언가 거슬린 일이 좀 있어 깊은 산사에 들어가 심신 수양 겸 백일 기도하라는 것이 곧 귀양이란다. 나의 귀양도 근원은 너의 건강이 너무 쇠약한 탓으로 일어난 것이란다. 그러니 앞으로는 삼식을 풍족하게 잘 먹고 운동도 자주하여 건승해지면 우리 왕실뿐만 아니라 온 누리 백관 백성들도 기쁨으로 크게 환호할 것이다. 따라서 나도 귀양길에서 빨리 돌아오게 될 것이니, 내가 없는 동안에라도 건강에 치중해야 된단 말이다. 내 말 알아듣겠느냐?"

"예. 알겠어요. 하지만 굳이 귀양을 가야만 된대요?"

"아무렴. 가야 하고말고. 귀양 가서 백일 기도하며 너의 건강 회복을 부처님께 치성껏 빌고 와야겠다."

"이모. 난 싫어요. 그런 귀양은 가지 말아요. 이모가 곁에 없으면 내 몸은 낫기는커녕 더 아플 거예요. 내가 주상한테 가서 단단히 혼내 주고 올게요."

하며 효신태자는 헌정상왕비의 품 속에서 비집고 나오려 한다. 실로 민망스러운 일이었다. 효신태자의 말하는 품행만 보아도 이모의 보살핌으로 많이 나아지기는 하였지만, 생모인 헌애상왕비가 그 동안 서방질하느라 친자식에 대한 관심이나 가르침이 없었으므로 아직 사회 상식도 없는 칠팔 세 체격 그대로의 철부지임을 드러내고 있었다.

"태자야. 그건 안 된단다. 내가 사사로이 잘못한 일도 있어 백일 기도에 재계齋戒:몸과 마음을 깨끗이 하고 부정한 일을 멀리 하는 일도 아울러 닦고 와야 된단다. 그러니 이제 네가 간들 역정만 더 할 것이니 너는 아무것도 모르는 채 잠자코 있어야 한다."

헌정상왕비는 그럴 듯한 변설辨說:사리를 분별하여 설명함로 효신태자를 달래며 꼬옥 안은 채 품 속에서 풀어 주질 않는다.

"그렇다면 나도 이모 따라 같이 갈래요. 이모. 그건 되죠?"

"그것도 안 된단다. 깊은 산중이라 길이 험준하거니와 주상과 너의 어머니께서도 허락지 않으신단다. 내가 수양 삼아 백일 동안만 지내다가 올 것이니, 그 동안 허전해 하지 말고 삼식과 몸 건강에 치중하며 기다려다오."

헌정상왕비의 두 눈에서는 석별의 아쉬움에 몹시 격했던 듯 수정 같은 눈물이 흘러 내린다.

이 때 궐문 쪽에서 병부상서 서희와 사십 고개의 늠름한 육척 체구에 평복을 걸친 욱태공이 들어와서는 대청에 올라 만화석에 앉았다.

"헌정마마. 소인들의 권유로 인하여 뜻하지 않은 귀양길을 맞게 되어 소인들 황송하여 몸둘 바를 모르겠습니다. 그러나 헌정마마께서는 우리 종묘 사직의 혈통을 위해 이런 때일수록 더욱 감내하셔야 합니다."

서희가 엎드리며 엄숙히 예를 갖추었다.

"우리 종묘 사직에 관련된 막중 대사라, 누란의 화를 예방하려다 보면 역경에 처하는 수도 있게 마련이지요. 과히 송구해 마세요, 서장군."

"황감하옵니다. 오늘 일은 주상께서 잠시 오판을 한 것이니, 아무쪼록 귀양을 가시더라도 후사를 이을 만한 건장한 아드님을 얻어 만일에 대비하여 주시옵소서, 헌정마마."

"예. 정성은 드려보리다만, 그보다도 우리 효신태자의 건강에 차도가 있는 것 같소. 좀더 삼식과 탕제는 물론 건강 관리에 정성만 들여 주면 빨리 정상 회복이 될 것이오. 그러니 나의 임신만 기대하시지 말고 이 태자에게도 각별히 유념하여 체력 향상에 도움될 만한 친구감들도 주선해 보시오. 그리하면 태자는 친구들과 운동 삼아 뛰놀다 보면 스스로 식욕이 증진되고 건강도 촉진되오리다. 그리 되면 후사 문제는 굳이 내가 아니더라도 해소될 것이 아니겠소?"

"헌정마마. 고정하십시오. 지금 말씀대로 그리만 된다면 우리 종묘 사직에 긴장이 풀릴 것이며, 따라서 백관 백성들도 오죽 기뻐하겠습니까. 하지만 사람의 운수란 약정이 없습니다. 삼가 여쭙건대 만일의 경우를 우려하시어 헌정마마께서는 각별히 후사감은 대비하고 계셔야 합니다."

"알겠소. 끝으로 나의 부탁을 거듭 이르겠소. 이제 내가 떠나면 태자를 돌볼 사람은 생모인 천추전이 있기는 하오만, 어쩌면 남만도 못 하니 천상 두 오라버니와 세 대신들밖에 없는가 싶소. 그러니 수고스럽지만 두 대군과 세 대신들은 태자를 번갈아가며 예궐하여 전의시典醫侍:궁중에서 병자를 담당하는 기관에 특별히 부탁하여 보약을 비롯하여 삼식과 친구감을 주선하고, 때때로 산천 풍수도 쐬게 하여 체위 향상을 도모해 주시기만 간절히 바라겠소."

헌정상왕비는 간곡히 당부를 이르고는, 효신태자를 꼬옥 끌어안으며 볼에 입맞춤을 한다. 이 때 마침 궐문 밖에서는 말들의 울부짖는 소리가 요란

하더니 이십여 명의 군사들이 들어서며 이쪽으로 걸어오고 있었다. 중추부사 채충순이 금오위에서 인솔하고 오는 군사들이었다. 금오위들이 들어설 때부터 앞장 선 별장 하나가,

"어명이오. 어명이오!"

연달아 권마성을 지르며 다가왔다. 그들 뒤에는 채충순이 어색한 표정으로 따라오고 있었다. 금오위들이 상춘궁 섬돌 층계 밑에 좌우로 나열하자 중추부사 채충순은 그 사이로 들어가 청하에 국궁한다.

"헌정마마와 욱태공 나으리께 외람되오나 뜻하지 않은 어명이 내려졌습니다."

채충순이 현 실정을 공손히 품고한다. 열섯 달 전 천추전 헌애상왕비에게 어명으로 냉엄하게 정조대를 채울 때와는 달랐다. 지금 헌정상왕비의 현 실태를 잘 알고 있을뿐더러, 임신 전까지만 해도 사시사철, 그리고 멀든 가깝든 가리지 않고 미복 잠행으로 백성들의 질고를 보살피던 그 아름다운 자비심에 감복하고 있었다.

"채부사. 그렇잖아도 전말을 전해 듣고 지금 기다리고 있던 참이었소. 어명을 받을 것이니 잠시 올라와 앉아서 숨이나 돌리고 갑시다."

"뜻밖의 청천 벽력이라 황송하여 몸둘 바를 모르겠습니다, 헌정마마."

"신하로서 어명을 집행하는 소임이니 채부사는 추후도 송구할 것이 없소. 잠시 올라와서 앉아서 숨이나 돌리고 떠납시다."

헌정상왕비는 화사한 표정으로 효신태자를 품고 앉은 채 엄숙히 이른다. 채충순은 궁중이라 이목들이 두려운 듯 주위를 한 번 둘러보고 나서 대청에 올라가서는 만화석에 공손히 마주 앉는다.

"채부사. 나와 욱태공의 귀양지는 어디라 하오?"

"예. 여쭙기 송구스러우나 주상께서는 이 곳에서 육백여 리 떨어진 산악들이 험준한 동주 지방으로 배소配所를 명하셨습니다."

"좋소. 동주가 어디인지 나야 알 수 없으나, 어명이니 골육지간인들 죄인이면 별수 있겠소. 육백 리가 아니라 삼천 리라도 엄숙히 감수해야죠."

"황송하옵니다, 헌정마마. 소인이 비록 어명에 따라 소임을 맡고 있으나 소인 나름대로 심신껏 헌정마마와 욱태공께 편의를 도모할 작정이오니 누설만 되지 않도록 바랄 뿐입니다."

"채부사의 성의는 고맙습니다만, 나는 이제 죄인이 되었으니 마땅히 어명에 따라 형벌을 받아야지요. 어명을 기망하는 성의는 삼가 주시오."

"천만의 말씀이십니다. 지금 헌정마마께서는 단지 윤리 준칙의 절차를 어겼을 뿐, 우리 종묘 사직의 누란의 화를 예방하고자 하심이니 어찌 죄인이겠습니까. 비록 주상 전하의 독단으로 귀양은 가실 것이지만 죄인은 아니십니다. 그러니 이 귀양길은 소인이 담당하고 있는 터라 소인의 지시에만 무작정 따라 주십시오."

하며 채충순은 엎드려 머리까지 조아린다. 이 때 헌정상왕비의 품 속에 안겨 있던 효신태자가 품 속을 비집고 빠져나와서는 채충순 앞에 다가선다. 그리고 고사리손으로 채충순의 고개를 치켜올리며,

"채부사, 나도 우리 이모 따라 같이 가야겠소. 갈 수 있겠죠?"

효신태자는 헌정상왕비와의 동반을 재촉했다. 채충순은 당황한 표정으로 고개를 치켜세우다가는 즉시 효신태자 앞에 반신을 크게 굽히며 정중히 만류를 했다.

"태자 저하. 황송하오나 동반은 안 됩니다. 행여 주상께서 이를 아시면 형벌만 가중될 것이니 동반은 삼가 주십시오. 그리고 부처님께서 무심치 않

을 것이니 이모님께서는 수이 환궁하실 것입니다. 또한 저하께서는 지금 환후 중이시니 궐 안에서 건강에 치중하시면서 이모님의 환궁을 기다려 주십시오."

"아니오. 우리 이모가 없는데 내가 어찌 홀로 지낸단 말이오. 나는 이모가 없으면 궐 안에서는 잠시도 있을 수 없소. 그리고 이모가 없으면 몸과 마음이 불편하고 병세도 악화될 것이므로 같이 동반할 수 있소, 없소?"

효신태자는 철부지 마음에도 역정은 있었던지 짜증스러운 표정으로 으름장을 놓았다.

"태자 저하. 황공오나 진정하십시오. 헌정마마와의 애틋한 정의는 소인이 더 잘 알고도 남으나 천추전에 계신 헌애마마께서 허락지 않으실 뿐만 아니라, 주상께서도 윤허치 않을 것입니다. 애석한 일이지만 헌정마마께서 꼭 환궁하실 것이니, 그 동안 궐 안에서 허전하신 대로 건강에 유념하시면서 기다려 주십시오. 간곡한 청이옵니다."

중추부사 채충순이 당황해서 효신태자의 으름장을 달래고 있을 때 헌정상왕비는 이들을 보기가 몹시 언짢은 듯 미간을 찌푸리며 효신태자를 준엄하게 꾸짖는다.

"어허— 채통이 없구나. 태자는 억지를 삼가렷다! 귀양지의 동반은 채부사뿐만 아니라 모친이나 주상께서도 절대 허락지 못하는 준법이니라!"

효신태자는 이모의 호된 책망 소리에 더 보채지는 못하고 물러가 공손히 다가앉으며 분이 치밀어 오르는 듯 왈칵 터져나오는 눈물을 두 손등으로 훔치고 있었다.

"태자야. 공연히 눈물을 흘리지 말거라. 내가 한동안 심신 수양 겸 부처님께 너의 건강 회복도 기도 드리고 올 것이니 과히 아쉬워하지 말아라. 그리고 내가 없더라도 두 대군과 세 분 대신들에게 의지는 물론 장차 보필까지 당부하였으니 건강 회복에 온 정성을 들여다오."

"이모, 보필이란 게 뭔지 난 싫어요. 아무리 대군들과 대신들이 보살펴 준다 한들 이모만 하겠어요? 이모, 가지 말고 이대로 있어 줘요. 그리 안 된다면 나도 따라 가게끔 해 줘요. 이모, 주상한테 내가 허락받아 올게요."

효신태자는 이모에게 호되게 꾸중을 받고도 여전히 헌정상왕비의 팔소매를 잡고 마구 흔들며 애처롭게 보채고 있었다. 사람의 눈으로서는 차마 볼 수 없는 애틋한 정경이었다.

이 때 중추부사 채충순은 너무 지체되어 두려운 듯 조급한 표정으로 헌정상왕비 앞에서 갈 길을 재촉했다.

"헌정마마. 여쭙기 황송하오나 소인에게 부여된 시간이 한정이 되어 있습니다. 야박한 줄 아옵니다만, 주상께서 글피 저녁 낙양 때까지 소임을 마치고 돌아와 결과를 보고하랍시니, 지금 길을 서두르셔야 할 지경입니다. 널리 통촉하여 주시기 바랍니다."

"오, 그런가요? 글피 저녁 낙양 때까지라면 조급히 서둘러야겠구려. 한데 우리 두 죄인을 호송하는 데 어인 군사가 이십여 명이나 되오?"

"헌정마마. 외람되오나 그런 것까지 만류하실 것은 없습니다. 소인의 지침에 따라 거동만 하십시오."

"우리 두 죄인을 호송하는 데 백 명이건 천 명이건 내가 간섭할 일은 아니지요. 하지만 쓸데없이 군비를 낭비하는 것은 나라 살림의 허비라 반갑지가 않구려."

"황공하옵니다, 헌정마마. 이번 호송에는 본래 규정에는 열 명의 호송꾼을 인솔하게 되었으나, 소인은 나름대로 열 명 더 징발시킨 것입니다. 말씀이 나온 김에 부연하자면, 귀양지가 어명에는 육백여 리 떨어진 동주로 지령하셨으나, 그 곳에는 험악한 맹수들이 많이 설치는 고장이라 매우 위험스러워, 소인은 그 곳에서 이백여 리 못 미쳐 교주도 부양현交州道釜壤縣:지금의 함남 新高山 지방으로 작정한 것입니다. 그 곳은 맹수들이 덜 설처기는 하나, 그 대신 산적들의 소굴들이 번다한 고장이라서 미모의 젊은 여인들은 더욱 위험합니다. 그래서 별수없이 무술이 신출 귀몰한 무장들 열 명을 더 징발시켜 귀양지 인근에 항시 매복시킬 수밖에 없습니다. 그러니 마마께서는 아무 것도 모르는 채, 소인의 지침에만 따라 주시기 바랍니다.”

“우리 두 죄인 때문에 애매한 군사들만 생고생을 시키는구려.”

“아닙니다. 나라 싸움에 출정하는 신호위와 달리 금오위는 치안군이라 이런 때 주위를 수비하는 직책이니 달리 해석하실 것도 없습니다. 이 일이 밝혀지면 소인은 기만죄로 극형을 면치 못합니다. 그러니 소인이 도모하는 일에 대해서는 모르는 체 따라 주시기만 하시면 됩니다.”

“글쎄요? 우리 두 죄인의 신변을 염려해 준다는 것은 고마우나, 주상이 모르게 한다는 것은 아무래도 마음에 걸리는구려.”

“헌정마마. 삼가 여쭈옵건대 귀양지의 주변을 감시한다는 것은 소인의 임의로 하는 일이라서 두 분께서는 부담스러워 하실 것도 없습니다. 설혹 주상 전하께 기만죄가 들통이 나더라도 소인이 엄책을 각오하고 요량껏 맞을 것이니 마마께서는 무작정 아무것도 모르는 체 따라 주시기만 하시면 됩니다.”

“별수가 없구려. 소임 시간이 촉박하다니 이만 떠납시다. 그런데 무엇을 타고 간다오?”

“여쭙기 송구하오나 왕실의 이목들이 있으니 형식적이나마 죄인을 호송하는 함거에 오르셔야겠습니다."

"알겠소. 어서 떠납시다."

"예, 서둘러야 되겠습니다. 하온데 귀양살이를 얼마 동안 하시게 되는지는 모르겠습니다만, 한동안이라도 옷들이나 일상용의 필수품 등은 대강 챙기셔야 합니다. 어서 보따리를 챙기십시오."

"나는 이제 궐 문은 나서면 평민이라 그런 것은 필요치 않소. 그리고 빈손으로 깨끗이 떠나고 싶으니 이대로 떠납시다."

헌정상왕비는 어인 일인가 옷가지와 생필품 등 간출한 손보따리조차도 일절 챙기지 않은 채 솔선해서 자리에서 일어났다. 궁궐을 떠나는 마당에선 궁중터나 냄새까지도 영구히 떨쳐 버리려는 모양이었다.

"태자야. 내가 이른 말 명심하겠지? 내가 될 수 있는 한 속히 돌아올 것이니, 그 동안 삼식을 풍족히 챙기고 친구들과 즐겁게 뛰놀며 건강 회복에 힘써야 빨리 돌아올 수 있단다. 그렇지 못하면 영영 못 돌아온단 말이다. 내 말 알아듣겠느냐?"

헌정상왕비는 효신태자를 안아 일으키며 충고를 되씹는다. 헌정상왕비의 이 말은 효신태자에게 어떻게든 건강을 회복하게 해서 장차 왕위에 오른 뒤에나 만나고 싶으면 만나자는 뜻이었다.

효신태자는 그 말뜻을 못 알아들은 채 손등에 눈물을 닦아내며 무턱대고 고개만 끄덕대고 있었다.

효신태자를 안은 헌정상왕비를 위시해서 욱태공이 대청을 내려가고 이어 두 대군과 세 대신들, 그리고 채충순은 금오위를 이끌고 뒤를 따라 궐문으로 걸어나갔다. 궐문을 나서기 전 헌정상왕비는 효신태자를 내려 놓고 돌아서서 수창궁 상정전을 향하여 합장하고 주문을 외운다. 영영 돌아오지 않을 심산인가, 하지만 그녀는 나라와 종묘 사직의 무궁한 번영과 남동생인 성종의 만수 무강을 기원하는 주문을 외웠다. 주문을 마친 헌정상왕비는 효신태자를 다시 이끌고 궐문을 나섰다.

궐문 밖에는 두 말이 이끄는 쌍두마차에 통나무로 울타리를 친 함거 한 대가 주인을 기다리고 있었다. 주변에는 의봉루에서 사연을 전달하였던 제조상궁 유씨의 말이 은밀히 퍼져나갔는지, 빈·귀인·상궁 등 삼백여 명의 지체 있는 궁녀들이 주상의 눈길이 두려운 듯 살며시 빠져 나와 침통한 표정들로 눈시울을 적시며 함거를 배웅하고 있었다.

헌정상왕비는 효신태자를 내려 세워 놓고 무릎을 내리며 마지막 당부를 잊지 않았다.

"태자야. 이모는 이제 떠나야겠다. 이모가 여러 차례 이른 말 명심하거라. 그래야만 우리 왕씨 고려의 종묘 사직이 영구히 보전할 수 있고, 이모도 그 때 비로소 만날 수 있게 된단다. 그리고 천추전의 어마마마와 그 나인에게도 의지하여 먹고 싶은 것 달라 하고, 가르침과 글공부도 행하여 정분을 찾도록 해야 된단 말이다. 내 말 명심하겠지?"

헌정상왕비는 애틋한 목멘 소리로 재차 당부했다.

"예, 알겠어요. 이모, 되도록 빨리 돌아와줘요."

효신태자는 아기처럼 헌정상왕비의 젖가슴에 파고들며 울먹인다.

헌정상왕비는 효신태자의 볼이 떨어져 나가도록 입맞춤을 하고 나서 주저 없이 함거에 올랐다. 뒤따라 태조 왕건의 여덟 번째 아들인 욱태공도 사통 혐의로 함거 속에 들어갔다. 그리고 중추부사 재충순은 시간이 너무 촉박한 탓인 듯 함거를 출발하게 했다. 함거 앞뒤에는 필마 단기들로 이십여 명의 금오위 기병들이 호위하여 나갔다.

이 무렵, 송악 장안 행길가에도 얼마 전에 텅 빈 함거가 만월대 궁궐로 달릴 때부터 추이가 심상치 않았음을 느꼈던 듯 소문이 퍼져나가 수많은 장안 백성들이 빽빽이 늘어서서 의아한 표정들로 지켜보고 있었다. 함거가 남대문_{송도 개성의 남문}을 거쳐 보정문을 나서기 전 거리의 백성들은 의외로 헌정상왕비와 왕실 욱태공의 함거임을 보고는 청천 벽력이라 당한 듯 당황한 표정을 감추지 못했다. 그들 중에 오십여 명의 날랜 남정네들이 앞질러 달려와서는 함거 앞을 가로막고 줄지어 엎드렸다.

"물렀거라. 어서 물렀거라! 헌정마마와 욱태공께서 가시는 귀양길이시다! 먼 길에 시간이 없으시다. 냉큼 물렀거라!"

앞장 선 별장 하나가 인명과 벌까지 공개적으로 크게 권마성으로 외친다. 그를 보면 금오위들도 백관 백성들이 극진히 존경하는 두 분의 애매한 귀양길을 여기 성내 사람들에게나마 하소하려는 절규였다.

"지엄한 행차 앞을 가로막아 외람되오나 헌정마마와 종정이신 욱태공께서 어인 죄로 느닷없이 귀양을 가시는지 우리 백성들은 알아야겠습니다. 잠시 멈추시고 연유를 밝혀 주십시오."

맨 앞줄에 엎드렸던 농부인 듯한 사십 고개의 장년 하나가 어인 연유인지 밝혀 주기를 간청했다.

"왕실의 엄존들끼리의 일이라 우리 백관 백성들은 연유를 알 것 없거니와 해명할 수도 없느니라. 어서 물렀거라!"

앞장에서 권마성을 지르던 별장이 대신 질호를 한다.

"황송하오이다만 헌정마마와 욱태공은 우리 백성들에겐 어머니와 어버이신데 어찌 사유 곡절도 모를 수가 있습니까? 우리는 세상 없어도 알아야 하겠습니다. 우리는 연유를 알기 전에 절대 물러설 수 없으니 대강이라도 의문을 밝혀 주십시오."

"방자하구나! 지금 어명에 따라 갈 길이 급하니 일각도 지체할 수가 없느니라. 어서 냉큼 물러서렷다!"

"외람된 말씀이오나 우리는 당장 목에 서슬이 내린다 해도 두 분의 사유 곡절을 알기 전에 한 치도 물러설 수 없습니다. 공연히 노여움 마시고 대강이라도 시원히 일러 주십시오."

이 때 행차 뒤를 따르던 중추부사 채충순은 백성들의 의문을 저버릴 수가 없는 듯 행차 앞으로 달려와서는 말 위에서 내린다. 그리고 행보를 가로막고 엎드려 있는 백성들 앞에 다가서며 일장 설유를 한다.

"우리 백성들은 들으시오. 이 행차는 여러분들도 보아서 아시다시피 한 분은 우리 고려 왕실의 종정이신 욱태공이시고, 또 한 분은 우리 백관 백성들이 숭앙하던 헌정상왕비이시외다.

오늘 귀양길에 오르게 된 연유를 대충 이르자면 여러분들도 잘 알다시피 우리 고려 왕실에는 선대 경종왕께서와 지금의 금상께서 건강이 좋지 못하신 탓으로 혈통을 이어나갈 후사가 미흡한 실정이 아닙니까? 더군다나 종친들 중에서도 일점 혈육이 없으시고, 지금 아쉬운 대로 헌애상왕비의 소생으로 효신태자가 계시긴 하나, 이분 역시 열두 살의 나이에 벌써부터 몸이 쇠하시어 자리에 눕는 날이 많으시니 어찌하리요.

이로 말미암아 헌정마마와 욱태공께서는 종친들과 여러 대신들의 권유도 있고 하여, 우리 종묘 사직이 다른 성에 넘어가지나 않을까 우려되어 결국은 종실 간에 관계하여 지금 임신 4개월이 되셨소이다. 그러나 금상께서는 와병 중인 효신태자의 건강 회복만 믿으실 뿐, 헌정마마와 욱태공께는 체통을 망각하고 윤리 준칙의 절차도 어긴 불륜이라 하시며, 이에 유배형을 내리신 것입니다.

나는 중추부사로서 어명을 지닌 몸이라 어쩔 수 없이 귀양지에 모시고는 갑니다만 마음은 괴롭기 이를 데 없소. 우리 백성된 여러분들은 이를 알아 들으시고 조속히 사면되도록 부처님께 기도나 올려 주시기를 간절히 바랍니 다."

"부사 나으리의 전말을 듣고 보니 저희 백성들에겐 청천벽력이라, 하늘이 무너진 듯합니다. 온 누리가 눈물 바다를 이룰 지경이니 이를 어쩌면 좋습 니까? 부사 나으리도 잘 아시겠지만 헌정마마께서 선대 임금님 때부터 비 가 오나 눈이 오나 사시사철 엄동 설한에도 가깝든 멀든 가리지 않고 친히 우리 백성들을 두루 살피시며, 물심 양면으로 가난과 질고를 보살펴 주시던 인자한 국모님이시오.

욱태공께서는 고려의 종묘 사직의 종정이시며 우리 백성들에게도 많은 가 르침을 주신 어버이십니다. 이제 어명이라 귀양길은 어쩔 수 없겠으나, 나으 리께서는 될 수 있는 한 이 두 분에게 별고 없도록 잘 보살펴 주십시오. 우 리 뭇 백성들도 조속히 사면만을 부처님께 빌고 또 빌겠습니다."

"고맙소. 우리 백관 백성들이 치성껏 기도 드리면 하늘의 부처님께서도 무심치는 않을 것이니, 행여 늦더라도 환궁은 염려 없으리다. 모두들 치성 을 들여 주시오."

중추부사 채충순은 어명대로 귀양지가 동주라 하고, 그것도 그 지방의 처지와 환경에 따라 옮겨지는 예가 많다 하였을 뿐, 자신이 책정하고 있는 귀양지가 부양현이란 위치는 알리지를 않았다. 왜냐 하면 어명에는 귀양지 가 등주인데, 이백여 리도 못 미치는 부양현이라 하면 백성들은 산악 지대 밑이라 쉽게 방문할 수 있겠지만, 행여 그 곳이 누설되어 주상의 귀에까지 들리는 날엔 능치 처참으로 뼈도 못 추릴 터이니, 백성들에게는 사실대로 일러줄 수는 없었던 것이다.

"알겠소이다. 귀양지가 처지와 환경에 따라 수시로 옮겨진다 한들 우리 나라 품 안에 계실 것 아니겠습니까. 저희 백성들 몇 명은 일 년이고 십 년 이고 허탕치더라도 두 분의 안부쯤은 알아야 안도할 수가 있겠습니다. 찾거 든 가로막지 마시고 상면이나 시켜 주십시오."

"알겠소. 조만간에 언제라도, 그리고 누구라도 내 사저에 오시면 귀양지 는 은밀히 아시게 될 수도 있을지 모르니 한번 들러 보시오."

"예, 그러하겠습니다. 정말 감사하오이다. 아무쪼록 우리 헌정마마와 욱 태공의 무사 안녕과 조속한 환궁을 도모하여 주십시오."

선두에 엎드렸던 농부가 신신 당부하며 길가 옆으로 물러서면서 국궁했다. 이에 따라 뒤에 줄줄이 엎드렸던 남정네들도 애석한 표정들로 일어나 행길 좌우로 물러서면서 국궁했다.

함거는 이 때 비로소 다시 움직이기 시작했다. 두 죄인을 실은 함거가 그 들 앞을 지날 때 좌우에 늘어선 성내 사람들은 언제 돌아올지, 혹은 못 돌 아올지도 모르는 의구심에서였던가, 두 죄인 중에서도 특히 헌정상왕비의 얼 굴 모습을 잠깐이라도 보고자 앞다투며 다가섰다.

"헌정마마! 헌정마마! 별고 없이 속히 환궁되시기를 간곡히 빕니다!"

한 번 보고 난 백성들은 마지막 임종을 본 것처럼 마구 울부짖으며 대성 통곡들을 한다. 헌정상왕비는 도성 안 사람들이 앞길을 막을 때부터 어깨 를 들먹이며 눈물만 흘리고 있을 뿐이었다. 그리고 백성들 앞에 무어라고 응대도 못 한 채 참담한 표정이나마 보이면서 지나갔다.

* 주註 《고려사절요》에는 헌정왕후가 처음에 욱태공에게 시집을 먼저 갔다가 후에 경종비가 된 것
  으로 적혀 있으나, 당시에는 남편이 싫건 죽었건 일부 종사를 특히 숭상하던 시절인 데다
  율법이 지엄한 왕실이라, 헌정왕후가 당숙인 욱태공에게 시집갈 수가 없었다. 또 그 사이에
  서 후대의 현종왕인 안세安世를 낳고 나서 경종에게 개가하기란 어렵다. 또 효신태자가 목
  종왕穆宗王으로 오른 즉시 욱태공에게 효목대왕孝穆大王, 헌정왕후에게는 효숙태후孝肅太后
  로 추존推尊시킨 것을 보면 절차상 신빙성이 없는 잘못된 표기일 것이다.

4

헌정비獻貞妃의 도피

헌정상왕비와 욱태공이 부양 땅의 귀양지에 오른 지 두 해째 되는 춘이월 열이렛날 오정 때였다. 부양의 약수터에서 남쪽으로 십여 리쯤 떨어진 추가령을 올라가는 산허리 중턱에 외로이 자리한 세 칸 짜리 조그마한 토담집 앞마당에는 나이가 사십 고개를 넘은 듯 말 듯하고, 팔자 수염에 턱수염이 두둑한 위풍 늠름한 모습의 한 사나이가 흰 도포에 넓다란 입자(갓)를 얹은 선비 차림으로 두 사람의 비장을 대동하고 앞마당에 들어서는 즉시 말안장에서 내린다. 그리고 그 선비 차림의 사나이는 서슴없이 방문 앞 섬돌 밑에 가까이 다가서며 인기척을 한다.

"헌정마마. 계시옵니까? 만월대에서 어명을 받들고 나온 조신朝臣입니다."

이 때 방 안에서는, 낮잠을 자고 일어난 아기에게 젖을 물리고 있었던 헌정상왕비가 느닷없는 어명 소리에 깜짝 놀라 젖을 물리다 말고 일어나 방문을 열어체치며 물었다.

"뉘시오?"

"소인 예부상서 강감찬입니다. 오랜만이라 알아보시겠습니까?"

하며 강감찬이란 사나이는 가까이 다가서며 고개를 치켜올려 낯을 보인다.

"오호, 강상서. 오래간만이구려. 속세를 멀리 떠난 심심 산중인데 어떻게 찾으시었소? 어서 들어오시오."

"예. 중추부사께서 약도를 자상히 일러 주시기에 별로 헤매지 않고 쉽게 찾았습니다."

강감찬은 대답하며 서슴없이 방 안에 들어갔다. 그리고 죄인이 된 헌정상 왕비 앞에 큰절로 예를 갖추고 나서 마주 앉으며 말미를 이었다.

"그 동안 찾아 뵙지 못하여 송구하기 이를 데 없습니다. 그간 안부 소식은 중추부사에게 수시로 들었습니다만, 귀양살이에 고충이 얼마나 많습니까? 새 아기씨께서는 별탈 없으신지요?"

"이런 곳까지 모처럼 찾아주시니 감읍할 따름이오. 나는 이 산중에 온 뒤로 채부사의 극진한 배려 속에 이 아기를 순산하고, 또 원근 백성들도 고생을 무릅쓰고 참참이 찾아와서 식량과 반찬거리에다 온갖 생필품까지 도와주니 고충이랄 게 있게소. 그리고 인근에서 우리를 호위하는 금오위들이 매일 한두 명씩 찾아와 아기를 안아주고 놀아주니 이렇게 탈없이 잘 자라 주는구려."

"오호. 불행 중 다행입니다. 하온데 욱태공께서는 보이질 않으시니, 어디를 가셨습니까?"

"욱태공은 죄인이라도 놀고 먹을 수는 없다시면서, 다소라도 농사를 일궈야겠노라며 오늘 아침 이 뫼 너머에 화전을 마련하겠다고 나가셨다오."

"오호, 왕실 종정께서 새삼스럽게 농사라니 황공하오이다. 왕실의 종정으로서 궁중 일도 보살피기 바쁘실 텐데 농사 지을 틈이 있겠습니까? 어명이 계셨으니 어서 환궁하십시오."

"강상서. 그런 말씀은 이제 내비치지도 마시오. 수일 전에도 채부사가 와
서 어명이랍시고 우리의 환궁을 독촉했었소. 하지만 우리는 하늘이 무너져
도 절대로 환궁은 안 할 것이오. 이렇게 신선한 벽촌에서 흙이나 일구며 한
평생을 보낼 작정이니, 우리들 환궁 문제에는 더 이상 구차스럽게 끄집어내
지 마시오."

"헌정마마. 당치 않은 말씀입니다. 궁궐은 유래로 종묘 사직을 지키며 나
라의 막중 국사를 다스리는 곳이라, 신선한 산수 풍경은 없습니다만 엄숙한
궁중 법도가 있을 뿐만 아니라, 헌정마마와 종정께서는 왕실의 체통도 지키
셔야 될 일 아니겠습니까. 우리 종묘 사직을 위하고 백관 백성들의 염원도
굽어 보시려면 환궁은 불가피한 일입니다."

"강상서. 우리 앞에 그런 변설들은 그만두시오. 지금 우리 종묘 사직을
지키시는 주상이 있고, 후사도 효신태자가 지킬 것인데, 공연히 방정을 떨어
서야 쓰겠소? 그리고 우리는 유배형까지 받은 죄인이오. 이제 유배형이 풀
렸다 해서 체통이나 위신이 서는 것도 아니요, 또한 수치가 해소되는 것도
아니니, 우리들의 환궁이 무슨 도움이 되겠소.

백관 백성들의 염원이란, 우리가 어느 곳에 있건 우리의 안주만을 기원하
는 것일 뿐 굳이 환궁을 염원하는 건 아니리다. 그러니 우리들 환궁 얘기는
더 이상 비치지도 마시오."

"헌정마마, 고정하십시오. 우리 백관 백성들뿐만 아니라 주상께서도 궐
안이 어둡다시며 애타게 기다리실뿐더러, 새 아기씨가 무슨 죄이냐시며, 소
인에게 굳이 두 분께서 환궁을 거절하시면 아기씨만이라도 모셔 오라는 특
명을 내리셨습니다."

"남매지간이라도 어명을 거스릴 수 없는 것이 하늘의 천명이라오. 하지만 죄인으로 이미 낙인 찍혀 유배형으로 이렇게 귀양까지 나온 몸이 아무런 명분도 없는 환궁이 될 말이오? 그리고 이 아기도 우리 종묘 사직에 도저히 어쩔 수 없는 사정이 생기기 전엔 절대로 보낼 필요가 없으니 돌아가시어 주상께 그리 전갈하시오."

"헌정마마. 고정하시고 앞뒤를 굽어보십시오. 헌정마마께서 출궁을 하신 뒤로 주상께서는 상심의 나날로 옥체가 언짢으실 뿐만 아니라, 효신태자께서도 자나깨나 울부짖으며 식음도 전폐하다시피 하면서 헌정마마님만 찾으시니 건강도 매우 악화돼 있습니다. 주상과 효신태자의 건강은 헌정마마의 아량에 달려 있으니, 환궁하시어 어두운 궁궐 안팎을 밝게 하여 주십시오."

"내가 출궁할 때 효신태자에게 그렇게 귀가 따갑도록 간곡히 당부하였거늘……. 대관절 효신태자의 건강이 어떻게 좋지 않다는 말이오?"

"예. 근자에는 삼식 끼니는 고사하고 약탕제도 전폐하다시피 드시지 않으실뿐더러, 특별히 선정한 놀이 친구들도 물리친 채 방 안에서 두문 불출하고 계십니다. 마치 실성한 사람처럼 혼자 울부짖으며, 생모이신 천추전의 헌애마마도 찾지를 않으시고 유독 헌정마마님만 찾으십니다."

"강상서. 내 앞에 그런 믿기지도 않는 억설을 삼가시오. 나라의 중신들이 어찌 폐인으로 낙인된 나에게까지 채신없게 말을 하는 게요."

헌정상왕비는 강감찬의 말에 한 마디 역정을 던지면서도 가슴 속에 찔렸던지 옷고름에 눈물만 찍어댄다. 헌정상왕비로서는 실로 난감한 입장이었다. 궁궐로 절대 돌아가지 않을 심정이건만, 장차 종묘 사직의 정통을 지켜야 할 효신태자가 삼식 끼니에 탕약제도 전폐하다시피 들지 않는다고 한다. 더구나 운동 삼아 놀아줄 친구들마저 물리치며 오직 자기만을 애처롭게 찾는다니, 세상에 이럴 수도 있었던가. 이는 분명 생모가 한 궁궐 안에 있건만 남의 자식을 대하듯 보살펴 주지를 않았음이라. 그래서 멀리 떨어진 이모만을 찾게 됐으리라. 헌정상왕비로서는 애틋한 연민과 괘씸한 감정에 눈물보가 끝내는 찢겼던 모양이었다.

이 때 헌정상왕비의 품 속에 안겨 있던 아기는 무슨 영문이라도 아는가, 어미 품 속을 비집고 나와서는 고사리손에 짝자꿍을 하다가 강감찬에게 양팔을 벌리며 다가섰다. 천진 난만함 그대로 안아 달라는 뜻이었다. 강감찬은 의외라 황감하여 공손히 허리 굽혀 예를 갖추고 나서 양손을 내민다. 두 살짜리 아기는 낯가림도 없이 강감찬의 품에 선뜻 안긴다. 이어 강감찬의 양볼에 두 고사리손으로 입맞춤하고 마냥 재롱을 떤다.

"오호, 아기마마의 건강한 됨됨이와 인상을 뵙게 되니 첫눈에도 장차 우리 고려의 제일 영특하고 건장한 성군이 되실 자질이신가 합니다."

"닥치시오. 강상서! 방정 떨지 말라 하질 않았소! 나는 종친과 조신들이 만일을 대비하라는 권유에 못 이겨 윤리 준칙을 어겨가며 이 애를 낳게 되었을 뿐, 후사를 이을 생각은 추호도 없소. 아직 주상의 보령이 넉넉하고, 또 후사를 이를 효신태자가 엄연히 자라고 있는데 어찌 그런 망발을 하시오. 만일의 경우 주상이 붕어하시고, 효신태자마저 타고 난 숙명으로 후사가 전무하다면 그럴 때는 어쩔 수 없이 이 애가 후사를 이을 수밖에 없을 것이나, 설마 하늘이 무너지듯 그렇게까지는 안 될 것이니 절대로 경망스러운 언사는 삼가시오."

"황송하옵니다. 무심결에 경망을 떨었습니다. 노여움을 푸십시오, 헌정마마."

"무심코 하셨던 말씀이니 이만 됐소."

"황감하옵니다, 헌정마마. 그리고 주상께서는 소인을 보내시며 이 아기마마의 이름을 순詢이라 지으시고, 아호는 안세安世라 하셨습니다. 주상께서 친히 하사하심이니 기꺼이 맞아주십시오."

"이름을 순이라 하고 아호는 안세라! 왕실의 직계 혈족이니 의례로 주상께서 작명하심이 당연지사인데 반기고 말고가 뭣이 있겠소."

"황감하옵니다, 헌정마마. 삼가 여쭈옵건대 주상 전하의 심충이 밝지 못하시고 효신태자의 애처로운 모습도 굽어보시어 환궁을 빕니다. 지금 이 산 밑 어랑내於浪川, 지금의 추가령 신고산 계곡 징검다리 앞에 쌍두 마차가 기다리고 있으니 종정님을 속히 찾아 모시고 환궁을 서둘러야 되겠습니다. 널리 통촉하여 주십시오."

"강상서. 나는 어미 없는 효신태자가 가엾어 보고 싶을 뿐, 궁궐에 돌아가고 싶지는 않소. 효신태자가 그다지 애절하게 나를 찾는다면 가끔 이곳에 나들이를 시켜주면 좋을 것 아니겠소. 나도 보고 싶으니 그리 주선하시오."

"아니됩니다. 그렇잖아도 우리 조신들이 그리 간청하였으나, 주상께서는 효신태자를 보내는 것은 헌정마마의 환궁을 더디게 할 뿐이라고 하셨습니다. 만약 헌정마마께서 굳이 산천 풍수를 좀더 쏘이시겠다면 어쩔 수 없지만, 아기마마께서는 궐 안에서 보육시켜야 될 일이니 무작정 데려 오라는 특명이셨습니다."

강감찬의 말에 헌정상왕비는 심각한 표정으로 잠시 심사 숙고하다가는 어명이라 어쩔 수 없었던지 묵중하게 말문을 꺼냈다.

"그렇다면 이 안세를 데려가는 대신, 효신태자를 이 곳에 자유롭게 내왕시킬 수는 없겠소?"

서로의 조건을 묻는 것이었다.

“예. 여쭙기 상당히 두렵습니다만, 소인이 생각하건대 헌정마마께서 이 안세마마를 보내시는 데 어찌 주상께서 효신태자의 왕래쯤 마다 하시겠습니까. 십중 팔구는 내왕이 될까 여겨집니다.”

“효신태자에게는 그래도 명색이나마 생모가 있으니 주상의 윤허보다는 의례로 생모의 허락이 있어야 한다오.”

“알겠습니다. 비록 관심은 없으시지만 생모이시니만큼 꼭 허락을 받아 오겠습니다. 헌애마마께서도 반색을 할 것입니다. 조금도 심려마십시오, 헌정마마.”

“어쨌건 나는 하늘이 무너지고 땅이 깨진다 해도 절대 환궁만은 안 할 것이오. 다시 말하건대, 이 안세를 데려가되 그 대신 효신태자는 수시로 자유로이 내왕케 해 주시오. 그러나 한 가지 유의할 것은 효신태자가 아무리 내왕하고자 해도 생모인 헌애비가 행여 허락지 않을 시는 내왕을 못 하도록 타이르시오. 혹시 자매지간에도 의문이나 의리가 손상될까 두렵소.”

“예, 소인이 잘 알아서 조정하게 하겠습니다.”

“좋습니다. 그럼 안세를 누가 안고 갈 것이며, 중도에 아기 젖은 어찌할 작정이오?”

“그런 것은 조금도 염려 마십시오. 처네와 포대기만 주시면 소인이 직접 안전하게 등 뒤에 고이 모시고 갈 것이며, 아기 젖은 중도에서 민가의 유모를 구하여 요기시키면 될 것입니다.”

“예, 아쉬운 대로 그렇게라도 하셔야죠. 그리고 효신태자도 친모의 흔쾌한 허락이라면 편히 왕래하도록 주선해 주시오.”

하며 헌정상왕비는 자리를 털고 일어나 선반에서 귀양살이인데도 어느 백관 백성들이 기증한 것인지 새 포대기를 비롯하여 손바닥만한 옷가지와 기저귀 등을 손보자기에 싸서 내어 놓았다. 강감찬은 아기를 업어 본 솜씨가 있는 듯 친히 아기를 등 뒤로 돌리어 업고 일어나서는 익숙하게 포대기와 처네를 들러댔다. 등 뒤에 업힌 아기 안세는 마냥 즐거운 듯 온갖 재롱을 떨고 있었다. 그러나 이를 바라보던 헌정상왕비는 이 때 비로소 모성애는 피할 수 없었던 듯 왈칵 눈물보가 터진 모양 일어나 아기에게 다가선다.

"아가야. 앞으로는 엄마를 찾지 말고 부디 잘 자라서 나라에 이바지할 수 있는 훌륭한 충신이 되거라. 알겠지?"

헌정상왕비는 목멘 목소리로 몇 번을 당부하며 아기의 양볼을 짓씹어 삼킬 듯이 입맞춤을 한다. 이제 두 살 되는 안세는 양볼에 벌겋게 자국이 생겼건만 그래도 어찌 돌아가는 내력을 모른 채 천진 난만함 그대로 좋아라며 생글생글거리고 있었다.

"헌정마마. 소인은 먼 길이라 욱태공 나리도 뵙지 못하고 이만 물러가야 합니다. 산천 풍수를 좀더 만끽하시고, 될 수 있는 대로 속히 환궁하도록 심기 일전하시기만 간곡히 바랄 뿐입니다."

"나는 죄인으로 이미 낙인 찍혔던 몸이라, 살아 생전에 갈 수는 없거니와 죽어서 영혼도 안 갈 것이니 실없이 기다리지 마시오."

"헌정마마. 고정하십시오. 우리 종묘 사직을 위해선 환궁하시는 쪽으로 신중을 헤아리셔야 됩니다. 좀더 산천 풍수를 즐기시고 아무쪼록 환궁하도록 하십시오. 그럼 소인은 이만 돌아가옵니다."

강감찬은 크게 장읍을 올리고 나서 방문을 나와 지체 없이 말안장에 올랐다. 흰 도포에 널따란 입자를 쓰고 아기 업은 꼴이 가관이었다. 사모 관대옛날 벼슬아치가 쓰던 모자와 옷. 오늘날 구식 결혼 때 신랑이 사용함에 지게를 진 격으로 체통에 어울리지 않았다. 그러나 장차 언젠가는 왕위를 이을 후사가 확실한만큼 신분이 천한 하인들의 등에 업히게 할 수는 없는 일이다. 헌정상왕비는 문 밖의 댓돌에 올라서서 매정스럽게 앞을 가로막는 눈물을 뿌리치며 목멘 소리나마 손까지 크게 흔들며 전송을 했다.

"아가야. 잘 가거라! 안녕!"

이제 겨우 돌 지난 안세는 어엿한 정통 왕자로서 영문도 모르는 채 마냥 좋아라고 생글거리며 철없이 어머니 앞을 떠나갔다.

안세 왕자를 만월대 궁중으로 보낸 지 나흘째 되는 날 저녁 땅거미 질 무렵이었다. 헌정상왕비는 부엌에 들어가 저녁상을 마련 중이었고, 산 너머에서 화전을 일군다고 밭일을 나갔다가 돌아온 욱태공은 부엌에 나뭇가지 땔감을 끌어들이고 있을 때였다. 느닷없이 산 밑 어랑내 쪽에서 말들의 울부짖는 소리와 사람들의 왁자지껄하는 소리가 깊은 산중을 진동시킬 듯이 소란스럽게 들려왔다.

욱태공과 헌정상왕비는 효신태자의 행차가 아닌가 싶었으나, 시간상 거리가 맞지 않는데다 떠드는 소리와 거동들이 심히 괴이하여 앞마당 어귀에 나와 아래쪽 징검다리 쪽을 살펴보았다. 짙은 어둠으로 색상은 알 수 없으나 병정 차림에다 기창騎槍:말을 탄 병사가 쓰던 긴 창과 현월도弦月刀:반달처럼 생긴 긴 칼 등 무장을 한 삼십여 기의 인마들이 냇물을 건너오고 있었다. 그러나 세 대의 쌍두 마차는 냇물이 깊어 못 건너는 탓으로 소란들을 피우는 모양들이었다.

"어떤 사람들인지 수상하구려. 쌍두 마차가 한 대도 아니고 세 대나 되는 걸 보면 효신태자의 거둥 같지는 않아요. 마적떼들이 변장을 잘 하고 출몰하는 고장이라니 혹 그놈들이 아닐까요?"

헌정상왕비가 의아한 표정으로 욱태공에게 물었다.

“글쎄, 내 생각에도 그런 의문이 가는구려. 송도 만월대까지 시간과 거리 관계도 있겠지만 행여 효신태자의 거둥이라도 시위군 삼십여 기는 예사라지만, 마차가 한 대도 아니고 얼토당토않게 세 대나 되는 걸 보면 아무래도 수상쩍구려.”

욱태공도 눈을 부릅뜨고 그들의 동정을 주시했다. 이 때 인근 초소에서 망을 치고 파수를 보던 이십여 명의 금오위들도 몹시 수상쩍었던지 패검들을 지켜들고 앞마당에 모여들었다. 금오위들을 통솔하는 중랑장이 헌정상 왕비와 욱태공 앞에 다가서며 나직이 말했다.

“종정 나리. 저놈들의 쌍두 마차가 세 대나 되는 걸 보니 재물과 아녀자들을 약탈하는 마적떼들인가 봅니다. 송구하오나 종정 나리께서는 헌정마마를 모시고 뒷산 숲 속으로 잠시 피신하여 계십시오. 그래야 소인들이 마음놓고 싸울까 하옵니다.”

“마적들이라도 옆산 영고개추가령 입구로 지나갈 것 아니겠나?”

“아니옵니다. 이 영고개는 삼십 리 고개요. 또 해 떨어진 저녁때라 마차가 오늘은 못 넘어 갑니다. 그래서 저놈들은 천상 이 근처에서 하룻밤 머물다 갈 기색이니 몹시 위험하옵니다. 소인들이 내려가 몰살시키고 돌아오겠습니다만 만일을 모르니 잠시 옥체들을 숨기고 계십시오.”

중랑장은 그들의 동정들로 보아 만일이 우려되었던 듯 피신할 것을 독촉했다. 금오위들은 일당백의 적을 무찌를 수 있는 신출 귀몰의 무술로 중추부사 채충순이 특별히 선발한 장수급들이지만, 적의 수효가 두 배 가까이 많은데다 어둡기 때문에 만일을 우려했던 모양이었다.

“정히 그렇다면 피해야죠. 하지만 마적들이라도 한 핏줄 한 동족들이니 될 수 있는 한 살상 말고 생포해서 잘못을 회개하도록 하시오.”

헌정상왕비는 위급한 상황에서도 살상은 질색인 듯 엄중히 만류를 했다.

“예. 소인들이 가까이 내려가서 동정을 살펴보고 나서 행할 것이니, 우선 헌정마마와 종정께서는 저놈들 눈에 뜨이지 않도록 서둘러서 옥체부터 숨기셔야 되겠습니다.”

중랑장은 당황한 표정으로 피신을 독촉했다.

“임자. 마적떼들이라니 빨리 서둘러야 되겠소. 어서 피합시다.”

욱태공은 헌정상왕비의 손목을 이끌고 뒷산 숲 속으로 피해 들어갔다.

금오위 중랑장은 별장 두 사람만 집 주위를 파수하게 하고 그 외의 낭장과 별장들을 이끌고 마적떼들이 웅성거리는 어랑내 냇가의 산비탈을 가을의 독사처럼 기어 내려갔다. 이들이 산비탈을 한창 내려갈 무렵, 마적떼들로 보이는 일부 무리들이 산비탈길을 올라오는데, 앞장 서서 길을 안내하는 향도관嚮導官처럼 보이는 사람이 비로소 권마성을 지르기 시작했다.

“태자마마 행차시오! 효신태자께서 거둥이시오!”

험준한 산중 계곡이라 음성은 들리지만 멀리서는 내역을 잘 알아듣기 어려운 산울림이다. 그러나 중랑장의 귀에는 예상 외로 그 권마성 소리가 자상히 들렸던지 놀라운 표정으로 걸음을 멈추고 돌아서며 뒤를 따르던 수하들에게 외친다.

“금오위들은 멎거라! 잘못 봤다! 우리가 크게 잘못 봤구나! 마적들이 아니라 효신태자의 거둥이시란다. 속히 헌정마마와 욱태공께 찾아가 전갈토록 하라!”

“예예!”

별장 몇 사람은 질겁해서 내려오던 비탈길을 다시 돌려 황급히 올라갔다. 이어 중랑장도 수하들을 이끌고 뒤따라 기어 올라갔다. 손바닥만한 토담집 앞마당은 그래도 멍석 네댓 개의 넓이이니 명색이 마당은 마당이다. 마당 좌편에는 금오위들이 한 줄로 국궁하고 우편에는 효신태자의 시위군 일부가 두 줄로 국궁하여 효신태자의 왕림을 기다리고 있었다.

효신태자는 몸이 너무 쇠약한 탓으로 걷지를 못하여 시위병 등에 업히어 마당 어귀에서 내렸다. 그리고 내리기가 무섭게 방문 앞으로 다가서며 부르짖었다.

"이모, 이모, 효신이 왔어요!"

그러나 수십 번을 반복해서 부르짖었건만 방 안에선 안타깝게도 인기척이 없었다. 마적떼들로 오인하여 피신을 하였으니 반응이 있을 리 없었다. 금오위 중랑장이 효신태자의 안전에 나아가 국궁한다.

"태자 저하. 황송하오나 잠시 기다려 주십시오. 외람됩게도 소인들은 태자 저하의 거둥을 수레가 세 채나 되기에 마적떼들로 오인하여 헌정마마와 종정 나으리를 잠시 뒷산으로 피신케 하였었습니다. 모시러 갔으니 잠시 기다리시면 돌아오실 것입니다."

"뭣이? 우리를 마적떼들로 오인했다고? 이런 얼빠진 사람들도 있나. 눈귀가 그렇게 어두었더란 말이오! 한 채는 내가 타고 온 수레이고, 다른 두 수레는 군사들 식량거리를 실은 포장 마차라오. 어서 꾸물대지 말고 냉큼 모셔 오시오!"

효신태자는 이제 열네 살의 보령이 되었건만, 팔구 세쯤의 허약한 체질 속에서도 역정만은 제대로 성숙했던지 노발대발 추상 같은 불호령을 내렸다.

"태자 저하. 황공 무지입니다. 곧 찾아 모셔오겠습니다."

금오위 중랑장은 추상 같은 불호령 소리에 겁먹은 표정으로 금오위들을 모두 총출동시켜 뒷산 숲 속으로 찾아나섰다. 왕명이나 다름없는 엄책이니

발등에 불똥이 떨어진 것이었다.

　그러나 헌정상왕비와 욱태공을 모시러 나선 금오위들은 밤이 야심하도록 찾지를 못하고 창황한 표정들로 뿔뿔이 된장질한다. 십오야 밝은 달이 중천에 덩그러니 걸려 있기는 하나 울창한 심신 산중이라, 그늘진 수목 속에 묻힌 사람을 눈으로 된장질을 못 하고 목청만 찢어지게 내지르며 이 산 저 산으로 이 잡듯 찾아 헤맸다. 토담집 앞에서 초조하게 기다리던 효신태자도 길길이 날뛰며 삼십 명의 시위군들 중 두 명만 맹수들 때문인지 옆에서 호위하게 하고는, 모두 다 풀어 사람 찾기에 극성이었다.

　그렇건만 웬일인가? 사흘이 지나고 열흘이 지나도 시위군 세 사람과 금오위 한 사람만 맹수들의 밥이 되어 결국 머리통과 몸체의 뼈들만 건져왔을 뿐, 헌정상왕비와 욱태공도 맹수들의 제물로 공궤供饋：윗사람에게 음식을 드림당했는가 행방과 생사 소재는 깜깜한 오리 무중이었다.

5

벽촌의 기연奇緣들

마적떼들이 설친다고 피신을 독촉받자 뒷산으로 피신했던 헌정상왕비와 욱태공은 뒷산마루 숲 속에 몸을 숨겼다. 그런데 살고 있던 토담집 쪽에서 연달아 소란스러운 소리가 산울림 탓인지 수상쩍게 들려 오자, 두 사람은 더욱 불안해져서 뒷산을 넘어 다른 뒷산으로 옮겼다.

그러나 그 곳에서도 금오위와 시위군들이 고함을 지르며 찾아다니는 소리를 안타깝게도 마적떼들의 추격으로 오해하여, 그 뒷산 또 그 뒷산으로 안간힘을 다 하여 북쪽으로 도망쳤다. 그러던 중 삼 일째가 되는 이른 아침이 돼서야 추애산 허리에 이르렀던 것이었다.

머루·다래·칡덩굴이 우거진 산등성이를 이십여 개나 오르내리다 보니 옷들은 나뭇가지에 갈기갈기 찢겨 벌거숭이나 다름없었다.

가는 중간에 늑대와 호랑이 들과 마주치기도 했다. 그러나 짐승들 습성이 도망을 하면 더욱 덤벼든다는 체험자들의 경험담에 따라 욱태공과 헌정상왕비도 무서움을 무릅쓰고 재빨리 근처에 있었던 나뭇가지를 주워 들고 휘두르면서 같이 으르렁하고 마주 응대를 하였더니, 아니나 다를까 맹수들은 순순히 물러 가 주었던 것이었다.

추애산까지 가는 삼 일 동안에 요기는 고사하고 물 한 모금도 못 마셨으니 지칠 대로 지쳐 말이 아니었다. 산중턱의 아래로 서너 채의 집들이 있었으나 산적들의 소굴 같아서 음식 구걸은 하지도 못하였다.

헌정상왕비와 욱태공은 추애산 허리 자락에 털썩 주저앉아서 허기에 지친 몸을 달래고 있었다. 여름철이나 가을철 같지 않은 이른봄이니 나무에들 열매가 있을 리 없었고, 땅 위에 뜯어먹을 나물조차도 없었다. 이제는 마적떼들이 아니라 맹수들이 덮친다 해도 허기에 너무 기진하여 옴짝달싹도 못 할 지경이었다.

이 때 마침 욱태공과 헌정상왕비가 주저앉은 그 산자락 끝에 다섯 채의 집들이 옹기종기 모여 있는 풍경이 눈에 들어왔다. 그러나 농사를 짓는 농가 같기도 한데 어찌 보면 산적들의 소굴 같기도 하여 섣불리 다가가지를 못하고 있었다. 집집마다 굴뚝에서는 아침밥을 짓는 듯 흰 연기가 뭉게뭉게 하늘로 솟아 오르고 있었다. 그것을 본 두 사람의 주린 배를 더욱 쓰리게 하였다. 이 두 사람에게는 이번 일이 난생 처음으로, 배고픔과 목마름을 비롯한 곤경을 체험하게 된 셈이었다. 헌정상왕비의 기진한 모습을 차마 볼 수가 없었던지 마침내 욱태공은 자리에서 일어서면서 말을 했다.

"임자. 아녀자의 몸으로 여기까지 피해 오느라 고생이 극심하였소. 이제는 허기에 너무 지쳤으니 요기할 것이나 구해 봐야겠소. 저 아래의 산기슭에 집들이 네댓 채 있는데, 농가인지 산적들 소굴인지는 알 수 없으나, 설령 산적들의 소굴이라 해도 별수가 없구려. 내가 혼자 내려가서 동정을 살펴봐서 농가라면 의지依支를 부탁할 것이요, 산적들 소굴이라면 거지 행세라도 하여 입에 풀칠할 거리라도 구해 봐야겠소. 임자는 내가 돌아올 때까지 여기에서 꼼짝하지 말고 기다리시오.”

욱태공은 헌정상왕비에게 한 마디를 하고는 무작정 산비탈을 내려갔다. 그런데 갑자기 헌정상왕비가 소리를 쳤다.

“임자, 내 말을 잠깐 들어 보시오!”

“무슨 얘기요?”

욱태공은 네댓 발자국 내려가다 말고 멈칫하여 말했다.

“우리가 지금 당장 허기는 지지만, 만약 농군들 집이 아니고 산적들 소굴이라면 위험하니 근접을 삼가시오. 그리고 우리가 죄인으로 유배형을 당한 이상 이제는 환궁하기가 어색하니 마침 호위군들과도 멀리 떨어진 마당에 왕실 인연을 떠나야 될 것 아니겠소. 그러자면 세간에서는 어디서나 우리들 왕실 신분을 절대 감추는 편이 초야 생활에 안전하고 편리할 것이오. 왕실이나 백관과 백성들에게 우리가 죽은 것으로 알게 하여 우리를 찾는 일을 아예 단념케 하는 것이 서로 폐가 되지 않고 안정이 되오리다. 제 말뜻을 아시겠소?”

“알겠소.”

욱태공은 한 마디를 던지고는 유유히 나뭇가지들을 헤치며 산비탈을 내려갔다. 욱태공이 내려간 뒤로 헌정상왕비는 돌배나무에 외로이 기대앉았다. 삼 일 동안 먹지 못해 허기에 탈진하여건만, 그런 속에서도 그 동안 눈을 붙이지 못했던 탓인지 금방 잠 속으로 곯아 떨어지고 말았다. 밤낮없이 삼 일 동안 삼식 끼니 한 때 못하고, 토끼잠도 한 번 못 잤을 뿐만 아니라, 남정네들도 힘든 험산 속을 아녀자가 당해 내자니 아무리 인내심이 강한들 허기와 졸림에는 한계가 있었던 모양이었다.

잠깐 토끼잠이나마 눈을 붙였을까, 산 아래쪽에서 누군가 낙엽을 밟으며 올라오는 인기척 소리에 깜짝 놀란 헌정상왕비는 정신을 가다듬으며 아래쪽을 조심스레 살펴보았다. 이미 중턱쯤 올라오는데, 자세히 살펴보니 다름 아닌 욱태공이었다. 그는 숨을 헐떡거리며 올라오고 있었다. 그의 표정을 살펴보니 밝은 기색 같기도 하고, 허기에 지친 탓인지 언짢은 기색 같기도 하여 헌정상왕비는 초조한 심정이었다. 이윽고 욱태공은 헌정상왕비 앞에 다가서며 결과를 말했다.

"임자, 잘 되었소. 인명은 재천이라고 불행 중 다행이오. 지금 마을 남정네와 아낙네들을 만나보니, 이 고장은 마적이나 산적들이 지나다니는 행길과는 백여 리 동떨어진 곳으로, 위험이라고는 옛날부터 모른답디다. 그리고 순진한 산골 농가들이니 마음을 놓고 이 곳에 정착하여 이웃 사촌으로 지내자고 환대하더군요. 그래도 내가 그들의 동정들을 살펴보니 조금도 의심할 게 없고, 첫인상에도 믿음이 가더구려. 자, 어서 내려 갑시다."

"오호. 그랬습니까? 하늘의 도움이시니 다행이 아니라 천행이지요. 산골 농가라면 인심도 후할 것 같으니 우선은 뱃속 사정이 너무 말이 아니니까 도움을 청하고 봐야겠죠."

헌정상왕비는 반색을 했다. 하지만 이제는 기력조차 떨어졌는가 걷지를 못했다. 그래도 이를 악물고 욱태공의 팔소매에 의지하며 산비탈을 내려갔다.

두 사람이 산에서 내려와 마을 어귀에 들어섰을 때 다섯 채의 집집에서는 오십대 장년으로 보이는 내외들과 그들의 자녀들이 모두 나와 한마당에 모여 새 집안이 들어온다고 기쁜 표정들로 마중하고 있었다. 깊고 깊은 산간 벽촌에 집이라곤 다섯 채밖에 없었으니, 단 한 사람이도 몹시 반갑고 아쉬웠던 모양들이었다. 욱태공은 마을 사람들 앞에 공손히 다가서며 예를 다했다.

"시생은 송악 장안에 기거하던 낙방 거자落榜擧子:과거 시험에 낙방한 선비로,
성은 고씨요. 이름은 건욱이라 합니다. 몇 번 과시에 낙방되고 보니 가산은
탕진되어 무일푼이라, 그래도 입에 풀칠을 해야겠기에 초야에 묻혀 흙이나
일구며 한 생을 보낼 작정으로 몇 년 전 부양현이란 곳으로 갔었습니다. 그
러나 그 곳에는 마적들인지 산적들인지 벌떼처럼 설치는 바람에 농사를 짓
다 말고 결국 도망하여 이제 이 곳에까지 이르게 된 것입니다. 그러니 어르
신네들께 여러 모로 구원을 청하고자 합니다."

욱태공은 왕실의 종정이건만 능청을 떨 줄도 알았던가, 그럴 듯하게 가짜
성함에다 낙방 거지로 변명해서 왕실의 신원을 감추며 자신을 소개했다. 혀
가 돌아가는 대로 주워섬긴 성함을 새겨보면, 고씨라 한 것은 고려 왕실을
지칭한 것이요, 건健은 태조 왕건의 이름임을 이른 뜻이었다. 그리고 욱郁은
자신의 이름이었다. 어쨌든 성함은 가짜이지만 근사한 이름이었다.

"오, 고건욱이라! 거참, 나라 이름 같은 게 부르기도 우아하구려. 한 마을
에 지내면 이웃 사촌이니 돕고 말고 어련하겠소. 나는 양씨이고, 이 사람은
유서방, 저 사람은 이서방, 그 뒤에는 곽서방, 그리고 그 옆에는 최서방이라오.
이 곳은 마적이나 산적들과는 인연이 머언 곳이니 마음을 타악 놓고 한 집
안처럼 의롭게 지내 봅시다."

"예. 환대해 주시니 정말 감사하고 감개가 무량합니다."

욱태공과 헌정상왕비는 연신 허리를 크게 굽혀 공손히 예로 대했다.

"어허. 그다지 어렵고 겸손해할 것 없소. 지금 험한 산길에 고생뿐만 아
니라 끼니도 거른 모양인 것 같구려. 어서 우리 집에 들어가 먼저 요기부터
하도록 하시오."

사십대의 가장들은 욱태공을 부축하고, 아낙네들은 헌정상왕비를 부축하

여 양서방이란 위인의 따리집으로 안내했다. 욱태공과 헌정상왕비는 때마
침 아침 식사때라 대청에 안내받은 뒤, 제법 시간이 지나자 아침상을 받게
되었다. 그리고 이웃 내외들과 자녀들의 아침상들도 모두 들고 몰려와서는
대청에서 한 자리에 합석을 하여 무슨 경삿날의 잔칫집같이 즐거운 분위기
들이었다.

산간 벽촌이라, 상 위에는 감자를 비롯해 강냉이와 차조·팥·콩·도토리·
밤 등으로 지은 잡곡밥에, 반찬은 지난 가을에 담가 두었던 김치·깍두기·
더덕 산적·도라지 무침·고사리·산나물·우거지 나물 등이었다. 그리고 뱀
장어·메기·쏘가리 등 민물 고기 찌개에, 까투리인지 장끼인지 암수를 알
수 없는 꿩튀김 등 산천에 있는 모든 것들이 궁중의 진수 성찬 못지않게 구
미를 당기게 했다. 게다가 강냉이와 수수쌀에 칡뿌리를 넣어서 빚은 막걸리
가 욱태공에게는 궁중의 녹삼주鹿蔘酒 못지않게 고량 진미였다. 이 모두가
두 사람을 위해 온갖 정성을 기울여 마련한 음식들이었다.

헌정상왕비와 욱태공이 구사 일생으로 시장기를 흡족히 때우고 나서 상
을 물릴 때 주인 아낙은 벌거숭이나 다름없는 두 사람의 몰골이 보기에도
안쓰러웠던지 안방으로 들어갔다. 그리고 남녀 옷가지 한 벌씩을 갖고 나와
헌정상왕비 앞에 펼치면서 말을 했다.

"두 분께서는 산을 타고 오시느라 옷들이 모두 찢기어 보기가 흉하시유.
이 옷들은 제가 시집 올 때 장만했었던 입성들이라우. 체격을 보아하니 우
리와 비슷하니 잘 맞으실게유. 한 번도 입지 않은 옷들이니 사양하시지 말
고 갈아입으십시유."

주인 아낙이 내놓은 것을 보면, 남정네의 것으로 흰 옥양목 바지저고리
한 벌과 아낙네의 것으로 송화색 바탕에 다홍색 깃을 단 치마저고리 한 벌

로, 송나라 수입품이라 민가에서는 귀한 옷들이었다.

"아닙니다. 후의는 고맙습니다만 혼수로 아끼시던 옷들은 받을 수가 없습니다. 이대로 꿰매 입으면 될 것이니 바늘과 실이나 주십시오."

헌정상왕비는 펄쩍 뛰면서 사양을 하고 뒤로 물러앉았다.

"두 분의 옷들은 찢겨졌을 뿐만 아니라 조각조각 떨어져 나갔는데 어찌 꿰매시겠수. 그리고 아끼던 옷들이라도 여러 벌 있으니 조금도 어려워하시지 말고 방에 들어가서 갈아입으시유."

주인 아낙은 굳이 두 사람의 옷들을 한데 챙겨들고 내밀며 갈아입기를 거듭 당부했다. 헌정상왕비는 곤경에서 끼니를 도움받은 처지에 입성옷까지 신세를 지고 싶지는 않았다. 그러나 주인 아낙의 성의를 마다할 수는 없는 일이요, 갈기갈기 찢기고 떨어져 나간 옷의 형편으로서도 갈아입지 않을 수도 없는 일이었다.

"너무 미안해서 어쩌나? 입성까지 주시니 염치 불구하고 입겠어요."

헌정상왕비는 공손히 옷가지들을 받아들고 일어서며 욱태공에게 눈짓을 했다. 잠시 동안 헌정상왕비와 욱태공은 건넌방에 들어가 옷들을 갈아입고 나온다. 옷을 갈아입은 두 사람의 풍채들을 보면, 엄숙한 얼굴 모습들이 좀 다를 뿐, 언제 지체 높은 왕실 분들이었던가 싶게 평민들과 조금도 다름이 없었다. 두 사람이 대청에 나갔을 때, 상을 물린 대청에는, 설거지 때문인 듯 모녀들은 물러가고, 부자지간의 남자들만이 앉아 있었다. 욱태공은 헌정상왕비와 같이 좌중에 둘러앉으며 수인사를 했다.

"의지가지없던조금도 의탁할 곳이 없던 험지 곤경에서 우리를 이처럼 초면부터 구원해 주시니 후의에 황감할 따름입니다. 모처럼 한자리에 여러 어른들을 뵈오는 김에 묻겠습니다. 이제 우리 내외가 이 곳에 토착土着하자면 우선 기거할 집이 문제일 뿐만 아니라, 다소간 농사도 지어야 될 터인데, 지금은 이월이라 다음 달 삼월에 농경기가 시작될 때에 저희들이 개간을 하고 화전을 일굴 만한 곳이라도 있겠습니까?”

육태공은 마을 사람들의 후의에 감사하면서도 차후의 걱정거리가 당장 궁금했었던 모양이었다.

“두 분이 기거할 집은 우리 마을 온 식구들이 손을 모으면 사흘 안에 지을 수 있을 것이니 조금도 염려하지 마시오. 그리고 개간할 만한 화전터도 많이 있소. 하지만 선비께서는 그 동안 공부하시느라 몸이 쇠하셨을 테고, 또 농사에도 그렇게 많은 경험이 없을 것이니, 금년에는 산천 풍수 속에 심신 수양이나 하다가 내년에나 다소간 농사를 마련하도록 하시오.”

“아니오. 한 해라도 농사 없이 백수 건달로 신세만 지는 것도 분수가 있질 않겠습니까. 제가 비록 농사일에 많은 체험은 없습니다만 여러 어르신들의 가르침을 열심히 받으면 농사쯤은 족히 지을 수 있을 것입니다. 금년부터 시작하도록 주선하여 주십시오.”

“굳이 그러시겠다면 알겠소. 그럼 우선 의지할 집이나 서둘러 봅시다. 내가 목수 일을 할 수가 있고, 또 삼 년 전에 우리 집을 짓다 남은 재목감도 뒤뜰에 풍족하게 쌓여 있으니, 이제 산에서 서까랫감과 지붕 이엉감만 좀더 마련하면 사흘 안에 의지할 집은 거뜬히 마련될 것이니 추호도 염려치 마시오.”

양서방이 말이 끝나기가 무섭게 이서방이 무릎을 타악 치며 나섰다.

“옳거니, 그러함세. 자네가 목수이고 내가 미장이니, 젊은 녀석들까지 힘을 합치면 사흘 안에 거뜬히 마련되고말고. 그럼 지금이 한가한 때이니 당장 나가서 인근에 집터 자리를 잡아 지신제地神祭:땅을 다스리는 신령에게 무사

나 올리고 나서 즉각 착공

하도록 서둘러 보세나."

이서방은 그 동안 할 일이 없었던 듯 반색을 하면서 말을 했다.

"음. 요즘 외롭고 무료하던 차에 마침 새 가족이 생겼으니, 이런 기회에

모두들 서둘러 보세나."

어른들 옆에 서 있었던 십여 명의 아들들도 같이 흥분된 표정들로 동시에

호응을 하며 일어나서 대문 밖으로 나섰다. 그리고 부엌에서 설거지를 하던

아낙들도 내용을 엿들었던지 설거지를 하다 말고 안방에 들어가서는, 삼베

로 마름질한 작업복 바지 한 벌을 내어다가 욱태공 앞에 건넸다.

"고서방님, 구경을 하시더라도 일터에 나서실 때에는 간편한 작업복을 걸

치셔야만 매사가 편하대유. 작업복으로 갈아입으시되, 힘든 일은 삼가시고

곁에서 거들기나 하세유."

이 양서방 부인은 훗날 은덕을 베푼 덕으로 정경부인인 정일품에 오르게

되는 여인이다. 또한 양규

 장군의 어머니이기도 하다.

"고맙습니다. 아주머님."

하며 욱태공은 작업복을 받아가지고 건넌방에 들어가 갈아입고 나왔다.

그 모습은 영락없는 농군이었다. 부양현에 외로이 있을 때보다도 모든 것이

흡족한 듯 화사한 표정이었다. 삼 일 동안 잠도 한 번 제대로 못 이루어 피

로는 말이 아니겠건만, 신선한 자연 속에서 끼니 걱정 않고 이웃들과 같이

외로움 없이 지내게 되었다는 감개가 그의 고달픔도 잊게 한 모양이었다.

"나는 밖에 나가 이웃들과 의논을 하고 돌아올 것이오. 임자는 사흘 동

안을 잠도 한 번 제대로 이루지를 못했으니, 이 집 아주머님께 잠자리나 의

뢰해서 푸욱 쉬도록 하시오.”

욱태공은 헌정상왕비에게 잠잘 것을 이르고는 양씨집의 사립문을 나섰다. 마을의 어른들과 젊은 자제들은 뒷동산에 올라가서 마을 안을 둘러보며 집터를 몰색하는 모양들이었다. 욱태공도 그들을 따라 뒷동산에 올라가 마을 안팎의 정경들을 둘러보았다.

이 마을은 추애산 남쪽 말미에 위치한 곳으로 교주도 부양현은 지금의 함남 신고산이고, 삼방 지방으로 행정 구역도 먼저 있었던 곳과 같은 부양현임 이 곳에서도 삼태기쓰레받기처럼 생긴 그릇. 싸리 등으로 엮어 만들며, 흙·거름 따위를 담아서 나름 모양의 동산을 등에 지고 남쪽으로 아담하게 앉아 있어, 아침저녁으로햇빛이 비치는 곳이며, 마을 이름을 동기골東起村이라고 했다.

그리고 삼태기 모양으로 생긴 처마의 가운데 아래쪽에는 청량한 약수터가 있고, 그 앞으로는 추애산 골짜기에서 어랑내의 첫 줄기인 냇물이 산과 산 사이의 계곡을 좌우로 유유창창히 내려가고 있었다.

집터는 그 삼태기형의 동산 양쪽 말미 중에서 어느 쪽으로 할 것인가 하는 의논들이 분분하더니, 결국은 동쪽 말미로 정한 모양들이었다.

“이보시게. 고서방!”

좌상인 양서방이 욱태공을 불렀다.

“예. 말씀하십쇼, 좌상 어른.”

“나는 음양 오행법에 통달한 풍수 지관은 아닐세만, 이 지방의 명당 자리만은 자알 알고 있으니 들어 보시게. 지금 우리 마을이 있는 이 곳은 삼태기 모양의 용좌상이라, 양쪽 말미의 어디든지 명당 자리일세. 그래서 동쪽에다 집터를 잡기로 하였으니 그리 알고 이제 내려가서 지신제로 술이나 공궤하고 공사를 시작하게나.”

"예, 저희 때문에 몸소 고역을 치르시다니 황감할 따름입니다."

"그런 소리 마시게. 한 마을에서 같이 사노라면 이웃 사촌이라 서로가 협조하는 것이 우리 동기골의 예절과 의리라네."

"정녕 감읍할 따름입니다."

양서방은 뒷동산을 내려오는 즉시 자제들에게 지신제를 올리는 제수품을 가져오게 했다. 그리고 나서 집터의 북쪽으로 향하여 흙을 평평하게 다져놓아 제단을 만들게 했다. 그리고 집 안에서 제물을 마련해 오는 동안 마을 어른들은 집의 구조와 위치 측량을 하고 있었다.

이윽고 제단에 제물들이 마련되었을 때 양서방을 위시한 여섯 사람의 가장들은 제단 앞에 건포와 여섯 개의 오짓잔을 진설해 놓았다. 그리고 그 중 이서방이 욱태공을 선두로 나서게 했다.

"이 명당 자리의 주인 될 가장님은 나와서 지신님께 공궤례供饋禮를 갖추시오!"

이서방의 부르는 소리에 욱태공은 주저 없이 제단 앞에 나가 엎드렸다. 그리고 이서방이 건네주는 두 되짜리 호리병을 정중히 받아서 여섯 개의 술잔에다 일일이 공궤주供饋酒를 치고 일어섰다. 이제 공궤례를 올리려는 것이다.

욱태공의 삼 배를 따라 마을 어른들과 자제들도 뒤에서 공궤례를 올렸다. 천재지변과 해악질고害惡疾苦의 예방을 지신님께 기도 드리는 것이었다. 공궤례를 올린 뒤 욱태공은 여섯 개의 잔들을 차례대로 들어 사방 팔방에 뿌리면서 고수레를 했다. 이어 좌상이 되는 양서방이 나가 마을을 대표해서 여섯 개의 오짓잔에 술을 따랐다. 그리고 먼저처럼 공궤례를 치른 뒤 삽을 들어 집터의 네 모서리에 시추를 하고 있었다. 집을 세우는 공사가 비로소 시작된 것이었다.

평범한 농가라서 그런지 집 공사치고는 벼락 공사였다. 어른들은 제를 올리고 남은 술을 한 그릇씩 마시고는 제각기 주춧돌이다, 구들장감이다, 재목 마름이다 하면서 부지런히 일들을 했다. 그리고 젊은 자제들은 지게와 도끼와 낫 들을 갖추고 산에 올라가 서까래감이다, 이엉감이다 하고 나무와 풀을 베었다. 또 아낙네들도 남자들에게 질세라 흙을 갠다, 밑돌을 나른다 하면서 법석을 떨기 시작했다.

‘하면 된다’는 격언대로 집은 번개가 치듯이 사흘 만에 제법 농가다운 초가 삼간이 완성되었던 것이었다. 한 마을에 있는 온 식구들의 땀흘린 결실이었다. 그리고 집집에서는 신혼 부부 모시듯이 방 안 세간이다, 부엌 세간이다 하며, 심지어는 양곡들과 부식거리까지 억척스럽게 갖추어 주었다. 헌정상왕비와 욱태공은 비로소 초야에서 인생다운 보금자리를 마련하게 된 셈이다. 이제 남은 일은 앞으로 농토를 개간하는 일만 남은 셈이었다.

살림집에서 지낸 지 나흘째 되는 날, 마을에 있는 젊은 자제들이 어랑내 냇가에서 뱀장어와 메기·쏘가리 등을 한 망태기 잡아가지고 돌아왔다. 그래서 욱태공의 새집에서 잡어탕을 끓여 놓고 앞마당 멍석 위에 마을 온 식구들이 모여앉아 즐거운 이야기들이 오가면서 저녁 식사를 하고 있을 때였다.

서쪽 동산 모퉁이 쪽에서 네 명의 군사들이 무어라고 지껄이는 소리가 나지막하게 들리며 이쪽으로 걸어오고 있었다. 가까이 오는데 보니 자주색 군복과 파란색 깃털을 단 전립戰笠:무관이 쓰던 벙거지에다 옆구리에 패검을 드리운 것을 보아 궁중의 시위 군사들이었다.

‘속세를 멀리 떠나 있으므로 사람이라곤 여간해서 못 오는 산간 벽촌에 엉뚱하게도 병정들이 어인 일일까?’

마을 사람, 그리고 특히 욱태공과 헌정상왕비는 의아한 표정으로 그들을 주시했다. 그들은 마당 어귀에 들어서며, 그 중 한 사람이 큰 소리로 말을 했다.

"듣거라! 우리는 만월대 궐 안에서 나온 시위군이니라. 얼마 전에 존엄하신 왕실의 헌정상왕비전과 종정께서 이 곳 인근 산천에 휴양을 납시었다가 길을 잃어 실종을 당하셨느니라. 너희들 중에 혹시 그런 분을 보았거나 어디 계시는지 종적을 아는 사람이 있거든 서슴없이 일러라. 제보자에게는 나라에서 응분의 포상이 있을 것이니라."

"어허. 왕실의 두 분께서 실종이 되셨습니까? 글쎄요? 안됐습니다만 이 곳 우리 마을엔 산세가 험준하고 맹수들만 들끓는 고장이라 그런 귀한 분들이 오실 수 없을 뿐 아니라, 사람이라곤 그림자도 본 적이 없습니다. 딴데나 가 보시오."

막걸리를 기울이던 유서방이 콧방귀 뀌듯 대꾸를 했다. 이 때 그들의 거동을 주시하고 있었던 헌정상왕비는 궁중 말씨로 자신들을 찾는 폼이 심상치 않았던가, 아니면 애써 찾아다니는 꼴들이 안쓰러워서 모른 체 돌려보낼 수가 없었던가, 헌정상왕비는 식사를 하다 말고 일어나 그들 앞에 다가서며,

"내가 헌정비다만 궐 안의 시위 군사가 엉뚱하게 이 곳엔 어인 일이냐?"

헌정상왕비란 반문 소리에 네 명의 시위 군사들은 깜짝 놀라며, 평복민으로 변장한 얼굴 모습을 잠시 훑어 보다가 틀림없는 헌정상왕비의 낯이 확인된 듯 즉각 앞에 엎드렸다.

"헌정마마. 이런 험준한 곳까지 어인 거둥이시옵니까? 지금 먼저 계시던 곳에서는 효신태자께옵서 여러 날을 애태우며 기다리고 계십니다. 어서 돌아가시옵소서. 황급히 서두를 일입니다."

"뭣이라고? 어인 뚱딴지 같은 소리냐? 나는 마적들이 설치는 바람에 여기

까지 피신하게 되어 그 곳엔 지금 빈집인데, 그 빈집에서 효신태자가 날 기다리고 있었다니 대체 어찌 된 영문인지 모르겠구나?”

“그것에 관해서는 여쭙기 겸연쩍은 일입니다. 소인들이 예측하건대, 여드레 전 소인들이 효신태자를 모시고 먼저 계시던 곳에 당도한 것을 마마께서는 아마 마적들로 오인하셔서 역피신하셨던 것 같습니다, 헌정마마.”

“아뿔사! 그 때 일이 그렇게 되었던가! 그렇다면 금오위와 시위군들에게 공연히 생고생만 끼친 꼴이 되었구나……!”

“황공하옵니다. 소인들의 고생은 직분이라 괜찮지만 그 동안 산짐승들에게 제물로 희생된 목숨들이 무릇 열다섯 명이라, 그것이 좀 안쓰러울 따름입니다, 헌정마마.”

“어허, 그건 또 무슨 소린가? 내가 열다섯 사람이나 살인을 범한 꼴이 되다니. 이를 어찌할꼬?”

헌정상왕비는 참담한 표정으로 잠시 장탄식을 하다가 말미를 다시 잇는다.

“이제 듣고 보니 심히 애석한 일이구나. 그러나 안됐다만, 이제 나로서는 전에 기거하던 곳에 다시 돌아간들 산적인지 마적인지 그들 때문에 환경이 불안하구나. 그리고 나는 그 곳보다 이 곳이, 친가족 같은 이웃들과 함께 있어 외롭지 않아 좋고, 산천 풍수도 더욱 훌륭하여 앞으로 이 곳에서 한평생을 보낼 작정이다. 기왕 효신태자가 그 곳에서 나를 기다리고 있었다면 아예 이 곳까지 모시도록 하거라.”

헌정상왕비는 네 명의 시위군들에게 효신태자를 이 곳 동기골로 모셔오도록 재촉했다.

“헌정마마. 여쭙기 황송하지만 그리는 안 됩니다. 지금 태자마마께서는 극도로 상심 중이시며, 그리고 헌정마마를 찾거든 사유 불문하고 무작정 모서 오라는 특명입니다. 이를 어기면 소인들은 돌아가 사유 곡절을 아뢴들 목이 날아가 뼈도 못 추리는 참형을 면치 못한답니다. 소인들 모진 목숨도 가엾게 여기시어 자비를 베풀어 주십시오."

"음, 너희들의 입장을 알 만하다. 지금 효신태자는 너희들을 보내왔다만, 나에게는 마적들로 오인되어 또 피신할까 하는 우려 때문도 있을 게다. 그리고 말로만으로는 확신도 안 할 것이다. 그렇다면 내가 믿을 만한 표적을 보낼 것이니, 그것을 갖다 보이면 수긍은 갈 것이므로 이 곳으로 모서 오도록 하여라."

헌정상왕비는 목에 걸고 있던 여의주_{如意珠:용의 턱 밑에 있다는 구슬. 이것을 지니고 있으면 만사가 뜻대로 성사된다는 전설상의 구슬로, 헌정비가 선왕 경종에게 시집 올 때 받은 패물 중, 다른 것은 모두 가난한 백성들에게 나누어 주고 남은 유일한 패물임}를 벗기어 시위 군사에게 건넸다.

"예엣? 이것은 헌정마마께서 목숨처럼 간직하시던 여의주 목걸이가 아닙니까?"

"그렇다. 이것은 효신태자가 십여 년 동안 내 품 속에 있을 때부터 내가 항상 지니고 있었기에 효신태자가 보면 첫눈에 낯이 익을 것이다. 또한 내가 기다리고 있다는 표적도 될 것이니 어서 지체하지 말고 갖다가 보여 주도록 하거라."

"예. 알겠습니다. 곧 상봉하도록 서둘러 모서 오겠습니다, 헌정마마."

시위군 한 사람은 정중히 여의주 목걸이를 받아 복주머니에 깊숙이 간직하고 나서 물러들 갔다.

이 광경을 무심코 지켜보던 마을 사람들은 엄한 왕실의 직계들임을 알고는 크게 놀란 표정들로, 식사를 하다 말고 일어나 엉거주춤 허리를 굽히고

섰다. 벽촌의 농군들이라, 말만 들었던 왕실의 직계들임을 보고는 어지간히 놀랍고 당황하였던 모양들이었다.

"왜들 식사하다 말고 일어나 계십니까? 어서들 자리에 앉아 즐겁게 식사들을 계속합시다."

헌정상왕비는 자리에 돌아와 다시 앉으며 모두 좌정하기를 재촉했다.

"황공하옵게도 왕실의 엄존이셨습니까? 저희들은 미처 그런 줄도 모르고 외람되게 홀대를 하였으니 송구하여 몸둘 바를 모르겠습니다. 너그러이 용서하여 주십시오, 헌정마마."

좌상인 양서방이 당혹한 표정으로 엄숙히 예를 갖추었다.

"좌상 어른. 조금도 송구스러워 하실 것 없습니다. 초면이라 몰라서 그런 것이오. 또 우리 내외가 왕실의 종친들이긴 해도 이제는 궁궐을 나왔으니 평민들이나 무엇이 다르겠소. 그렇잖아도 여러분들이 어려워하실까 봐 신분을 숨겼던 것이니, 추호도 어려워하지 마시고 한 이웃, 그리고 한 집안처럼 허물없이 지내봅시다."

"황감하옵니다. 저희들은 산간 벽촌에 있는 천민들이라 대궐의 내력들은 잘 모릅니다. 하지만 이제 한 마을에 모시자면 왕실의 누구시며 어떻게 된 일인지는 알고 지내야 될 일이 아니겠습니까? 외람되나 대강이라도 내력을 일러 주십시오, 헌정마마."

"예. 기왕 들통이 난 것이니 신분을 자상하게 밝혀 드리죠. 나의 형제는 모두 두 자매가 있었는데, 두 자매가 함께 선대 경종 임금을 모시고 있었던 상왕비로서, 나는 둘째 상왕비이며, 그리고 언니에게는 이제 열네 살이 되는 효신태자가 있을 뿐입니다. 그런데 혼인한 지 백 일도 안 되어서 갑작스럽게 경종 임금께서 승하하시는 바람에 그만 청상 과부가 되었더랍니다. 그리고 지금 보위에 계신 금상과는 친남매지간이고, 또 나와 같이 있는 이분은 태조 임금님의 여덟 번째 아드님으로서 지금은 왕씨 종중의 웃어른이 되시는 종정이십니다. 그러나 근래에 이르러 안타깝게도 우리 왕실 사정은 후사 문제가 병폐로 말미암아 모두가 초조하고 불안한 나머지, 결국 저에게는 장차 종묘 사직에 만일이 우려된다는 종친들과 조정 중신들의 권유에, 마지못해 저는 쑥스럽게도 피할 수 없는 종실 간의 사통私通으로 작년에 아들을 낳았답니다. 그리고 그 아들을 궐 안으로 돌려보낸 후, 이제 우리 내외는 속세를 떠나 산천 풍수 속에 묻히어 흙이나 일구며 한평생을 보낼 작정으로 이곳에 오게 된 것이니, 조금도 어려워 마시고 한집안처럼 돌보아 주십시오."

"예. 왕실의 실정들이 그런 줄 몰랐습니다. 어찌했건 저희들로선 의외로 존엄하신 왕실의 직계들을 모시게 되니, 우리 마을의 큰 경사라 감개가 무량할 따름입니다."

양서방은 크게 장읍을 하고 자리에 다시 앉았다. 이에 따라 모든 사람들도 장읍을 하고 자리에 앉아 식사를 다시 계속했다.

고려 시대에는 근친과의 혼인이 인정되었으며, 특히 왕족 간의 혼인은 예사롭게 행해졌던 것이었다.

이튿날 계명 축시鷄鳴 丑時 : 새벽 1~3시, 마을의 집집에서 첫닭의 긴 울음소리가 새벽 정적을 일깨우기 시작할 무렵이었다. 아직 밝은 하늘에 보름달은 휘영청하고 모든 산천 초목들은 한창 잠들어 있는데, 마을 동구 앞에서는 삼십여 기의 기병들이 세 채의 포장 마차를 앞뒤로 호위하며 일사불란하게 정연히 들어서고 있었다. 이에 따라 말들의 울부짖는 소리와 집집에서는 낯선 인간들이 침범했다고 컹컹컹 짖어대는 삽살개들의 소리가 고요했던 천지를 진동하기 시작했다. 길이 좁아서 그런 듯 마을 동구 밖에서 멈춰 선 포장 마차에서는 두 명의 군사들이 어린 소년을 부축하며 새로 지은 집 앞마당에 멈추어 섰다. 그러고는 한 사람이 섬돌에 올라 방문 앞으로 다가서며 나직하게 권마성을 질렀다.

"태자마마 거둥입시오! 효신태자께서 납셨습니다. 종정님과 헌정마마께서는 기침起寢을 하십시오!"

평지의 행길 같으면 몰라도 왕복으로 이백여 리가 넘는 험준한 산길이니, 이튿날 점심 나절에나 효신태자의 행차가 당도하리라고 이 곳에서는 모두들 예상하고 있었다. 그러나 기적적이랄까, 효신태자의 행차는 위험을 무릅쓰고 길도 없는 험산 길을 그대로 강행군을 해서 온 모양들이었다. 예상치도 못했던 효신태자의 거둥이란 권마성 소리에 놀라 버선발로 뛰어나온 사람은 예상대로 헌정상왕비였다.

"오오, 효신아! 태자야!"

헌정상왕비는 방문을 나서기가 무섭게 효신태자를 외치며, 어둠 속에서도 첫눈에 알아본 듯 갓난아기같이 번쩍 들어 안았다. 그리고 뺨을 비비대고 감회의 눈물을 줄줄 흘리며 호들갑을 떨었다. 얼마 동안의 시간이 지나서 포옹이 누그러질 때야 비로소 효신태자는 달빛에 반짝이는 헌정상왕비의 눈물을 손으로 닦아 주면서 말을 했다.

"이모님. 그 동안 많이 야위셨군요. 나는 이모가 출궁하신 후로 두 해 동안 괴로움과 설움으로 지내왔어요. 어머님이 계시는 천추전의 궁녀들과 궐밖의 친구들까지 불러들여 여러 모로 돌보아 줍디다만, 이모가 곁에 없으니 세상 만사가 모두 귀찮기만 합디다. 그리고 나는 두 해 동안이나 벼르고 벼르던 끝에 여드렛 전에는 강상서의 주선으로, 어머님과 주상께서 이모님과의 상봉을 윤허하시기에 제일 먼저 이모님이 사시던 곳에 달려갔었지요. 하지만 안타깝게도 이모님은 우리 일행들을 엉뚱하게 마적들로 오인하여 피신한 모양이라 합디다. 나는 즉시 모든 군사들을 총동원시켰었답니다. 그러나 열다섯 사람들의 목숨을 맹수들에게 공궤만 당했을 뿐이었고, 엊저녁까지만 해도 혹시 이모님 내외도 맹수들에게 화를 당하시지 않았나 생각했었습니다. 그래서 뼈라도 찾아내고자 모든 군사들에게 수색령까지 내렸었는데, 마침 천만 다행으로 이렇게 상봉을 하게 되니 하늘 나라에서 만난 듯이 반갑습니다."

효신태자도 감회의 눈물을 흘리며 반가워서 어찌할 바를 몰랐다. 그리고 말을 하는 것으로 보면은 두 해 전에 헤어졌을 때보다는 철이 좀 들어 보였다.

"태자야. 반가움은 이를 데 없다만, 너의 몸이 어찌 이다지도 말랐단 말이냐? 이제 열네 살이면 장가들 나이인데, 새다리 모양 몸에 살점이라곤 한 점도 없이 이렇게 앙상하니 이래서야 장차 종묘 사직을 어찌 지킬 수가 있겠느냐? 내가 보고 싶더라도 꾹 참고 건강에만 치중하라고 귀가 따갑도록 내가 말하질 않았더냐."

"예. 이모님의 교훈은 자나깨나 명심 불망하고 있었습니다. 하지만 이모님의 모정만 하였겠어요? 태자고 왕통이고 만사가 귀찮기만 할 뿐입니다."

"태자야, 철이 왜 이다지도 늦게 나느냐? 네 몸은 유독 너의 것만 아니라 종묘 사직에도 연관된 막중한 몸이니 무작정 귀찮다고 네 마음대로 경솔하게 여길 것이 아니라 자중해야 된단다. 다시 말하자면, 네 마음은 네 것이겠지만 네가 의지하고 있는 몸체는 네 것만이 아니라, 우리 열성조들의 정통 후사자後嗣子란다. 그리고 온 누리 백관 백성들을 곧게 다스려야 할 책임자요, 상징이기도 하니, 네 마음대로 축낼 수도 없단 말이다. 그러니 앞으로는 나를 자주 만나게 될 것이니 늦으나마 이제부터라도 건강 증진에 치중해야 되겠다. 내 말 알아듣겠느냐?”

헌정상왕비는 준엄하게 타이르며 효신태자를 안은 채 방문을 열고 안으로 들어갔다. 이 때 욱태공도 아주까리 등잔에 불을 밝혀 놓고 나오다가 효신태자와 마주쳤다.

“오랜만이옵니다. 그 동안 옥체 만안하셨습니까. 종정 어른?”

효신태자의 인사였다. 현 실정으로서는 왕통을 이을 후사 문제가 미흡한 탓으로 종친들과 종신들의 권유에 못 이겨 마지못한 종실 간의 사통이긴 하나 그래도 안세왕자를 낳았으니 이모부라고 불러야 될 것이다. 그러나 세대로는 할아버지 항렬이니 어떻게 불러야 할지 어색한 존칭이었다.

“오호. 효신태자냐? 먼 길을 달려오느라 고생이 많았겠다. 어서 방 안으로 들어가자꾸나.”

욱태공도 환대하며 효신태자의 뒤를 따라 들어갔다.

“태자야, 먼 길을 오느라 몹시 시장하겠구나. 내가 요깃거리를 마련해 올 것이니 잠시 기다리거라.”

헌정상왕비는 효신태자를 안고 방 안에 들어가 요 위에 앉혀 놓았다. 그리고 잠시 기다리게 해 놓고는 급하게 방문을 나와 양서방네 집으로 달음질을 했다. 마침 사흘 전에 양서방의 아들양규揚規:훗날의 명장이 산에 쳐놓은 그물에 까투리 두 마리와 장끼 한 마리가 잡힌 것을 기증받았으나, 살아 있는 꿩을 잡을 줄 몰라서 양서방 내외의 손을 빌리러 가는 모양이었다.

집집에서는 말과 개짖는 소리에 새벽잠들을 설치며 사립문 밖에 나와서 이 광경을 지켜보고 있었다. 헌정상왕비가 양서방집 앞으로 옴에 따라 집집의 내외들과 자제들까지도 나와서 헌정상왕비에게 물었다.

“존당 마님. 저 많은 사람들과 말들은 어인 까닭이옵니까? 혹시 어제 저녁에 들었던 태자마마의 행차가 벌써 당도하신 게 아닙니까?”

“송구합니다. 아직 먼동도 트지 않은 새벽녘인데, 고요한 마을에 예상하지도 못했던 사람들과 말들의 소리로 새벽잠들을 설치게 하여 송구하기가 이를 데 없습니다. 지금 들이닥친 저 사람들과 말들은 어제 저녁에 저를 찾아왔었던 만월대의 시위 군사들과 장차 보위에 오를 효신태자의 나들이이니 모두 의문을 푸십시오.”

“오, 태자님께서 오신다 해도 밤이 지나 점심 나절이나 이 곳에 당도시하리라 예상을 했었는데 벌써 당도하셨습니까? 이다지 험준한 산간 벽촌에 태자님께서 정말 납시었다니 황감할 따름입니다. 그리고 얼마 동안 체류하실지는 모르겠지만, 누추한 산간 벽촌이라 저희들은 어찌 영접해야 옳은지 모르겠습니다. 존당 마님께서는 태자마마의 습성이나 식성 등을 잘 아시고 계실 것이니, 도움이 될 것이 있다면 저희들에게 서슴없이 일러주십시오.”

양서방이 정중히 효신태자에게 도움이 될 것들을 청한다.

“고맙습니다. 기왕 신제 지는 김에 염치 불구하고 도움을 청하겠습니다. 나에게 지금 아쉬운 고민거리는 태자의 건강 문제랍니다. 여쭙기 겸연쩍습니다만, 태자는 이제 열네 살이나 된 몸입니다만, 갓난이 적부터 위장인가 폐질환인가 하는 알 수 없는 속병이 있어 세 끼 식사는 고사하고 미음도 제대로 먹지 못했으며, 사흘이 멀다 하고 눕는 날이 많았습니다. 재작년에 내가 궁궐을 떠나기 전에 보살펴 줄 때만 해도 회복이 되는가 싶었더니, 출궁한 뒤로 오늘 만나보니 온몸에 살점이라곤 한 점도 없는 산송장이라, 보기에도 민망스럽고 참담하기 이를 데 없습니다. 어떻게 건강 회복에 아시는 길이라도 있으면 도와 주십시오, 좌상 어른.”

“오호, 큰일이시군요. 명의를 급히 불러 탕제나 비방을 주선해야 되겠군요."

"아니오. 궁중에는 의약을 전담하는 담당 전의가 있어 백방으로 치료에 치중하였는데도 영영 고칠 수 없는 고질병인지 조금도 차도가 없었습니다. 담당 의관들 말에는, 한 가지 치유할 수 있는 길은 신선한 산천 풍수 속에서 당분간 운동 삼아 산사냥이나 천렵 등에 참여하게 하고, 또 자연의 동식물도 섭취시켜 체위를 조절할 수밖에 없다 합니다. 이제 산천 속에 들어온 풋내기로서는 난처한 고민거리로군요. 그리고 효신태자의 식성은 궁중의 진수 성찬보다도 내가 사사로이 만든 음식이라면 꽁보리밥이건 송기죽이건 강냉이밥이건 무엇이든 가리지 않고 잘 먹는답니다. 그런 식성이라, 내 딴에는 마침 사흘 전 양도령으로부터 산꿩 세 마리를 얻은 것이 있기에 식사 겸 보신용으로 우선 잡아줄까 하는데, 짐승이라곤 우리 내외 모두가 잡아본 경험이 없어 이렇게 왔으니 좌상 어른이 도와 주서야겠습니다."

"오, 그러십니까? 궁중의 담당 전의가 그렇게 처방전을 일렀다면 무슨 증세인지 저도 단번에 알겠습니다. 저는 정선 의생精選醫生:나라에서 실력을 인정하고 뽑은 의사은 아닙니다만, 과거 선친께서 명나라 의술을 연수하고 돌아와 의생으로 계셨을 때 저도 선친 밑에서 유업을 익힌 바가 있어 특이한 의약제 선정은 의약계의 명의 못지않습니다. 한번 제 나름대로 실력을 뽐내볼까 하는데 허락해 주시겠습니까?"

"좌상 어른. 여부가 있겠습니까. 특이한 명나라 의술이라면 지체할 필요가 없지요. 제발 치유시켜 주십시오. 나의 간절한 소망일 뿐만 아니라, 이 나라 백관 백성들의 간절한 소망이랍니다."

"존당 마님. 확실한 결과는 진료해 봐야 알겠지만, 제가 삼 년 전에 속세를 떠나오기 전 세간에서 태자마마와 같은 환자들을 백여 명 치유시킨 적이 있으니 십중 팔구는 치유가 될 것입니다. 하지만 큰 기대는 마십시오."

"오호. 그런 실력이신가요? 뜻밖에 구사일생의 은인을 만났으니, 너무나 반가운 인연이라 감개가 무량입니다."

헌정상왕비는 양서방의 말에 어지간히 반가웠던 듯 두 손에 합장까지 하며 허리를 크게 굽혀 장읍을 했다. 자신의 아들 안세가 있건만, 남과 다름없는 그를 소외시키고 유독 언니 소생의 왕자만을 위하고 애쓰는 양을 보면 역대 왕비들 중에서는 특이하게도 사심이 없는 여인이었다.

"존당 마님. 확실한 결과는 두고 봐야 알겠습니다만, 정성껏 치성 들여 보겠습니다. 존당께옵서도 제가 약에 대해서 이르는 수칙들을 엄히 지키셔야 됩니다. 제가 이제 해당되는 약제를 조제하여 손수 약탕관에 달여서 올릴 것이니, 존당께서는 세 끼 식후마다 한 종지씩 한 달 동안 복용하도록 하십시오. 약이 유별나게 몹시 쓰니 그래도 맛보지 마시고 단숨에 마시도록 달래야 합니다. 그리고 세 끼 식사에는 녹용삼지탕鹿茸參지湯, 즉 통꿩 속에 연녹용軟鹿茸과 산삼을 비롯, 찰기장·칡뿌리·밤·대추를 넣어 여러 마리 고아 드시면 더욱 회복세가 빠르게 진행될 것입니다. 마침 삼 년 전에 산에서 사슴 한 마리를 잡아 연녹용을 구해 둔 것이 있고, 산삼도 지난 가을 뒷산에서 여러 뿌리 캐어 뒤뜰에 옮겨 심은 것이 있으니 집에서 가꾸는 찰기장과 칡뿌리·밤·대추를 곧 챙겨가지고 가서 조리하도록 하겠습니다. 존당께서는 먼저 돌아가시어 그 동안 태자마마의 정회나 달래 드리고 계십시오, 마마."

헌정상왕비는 크게 장읍을 하고 마냥 흐뭇한 듯 화사한 표정으로 돌아왔다. 헌정상왕비를 보내고 나서 그 길로 양서방은 아내에게 뒤뜰에 옮겨 심었던 산삼 여덟 뿌리 중 큰 것 한 뿌리를 캐오게 했다. 그리고 자신은 선친께서 남겼던 유약遺藥들이 지금까지도 약통 속에 남아 있는 것을 확인했다.

그렇게 한 뒤 방 안에 들어가서는 처방전을 펴 놓고 약재들을 손수 작두질해서 조제를 했다. 그리고 보신용으로는 연녹용과 산삼을 비롯, 찰기장과 칡뿌리·밤·대추 등 보신제도 광주리에 챙겨가지고 아내와 같이 욱태공 댁으로 급히 달려갔다.

양서방은 욱태공 댁을 들어서기가 무섭게 까투리 한 마리를 잡아 아내에게 보신용 식사를 재촉하게 하고 나서 자신은 화덕에다 약탕관을 올려 놓고 한약을 달이기 시작했다. 효신태자의 밤참인 녹용삼지탕은 얼마 안 되어서 양서방 부인이 소반에 한 대접 차려 가지고 방 안에 정중히 들여 놓고 나갔다. 양곡밥이 아니라 마치 삼계탕과 같은 녹용삼지탕이라서 반찬은 김치 깍두기에 깨소금뿐이었다.

"태자야. 먼 길 오느라 무척 시장했겠다. 어서 가까이 다가앉아 이것 좀 들어라."

헌정상왕비는 소반을 효신태자 앞에 놓고 마주 앉아 꿩의 뼈를 발겨 주고 있었다.

"종정 어른과 이모도 같이 듭시다."

"아니다. 우리는 아침을 먹으면 될 것이고, 이것은 너에게만 요긴한 보약식이란다. 몹시 시장할 텐데 어서 들어라."

"오, 그렇다면 혼자 먹어야겠지요. 한데 궐 안에서도 날마다 장선掌繕나인들이 갖가지 탕을 받쳐 둡디다만 한 숟가락도 못 먹겠던데, 이것은 이모께서 특별히 마련한 것이라서 그런지 색다르고 구수한 내음이 제법 먹음직스럽군요. 모처럼 이모님께서 마련한 정성이니 맛있게 먹겠습니다."

효신태자는 소반 앞에 다가앉으며 시장기에 구미도 당기는 듯 수저를 들기 시작했다. 궁중에서는 음식이건 보약이건 헌정상왕비가 없을 때는 전폐하다시피 별로 들지 않았었던 효신태자가, 이 때에는 녹용삼지탕 한 그릇을 뼈만 남기고 깨끗이 먹어치웠다. 그리고 한참 후에 들어온 쓰디쓴 한약 탕제도 눈물을 찔금거리며 단숨에 들이켰다.

"시원스럽게 자알 먹어 주어 정말 고맙구나. 아암 이제부터는 이모 말 잘 들어야지. 그리고 너의 눈꺼풀이 피로에 처진 걸 보니 여러 날 잠도 못 잔 모양이로구나. 지금 새벽녘이니 한잠 푹 자도록 하거라."

헌정상왕비는 상을 물리고 나서 욱태공과 자던 잠자리를 다시 보전하여 중간에 효신태자를 눕게 했다. 그리고 열네 살이나 된 아이이건만 아직도 일고여덟 살로 여기는 듯 헌정상왕비는 옆에 같이 누우면서 궁중에 있을 때처럼 효신태자를 어린아기처럼 팔베개를 하여 잠을 재우고 있었다.

효신태자의 입장과 처리로서는, 생모 헌애상왕비의 품 속은 물론 따뜻한 정분이나 사랑 등을 전혀 못 받아봤기 때문에, 이모의 품 속을 어머니의 품 속처럼 여길 수 밖에 없었을 것이었다. 이 년 만에 안기는 이모의 포근한 품 속이라서 그런지 효신태자는 천진 난만함 그대로 깊은 잠 속으로 빠져 들어 갔다.

이 날 아침, 조반상을 늦게 차리게 되었다. 효신태자의 단잠을 좀더 늦추게 하려는 것이었다. 그리고 헌정상왕비는 늦은 아침에 효신태자의 옆을 살며시 빠져 나와서는, 마을 어른들과 자제 등 남정네들에게 인사들을 나누게 하고자 조반상들을 이 곳에서 한 상 진설하도록 아낙들에게 준비하도록 했다.

효신태자가 기침한 때는 반 나절인 손시巽時:아침 아홉시경이었다.

헌정상왕비는 음식이 진설되기 전에 마을 어른들 다섯 사람과 자제들을 불러들여 삼간 대청에서 효신태자에게 알현을 시켰다. 헌정상왕비의 부축으로 대청에 나와 앉은 소년 효신태자의 모습은 해골만 남은 산송장으로, 처음 보는 사람들로서는 차마 보기에도 끔찍한 모습이었다. 양서방을 위시해서 마을 어른들이 효신태자 앞에 차례로 엎드리며 배알을 했다.

"초면 인사 올립니다. 소인은 이 마을에 기거하는 백성인 양욱楊煜이라 합니다. 이다지 험준하고 누추한 벽촌에서 의외로 어안을 뵈오니 황감할 따름입니다."

"반갑소. 나는 개경 만월대에서 나온 효신왕자입니다만, 환중이라 지금은 폐인이나 다름없소. 우리 이모님 내외가 이 곳 마을의 도움을 받아 무사히 계신다는 전갈을 받고 어제 저녁에야 비로소 오게 되었소. 이제나마 여러분들의 온정을 크게 사례하는 바이오. 앞으로도 우리 이모님 내외가 이 곳에 체류하실 예정이니 여러 모로 정성껏 도와 주시오."

효신태자의 말하는 품세를 보면 좀 무뚝뚝하긴 해도 제법 왕자답게 엄숙했다. 효신태자의 답례에 이어 이서방이 나와서 엎드렸다.

"소인은 이기주李基周라 합니다. 외람된 말씀이나 어안을 뵙자오니 옥체에 결함이 있으신 듯합니다. 이 곳은 산간 벽촌이라 비록 누추하고 험준한 곳이긴 하지만 수려한 산천 풍수 속이라 옥체를 회복시키는 데는 적절한 곳이라고 생각됩니다. 한동안 보약과 자연식을 섭취하시면서 체력을 보하시기엔 안성맞춤인가 하오니 각별히 유념하십시오, 태자 저하."

이서방의 뒤를 이어 유서방이 알현을 했다.

"소인은 유성도劉聖道라 합니다. 여쭙기 외람되나 육체가 매우 언짢으신가 하오니 이 곳에서 신선한 산천 풍수를 만끽하시노라면 옥체의 질환들도 수이 쾌차되시겠습니다. 이 곳에 될 수 있는 한 장기간 요양하십시오."

"고맙소. 그렇잖아도 나는 고질병이 있어 친모나 다름없는 이모님을 찾던 중에 마침 이 곳까지 이른 것이니 이것도 인연인가 보구려. 여러분들의 도움을 청하는 바이오. 여러 모로 도와 주시오."

"황공합니다. 소인들은 미력이나마 신명껏 치성을 다 하겠습니다. 거처는 누추하지만 옥체가 쾌차하실 때까지 요양을 하십시오, 태자 저하."

유서방의 뒤를 이어 곽서방과 최서방, 그리고 십여 명의 자제들까지 차례로 예를 갖추고는 물러앉았다.

마을 남정네들의 알현이 끝나는 즉시 삼간 대청에는 길다란 교자상이 펼쳐졌다. 아침 겸 점심상이었다. 밭농사를 하는 벽촌이라 흰 밥은 있을 리가 없으나, 감자·강냉이·차조·보리·수수·콩·팥에, 밤·도토리·잣 등 열 가지 곡식으로 만든 밥이었다. 이 범벅진 잡곡밥은 군중에서는 구경도, 그리고 맛볼 수도 없는 고량 진미로, 보기만 해도 군침을 돋우게 했다. 그리고 산골의 생수로 빚은 신선한 김치와 깍두기·동치미에다, 민물 어육 찌개에 산채 나물까지 모두가 궁중의 진수 성찬이 부럽지 않게 구미를 당기게 했다. 효신태자로서는 난생 처음으로 맹꽁이처럼 배를 불리었다.

아침상을 물리고 욱태공을 비롯한 마을 어른들도 앞마당으로 물러난 즉시, 헌정상왕비는 마을 젊은이들의 건의에 따라 효신태자의 하룻거리 한약 탕제를 비롯하여 간편한 놋그릇, 그리고 양식과 양념거리와 방한구 등을 챙겨 네 명의 시위군과 마을의 젊은이들에게 등짐을 지워 몸소 효신태자를 이끌고 산에 올랐다. 건강 증진을 시키기 위해 운동 겸 산사냥을 나서는 것이었다. 또 사냥에서 까투리와 장끼 또는 산토끼와 산오리 등 어떤 놈이 잡히건 짐승 요리로 효신태자의 입맛을 새롭게 변화시켜 건강 회복을 도모해 보려는 것이었다. 장래는 어찌 되었던 간에 현재까지 모처럼의 자기 자식까지도 소외하고 꺼져가는 언니의 자식만을 위하여 애쓰는 그 심성을 참된 인간의 눈으로서는 숙연한 일이 아닐 수 없었다.

어쨌든 이 날의 산사냥은 짐승들이 미리 눈치를 채고 도망을 쳤는지 별로 수확이 없었다. 그래도 양서방의 아들 양규의 활솜씨로 멧돼지 한 마리는 잡혀 주어 멧돼지 요리로 산사냥의 보람을 즐겼다. 그리고 다음날에는 어랑내 냇가에서 뱀장어·메기·쏘가리 등 천렵으로 번갈아가며 효신태자의 건강 운동과 식욕 증진에 정성을 기울였다.

효신태자는 신선한 산천 풍수 속에서 운동과 야외식을 한 탓인지 하루가 다르게 건강을 회복해 나갔고, 몸의 살점도 붙기 시작했다. 그리고 한 달쯤 지나서부터는 등산이나 어랑내로 거둥할 때도 이제는 곁부축 없이 홀로 움직이며 뛰놀게 되었다. 한창 자라나는 소년기라서 그런지 급진적인 소생이었다.

효신태자의 건강이 크게 회복됨에 따라 누구보다도 이모인 헌정상왕비의 기쁨은 말이 아니었다. 자신이 낳은 안세왕자를 궐 안에 들여보낸 어머니의 모정은 간절하기 이를 데 없으나, 사심 없이 언니 소생인 효신태자의 왕위 자리만을 지키게 하고자 온갖 지극한 정성을 기울일 뿐이니, 효신태자의 고질병인들 떨어지지 않을 수 없는 일이었다.

그러나 이런 와중에 이 곳과 궁중 간에는 난처한 일이 도사리고 있었다. 그것은 다름이 아니라, 효신태자는 성종 임금과 친모인 헌애상왕비로부터 보름 동안의 문안 인사를 겸한 요양을 허락받았었다. 그런데 지금 이 동기골에 나와 있는 이모 헌정상왕비의 품 속에 들고부터는 두 달에 한 번씩 성종과 친모 앞에 자연의 산천 풍수 속에서 좀더 건강을 요양하고 싶다는 전령만을 띄울 뿐, 달이 가고 해가 바뀌어도 환궁할 기색을 추호도 보이질 않았다. 그뿐만 아니라 효신태자도 이제 비로소 철이 드는 건지 그 나름대로 건강뿐만 아니라 공부에도 관심을 가지고 있었던 탓이었다.

헌정상왕비는 저녁상을 물리고 나면 잠시나마 소화를 시킬 겸 뒷동산에 올라가 바람을 쏘인 뒤, 방 안에 아주까리 등잔을 밝혀 놓고 두 시간씩 글상 앞에 마주 앉게 한다. 그리고 전령편에 춘방春坊:세자시강원世子侍講院에서 갖고 온 서적으로 엄격하게 글공부를 시켰다. 장차 왕위를 계승하려면 금중 율법이나 경전 등은 물론, 백관 백성들을 밝게 다스리는 치세법쯤은 알아두어야 했기 때문이었다.

이 무렵에 왕실의 종정이 되는 욱태공도 농사를 짓고 있었으나, 농사일을 마치고 돌아오면 저녁상을 물리는 즉시 피로를 무릅쓰고 사랑채에서 글을 모르는 젊은 자제들을 끌어들여 세 시간씩 글공부를 가르쳤다.

여기서 잠시 욱태공의 치적을 미리 일러두건대, 욱태공의 가르침으로 양서방의 아들 양규揚槻는 이로부터 오년 후인 목종왕穆宗王:지금의 효신태자에게 과거 시험 명경과明經科를 장원으로 급제한다. 이후 형부낭중刑部郎中을 시발로 여러 벼슬을 두루 거치다가 도순검사都巡檢事에 이르러 현종왕顯宗王: 헌정상왕비 소생의 안세왕자 때에는 거란군의 대군과 일곱 번이나 싸워서 대승한 큰 공으로 삼한후벽상공신三韓後壁上功臣의 호까지 받은 명장이 된다. 그리고 이서방의 아들 이자림李子琳은 어찌나 두뇌가 명석했던지 공부를 시작한 지 삼 년 후인 성종왕 때에 최고 관문인 제술과製述科를 장원으로 급제하여 국정에 크게 이바지한 명재상으로, 치적이 너무 훌륭해 성종왕은 자신의 성씨를 떼어 왕가도王可道란 성함까지 하사했다. 그의 위국 충절과 청렴결백은 가히 알 만했다.

그리고 또 유서방의 아들 유충정劉忠正도 제술과를 장원으로 급제하여 상서성尙書省 좌사랑중左事郎中을 시발로, 목종 말기와 현종 초기의 갑등 공신이며, 앞으로 전개될 주인공들의 일행이다. 또 곽서방의 아들 곽원郭元도 양

규와 같은 해에 명법과明法科를 아원亞元:차석으로 급제되어 예부시랑禮部侍郎
을 시발로 덕종왕德宗王과 현종왕玄宗王 때 중추원사中樞院事와 문하시랑평장
사門下侍郎平章事를 거쳐, 문종文宗 때에는 최고 관직인 문하시중에다 도병마
사都兵馬使까지 겸임한 문무 당상을 역임했다. 퇴임 후에도 12공도公徒를 설
치하여 인재 양성으로 고려사를 빛낸 현신이었다.

이들 중에서 한 가지 기억해 둘 것은 유서방인 유충정은 이 곳 산간 벽촌
으로 들어오기 삼 년 전까지만 해도 개경 만월대 천추전 헌애상왕비의 남첩
인 김치양과는 소꿉친구요 술친구였다. 그러나 경제 사정으로 아버지의 낙
향 조치에 못 이겨 이 곳 동기골에서 지내던 중 우연히 욱태공의 신기神機한
가르침에 이끌려 과거 시험 공부를 하게 된 위인이니, 앞으로 전개되는 왕실
의 파란 만장한 위기들을 어떻게 막느냐 못 막느냐 하는 갈등 해결의 막중
한 인물임을 잊지 말고 기억해 두어야겠다.

욱태공의 젊은 세대들에 대한 교육 방법은 먼 훗날까지 예견하고 가르쳤
던 것일까? 어쨌든 끝을 모르는 젊은 사람들에게 나라와 백성들을 위한 현
실들을 이끄는 데는 그 나름대로의 말할 수 없는 고생과 정성이 지대하였
던 것이다.

이제 훗날을 점쳐 본 이야기는 이쯤해 두기로 하고, 욱태공은 헌정상왕비
의 효신태자에 대한 가르침 이외에 별도로 시간 여유가 있을 때마다 효신태
자에게도 국정치법을 일깨워 주어 효신태자는 제법 세자다운 식견과 건강
도 소생되어 가니, 왕실과 백관 백성들은 크게 안도의 숨을 내쉬게 되었다.

그러나 호사다마라고나 할까. 효신태자가 이 곳 동기골에서 이모와 같이
지낸 지 삼 년이 채 못 되는 성종왕 15년서기 996년 병신년 삼복 더위가 한창
맹위를 떨칠 무렵인 칠월 초닷새날, 송악 만월대의 수창궁壽昌宮에는 폭풍

전야처럼 실로 피비린내가 나는 살벌한 일진 광풍이 몰아치려는 듯 화사했
던 청천 하늘에 검은 먹구름이 서서히 덮이기 시작하고 있었다.

6

남첩 男妾 김치양의 귀환

효신태자가 산간 벽촌에 머무른 뒤로 두 달에 한 번씩, 그것도 이모인 헌정상왕비가 간곡히 환궁할 것을 권하였으나 효신태자는 차일피일하며, 성종 임금과 친모인 헌애상왕비에게 인사 치레로 서찰만 전령 편으로 띄울 뿐이었다. 그런데 효신태자가 이 곳 동기골에 머문 지 2년 8개월째 되던 7월 초닷새날 저녁, 헌정상왕비 앞에는 뜻밖에도 언니인 헌애상왕비의 서찰이 전령 편에 득달되었다.

편지 내용을 대충 간추려 보면,

'안부는 생략하나니, 우리 두 자매는 선왕을 같이 모셨던 왕비로서 불행히도 이팔 청춘에 청상 과부로 전락되어 버려졌거니와, 청상 과부로 십여 성상이 지난 지금도 외로움은 가시질 않고 도리어 가중만 될 뿐이니, 사내로 태어나지 못한 이 서러움은 누구에게 하소연할꼬. 이는 칠성님께서 우리 자매에게 부여된 운수 팔자라 어찌하리요. 그런 대로 한 생을 나름대로 요량껏 영위할 수밖에 없으리로다.

그리하여 내가 한 마디 이르고자 하나니, 고질병에서 헤매던 효신태자를 건강과 쓸모있는 사람으로 만들어 준 데 대하여 생모되는 이 언니로서는 한 없이 고마움과 감개가 무량일 뿐이로다.

혹시나 내가 효신태자의 생모로서 양육에 어미된 도리를 못 하고 있어 이 목들 보기가 낯뜨거운 일이라 민망스러운 일이 아니리요. 동생은 내 아우로서 어찌 의리와 궁중 법도를 모르는가? 장차 보위에 올라야 할 세자를 궐 밖으로 유인하여 상놈처럼 마구 굴리다니, 이는 세자의 위신을 추락하게 하는 처사일 뿐만 아니라, 모자지간의 정분까지도 이간시키는 일이라. 언니로서는 책망을 않을 수 없는 일이 아닌가.

이에 엄중히 이르나니, 효신태자에 대해서는 내가 어미된 도리로 양육할 일인지라, 동생은 자매지간의 의리를 위해서라도 더 이상 간여하지 말고 즉각 태자를 환궁시켜 세자의 정도를 걷도록 주선할 것이며, 아울러 우리 자매지간의 의리도 금가지 않도록 삼가 유의할지어다.'

라는 사연이었다. 헌정상왕비로서는 상상하지 못했던 청천 벽력의 애매한 힐책이었다. 아니 억울한 책망이었다.

앞에서도 대충 밝혔지만, 효신태자는 뱃속에서 나올 때부터 생모인 헌애상왕비의 품 속에 의지하며 자라는 것이 섭리요 당연지사이나, 생모 헌애상왕비는 방자한 성품에다 음탕한 바람기가 극심하여 아들을 보살펴주기는 고사하고 정도 제대로 주질 않아 모자지간의 정이라고는 티끌만치도 없이 헌신짝처럼 버렸던 것을, 이모인 헌정상왕비가 민가에서 유모를 구해 들여 위기를 모면하게 했다. 또 이모의 극진한 보살핌 속에서 자라왔다. 다시 말해서 헌애상왕비는 낳기만 하였을 뿐 양육은 헌정상왕비의 품 속에서 했던 것이다.

이제 열여섯의 나이가 되었지만, 궁중을 나와 있을 때부터는 그렇잖아도 자매지간의 의리가 상하지나 않을까 우려해서 헌정상왕비가 효신태자에게 서찰만 띄우지 말고 몸소 궁궐로 내왕하도록 여러 차례 간청하여 왔었다.

그러니 효신태자는 두 달에 한 번씩 성종 임금과 천추전 생모 앞에 서찰로만 인사 치례할 뿐, 그 외엔 잠시라도 이모 옆을 떠나서는 세 끼니도 전폐하다시피 하고, 세상 만사를 귀찮아했다. 그 동안 산천 풍수 속에서 이모의 보살핌이 아니었다면 효신태자는 이승을 떠나 천만리 저승길을 떠난 지도 오래 되었을 것이었다.

그렇다고 이모된 도리로 그들 모자지간을 일부러 격리시켜 강압으로 데리고 있는 것도 아니었다. 더욱이 이간시킬 음계는 상상조차 할 수 없다. 오직 아우된 의리와 이모된 도리를 지키고자 하는 심정뿐이었다. 만일 추호라도 사심이 있었다면 효신태자가 죽건 말건 아랑곳없이 내쳐 버리고, 자신이 낳은 안세왕자를 세자 승습世子承襲에 오르도록 야망을 품었을 것이 아니겠는가.

그러나 헌정상왕비로서는 천성이 그렇지 못하고, 나날이 도의대로 오직 효신태자의 건강과 세자승습만을 위해 무진하게 정성을 기울여 왔었던 것이다. 이런 차에 이제 언니인 헌애상왕비의 사찰을 받고 보니 속담에 '물에 빠진 놈 건져 놓으니까 내 봇짐 내놓아라' 한다는 격으로 헌정상왕비로서는 상상조차 못 했던 청천 벽력이라, 충격은 말이 아니었다.

이를 계기로 헌정상왕비는 눈물을 머금으며 어쩔 수 없는 구구 사정으로 효신태자에게 환궁을 하소연하기 시작했다. 그러나 효신태자는 도살장에 끌려 가는 송아지의 심정이었던가, 그는 침통한 표정일 뿐 묵묵 무답으로 반응이 없었다. 헌정상왕비는 애틋한 정분들이 괴롭기 이를 데 없으나, 애꿎은 책망에는 어쩔 수 없는 듯 일부러 짜증스러운 표정으로 무섭게 힐난하며 심하게 박대까지 부려보았다.

그러나 무서운 역정을 부리는 것도 그럴 법한 사람이 아니고는 수긍이 안

되는지, 효신태자는 눈치를 알고 있으면서도 마이동풍격으로 태연스럽게 딴 청만 피울 뿐이었다. 결국 헌정상왕비는 별수없어 최후의 수단으로 말했다.

"내가 암만해도 이승을 떠나야만 세상 만사가 평온해질 모양이다. 목을 매달아 죽든지, 할복해서 죽든지, 자진自盡해 버려야 되겠다. 잘 있거라. 효신아."

그러고는 벌떡 자리에서 일어났다. 이 극단적인 품행은 물론 엄포였지만, 철이 덜 든 효신태자의 추측에는 정말로 들렸던가, 아니면 이모의 입장을 참작해서 승순承順을 안 할 수가 없었던가, 그제서야 비로소 결연한 표정으로 몸을 일으키며 응대를 했다.

"이모님, 진정하시오. 이 일은 소자가 돌아가면 그뿐이오. 죽어도 소자가 죽을 일이지 애꿎게 이모님이 왜 죽소? 소자가 당장 올라갈 것이니, 이모님은 동요하지 말고 편히 계시오. 그리고 어머니의 주책없는 서찰 문제도 엄중히 질책할 것이니 안정을 취하시오. 소자는 이모님의 모정慕情도 아쉽거니와, 건강 때문에 기회가 허락하는 대로 다시 내려와야겠소. 그 동안 두 분께서는 옥체 만안하십시오."

그리고 효신태자는 시름 없는 발걸음으로 방문을 나섰다. 헌정상왕비도 일부러 역정은 부렸지만, 애틋한 감정에는 쓰리면서도 어쩔 수 없는 듯 참담한 표정으로 따라나서며 준엄하게 타일렀다.

"어머니에게 공연히 질책할 것까진 없다. 이제부터라도 네가 어머니께 싫건 좋건 생모이시니 관심을 이끌도록 노력할 것이요, 또 어머니의 품행도 좋건 나쁘건 자식된 도리로서는 절대 나무랄 수도 없는 법이니라. 그리고 아무리 이 곳에 오고 싶어도 어머니의 허락이 없을 때는 절대로 행보를 삼가야 되느니라. 내 말 알아듣겠느냐?"

"예. 명심하겠습니다만, 나는 될 수 있는 한 이 곳에 돌아올 것이니 그 동안 이모님께서는 나를 버리지 말고 기다려주시오."

효신태자는 이모가 먼저처럼 또 피신할까 봐 염려가 되었던 듯 간곡히 이르고는 군막의 시위군들을 서둘러서 환궁길에 올랐다. 떠나는 사람, 보내는 사람, 모두가 애틋한 심정은 말이 아니었으나, 한편 헌정상왕비의 입장으로서도 애꿎은 힐책 때문에 충격은 말이 아니었다. 그래도 너그러운 생각으로는 시원 섭섭한 감도 없지 않아 다소간 안도의 숨을 돌리고 있었다.

그러나 어인 일인가. 효신태자가 환궁한 지 한 해도 못 되어 헌정상왕비 앞에는 또 다른 궁중 전령이 득달되었다. 이 곳 산간 벽촌 동기골에서 있을 때처럼 건강이 진척되리라 믿었던 효신태자의 건강이 다시 악화 일로에 있다는 서신인가, 아니면 욱태공과 헌정비도 무작정 환궁하라는 왕명일까? 어쨌든 양단간에 반갑지는 않은 궁중 전갈이리라 하며, 헌정상왕비는 서찰을 보지도 않은 채 불살라 버리려 하였다. 그러나 서찰 겉봉에 함자銜字를 자상히 보니 임금의 어찰御札이 아니라 중추부사 채충순의 서찰이었다. 내역을 간추려 보면

　　'소인 중추부사 사신私信을 올립니다. 문후 생략하옵고, 소인이 친히 뵙고자 하였으나 사정이 여의치 못하여 전령 편에 지면을 띄웁니다. 여쭈울 것은 다름이 아니오라, 효신태자께서는 벽촌에 머무르실 때는 옥체가 건강하셨으나 환궁 후로는 일체 식음을 전폐하다시피 하고 드시지 않으시므로 옥체가 매우 쇠하시어 금명간의 생기도 위태로울 지경입니다. 신충이 괴롭겠으나 너그러이 용납하시고, 특히 효신태자를 생각하셔서라도 될 수 있는 한 속히 환궁하시어 건강 관리를 보살펴 주시기를 간절히 바랍니다. 충순 수배
忠順繡拜'

라는 간출한 사연이었다. 헌정상왕비는 몹시 비분 강개한 듯 망설임이 없이 섬돌 밑에 엎드려 있는 전령에게 큰 소리로 말을 했다.

"전령은 내가 이른 대로 중추부사에게 직접 고하거라. 나는 궐 안에서나 궐 밖에서나, 근자에 이르기까지 십오 년 동안 효신태자의 건강과 세자 승습을 돕고자 고질병 치유에 나의 있는 정성을 다 해서 기울여 왔을 뿐, 일부러 모자지간을 격리, 또는 이간시킬 마음은 꿈에도 상상조차 하지 못했더니라.

하지만 천추전 헌애상왕비는 도리어 오해하며 엄책하기에, 나로서는 즉각 효신태자를 강제로 환궁시켰는데, 이제 친모가 빌러 와도 안 될 일이어든 어찌 채부사가 나서서 주책없이 갈등만 부추기는가? 이제 나로서는 애꿎은 일에 나설 수 없거니와 더 할 힘도 없노라고 일러라!"

"황공하여 소인 몸둘 바를 모르겠습니다. 그 전자 내역들이 놀랍게도 그랬습니까? 사실이 그렇다면 안 되겠지요. 헌정마마의 어질고 청렴 결백한 성품은 우리 온 누리가 잘 알고도 남는 일인데, 지금 듣건대 헌애마마께서 도리어 애꿎게 오해하셨다니, 소인이 듣기에도 헌정마마 뵙기가 겸연쩍습니다. 소인은 이르신 대로 충주부사께 전갈하옵고, 빈 수레로 물러가겠습니다. 부디 옥체 만안하시기만 빕니다."

전령은 하직 숙배를 올리기가 무섭게 헌정상왕비의 환궁은 종용하지도 못한 채, 모시러 왔던 빈 쌍두 마차를 되몰아 낯 뜨거운 듯 황망히 물러갔다.

쌍두 마차를 빈 채로 돌려보낸 지 또 한 해. 그러니까 성종왕 16년서기 997년 정유년 시월 열사흗날 계명 축시. 만월대 궐 안에서 무슨 언짢은 일이 또 일어났는지, 먼저와는 색다른 쌍두 마차 한 대가 밤새 달려온 듯 말들의 울부짖는 소리도 요란스럽게 욱태공 댁 앞마당 어귀에 들어섰다.

그 쌍두 마차는 임금이 직접 타고 있지는 않았으나 임금만이 전용으로 하는 어가였다. 임금께서 친히 모시러 나온 것처럼 대하라는 뜻인가? 뒤에는 십여 명의 호위 기병까지 따르고 있었다. 전령 하나가 달려와 섬돌 밑에 국궁했다.

"계시옵니까? 송도 만월대에서 나온 지급 전령입니다. 종정 마님과 헌정 마마께서는 급히 기침하십시오!"

아닌 밤중에 홍두깨라, 뜻하지 않은 궁중에서 지급 전령이란 권마성 소리에 욱태공과 헌정상왕비는 경아해서 곤잠을 설치며 일어났다.

"만월대에서 나온 지급 전령이라니, 아닌 밤중에 무슨 장난이길래 이다지 새벽부터 야단 법석이냐? 대관절 무엇인지 어서 일러나 보아라!"

욱태공이 방문을 열어제치고 나서며 역정을 내며 질호를 했다. 왕명이고 서찰이고 이제는 궁중 전령이라면 목소리만 들어도 지겹다는 기색이었다.

"침수 중에 황송하지만 지금 주상께서는 위환危患 중에 계십니다. 급히 환궁을 서두르십시오."

"뭣이? 주상께서 환후가 위급하다고?"

"예, 그렇습니다. 주상께서는 별고 없이 멀쩡하시다가 졸지에 급환을 당하셨나 봅니다. 속력이 화살처럼 빠르고 편한 어가를 대령시켰으니 급히 서두르셔야 되겠습니다."

"어허. 그 따위 말 도무지 믿기지가 않는구나. 우리를 환궁시키고자 하는 핑계인가 하니 이실 직고하렷다!"

"아휴, 종정 마님. 어느 안전이라고 감히 벼락 맞을 허위를 전갈할 수 있겠습니까. 이 사실은 문하시중 박공박양유朴良柔께서 급히 전갈하라는 엄령입니다."

"음, 그렇더냐. 주상께서 위환이라면 만사를 제쳐놓고 당장 서두를 일이로구나. 임자는 어찌하시겠소?"

욱태공은 걱정스레 말하며 등 뒤에 다가선 헌정상왕비를 돌아보고 기색을 살핀다.

"글쎄요. 느닷없이 이를 어쩌지요? 나로서는 어떤 사연이건 하늘과 땅이 허물어진다 해도 궐 안 출입만은 절대로 단절하려던 작심이었는데, 이제 엉뚱하게도 주상이 위급하다니 이를 어쩌면 좋지요? 한때 귀양살이까지 치렀던 처지였지만 그래도 남매지간의 의리로서는 안 가볼 수도 없는 진퇴 유곡으로, 참으로 난감한 입장이구려."

"임자. 남매지간이라 더욱 피할 수가 없는 일이 아니겠소? 주저 말고 어서 일각이라도 서두릅시다."

"별수없구려. 주상이 위급하다면 행여 이승에서는 마지막 유명幽明:저승과 이승일지도 모르는 상면이니, 만사 제쳐놓고 일단은 가봐야겠소. 그렇다면 며칠이 걸릴는지 기약할 수 없겠지만, 마을 사람들에게 사정은 일러 주고 다녀옵시다."

헌정상왕비는 결연한 표정으로 주저없이 방문을 나섰다. 이 무렵, 마을 사람들도 느닷없는 말들의 울부짖는 소리에 놀랐던 듯 경아한 표정들로 앞마당에 모여들고 있었다.

"이웃 벗님네들 들으시오! 지금 궐 안의 임금께서 위환 중이라는 전갈이 내려왔습니다. 우리 종친들은 안 가볼 수도 없는 입장이라, 며칠이 걸릴는지 기약할 수는 없소만 속히 다녀올 것이니, 그 동안 우리 집 농사와 빈집을 보살펴 주십시오!"

헌정상왕비는 마을 사람들 앞에 다가서며 숙연하게 사연을 설유한다.

"오, 나랏님께서 위환이시라면 국환國患이니 우리 백성들도 근심이군요. 두 분께서는 어서 환궁하시어 국환이 쾌차하시도록 간병을 도우십시오. 저희들도 부처님께 나랏님이 쾌차하시기를 주야로 빌겠습니다."

"고맙습니다. 시간이 촉박하니 저희들은 예궐을 서둘러야 되겠습니다. 그 동안 제절이 만안하십시오."

헌정상왕비와 욱태공은 농군 내외들이 입던 옷차림 그대로 어가에 오른다. 실은 갈아입을 옷도 없거니와 이웃들에게 빌려 입기도 어색하여 화급한 나머지 그대로 오른 것이었다. 그리고 채찍에 채찍을 연방 내리치게 하여 이날 저녁 나절에 비로소 만월대 수창군 궐문을 들어서게 되었다.

그러나 쌍두 마차가 궐문을 들어섰을 때는 이미 사정이 기울어졌던지 삼십여 명의 수문장들은 좌우로 늘어선 채 참담한 표정들로 고개를 떨구고 있었다. 욱태공과 헌정상왕비는 그들 표정들로 보고 주상의 병환이 매우 위급하거나 운명하였음을 직감할 수 있었다.

"종정 마님과 헌정마마, 이제 환궁십니까? 어제부터 주상 전하께옵서 고대 중이었습니다. 마차를 수령궁 편전 앞까지 직진하십시오. 방금 주상께옵서는 붕어하셨다는 부음이 있었으나, 헌정마마께서 알현하시면 행여 소생하실 수도 있을까 싶습니다. 일각이 급하니 어서 서두르십시오."

수문 상장이 궐문 앞에 들어선 이들 앞에 엄숙히 경례를 붙이며 쌍두 마차의 직진을 채근했다.

"주상께서 그다지도 위급했었더냐? 어서 마차를 편전으로 직진토록 하여라!"

헌정상왕비의 말이 떨어지기가 무섭게 쌍두 마차는 상경전을 거쳐 뒤에 있는 수령궁 편전 앞에 득달하였다. 편전 앞마당에는 숱한 궁녀들을 비롯한 문무 당상의 백관과 부인들이 콩나물 시루처럼 빽빽이 들어차 있고, 침전 십간 대청에는 빈·귀인·소의·상궁 등 삼십여 명의 내명부들과 종친의 내외들이 눈물과 곡성으로 만월대 궐 안은 떠내려갈 듯한 애상의 분위기가 자못 부산스러웠다.

헌정상왕비는 마차를 내리기가 무섭게 좌우로 비켜주는 길을 따라 수령궁 침전에 들어섰다. 침소에는 문덕왕후를 비롯 헌애상왕비와 헌숙상왕비獻肅上王妃:선대 경종왕의 셋째 왕비로 신라의 마지막 경순왕의 딸 또 곁에는 효신태자와 이제 여덟 살 되는 자기 소생의 안세왕자도 성종의 임종을 지키고 있었다. 헌정상왕비는 아들 안세왕자를 6년 만에 만나는 처지이건만 반길 경황도 없었던지 못 본 체 성종의 침상 곁으로 다가섰다.

성종은 이미 승하했는지 침상에는 복의復衣:시신을 덮는 흰 가운가 덮여 있었다.

"헌정마마. 졸지의 일이니 너무 격하지 마십시오. 주상께서는 이제 방금 이승을 떠나셨습니다. 마지막 유명례幽明禮:저승과 이승 간의 마지막 상견례나 엄숙히 맞으시지요."

의관이 품신하고는 곁으로 물러섰다. 그러나 헌정상왕비는 마의동풍으로 들은 척도 않고 성종왕의 머리맡에 다가서기가 무섭게 얼굴에 덮인 복의를 들치고는 반신을 안아 일으켰다. 그리고 부둥켜 안은 채 마구 흔들며 부르짖었다.

"주상— 주상— 정신을 차리시오! 누이가 왔소. 어서 의식을 수습하시오!"

한데 기적이라 할까. 억만의 하늘 나라로 올라갔던 영혼은 마구 흔드는 부름 소리에 마지못해 다시 내려왔던가. 성종은 약하나마 숨을 다시 길게 내뿜으며 실눈을 뜨고 헌정상왕비를 어렴풋이 바라본다. 그리고 잠시 바라보다가는 모기 소리나마 말문을 연다.

"누님이 왔구려. 고생 많았소. 나로선 윤리 준칙을 지키자니 누님의 귀양 길은 어쩔 수 없었구려. 송구하기 이를 데 없었소. 나는 칠성님께서 부르시니 이만 먼저 가오. 효신과 안세를 잘 가꾸어 우리 종묘 사직을 굳건히 지키도록 치성껏 보필하여 주오."

성종의 목소리는 모기 소리만 하였으나 또렷하게 이르고는 숨줄이 다시 끊어지는 소리에 이어 고개를 옆으로 떨궈 버린다.

"주상, 주상, 동생, 동생! 숨길을 다시 돌리시오! 아직 보령이 청천 만리인데 어찌 무리하게 일찍 가려 하오! 어서 숨을 돌려 보시오!"

헌정상왕비는 성종을 부둥켜안고 부르짖으며 마냥 흔들어댔다. 그러나 이제 억천 만리를 이미 달리고 있었던지 다시 돌아오지 않는 것은 사람의 운명이었다.

성종의 재위 16년 동안 행정 개혁으로 3성省, 6조曹, 7사寺, 12목牧의 설치를 비롯, 학문을 위한 수많은 학당 설립과 농공업 등의 대혁신으로 치적이 많았고, 앞으로도 많은 계획이 남았는데도 아쉬움을 태산처럼 남긴 채 고질병인 위장 질환으로 서른다섯의 젊은 나이에 일점 혈육도 없이 승하하니, 운명 치고는 애석한 운명이었다.

성종왕의 유해가 십오일장인 국장으로 강릉康陵:경기도 개풍군 칭송면 배야리 소재에 모신 지 3일째 되는 동짓달 초이튿날 아침 진시. 조정의 문무 당상들과 종친들이 상정전에 입시하여 텅 빈 용상 자리 앞에서 보위 승습자承襲子 문제를 놓고 양파로 갈라서서 치열한 갑론을박을 벌이고 있었다.

좌파로는 문하시중 박양유를 비롯한 중추원사中樞院使 최항催伉, 호부 상서

 이지백李知白 등의 보수파들로 선대왕경종景宗의 아들인 효신태자를 금중 율법대로 보위에 계승하게 해야 된다는 강경론이었다. 그리고 우파에서는 예부상서 강감찬을 비롯 병부상서 서희와 두 대군 등 혁신파로서 금중 율법보다도 정사와 종묘 사직의 안정을 위해서는 아직은 여덟 살의 어린 몸이지만 건강하고 성군 못지않은 기질이요, 또 생모이신 헌정상왕비도 우리 백관 백성들의 존경을 받고 있는 여걸이시니 안세왕자를 성년 때까지 섭정을 맡겨서라도 안세왕자를 보위에 승습시켜야 한다는 온건론이었다.

이 무렵, 상춘전 내당에서는 헌정상왕비가 언니 소생의 효신태자와 자신의 소생인 안세왕자를 데리고 아침 식사를 한창 시중 들고 있었다. 이 때 제조상궁 유씨는 상정전에서 양파들의 갑론을박을 엿들었던지 헐떡이며 상춘전 청하에 이르기가 무섭게 기척을 알린다.

"헌정마마. 쇤네 유상궁이옵니다. 긴히 여쭈울 일이 있어 알현을 청합니다."

"오, 유상궁. 삼상三喪:초상·소상·대상에 어인 일인가? 어서 들어오게나."

헌정상왕비는 몸을 일으키며 미닫이 방문을 열어제쳤다.

"황감하옵니다. 헌정마마."

제조상궁 유씨는 방 안에 들어가 엄숙히 예를 갖추고 무릎을 내렸다.

"긴히 이를 말이라니 대관절 무슨 말인가? 어서 침착하게 일러 보시게."

"예, 여쭈울 것은 다름이 아니오라, 지금 상정전에서는 조정의 문무 당상들과 종친들이 입시하여 보위 승습자 책봉 문제를 놓고 갑론을박이 분분합니다. 사연을 대충 여쭙자면 한편에서는 건강은 쇠약하더라도 금중 율법대로 효신태자를 보위에 승습시켜야 한다는 주장들이 있고, 또 다른 한편에서는 국왕의 건강은 종묘 사직뿐만 아니라 백관 백성들의 안정에도 크게 영향이 미치는 힘거운 자리라 장래를 멀찍이 내다봐서라도 건강하고 성군의 자질이 풍부한 안세왕자를 보위에 승습시켜야 한다는 주장들로 엇갈려, 양론들이 자못 치열합니다."

"어허. 듣고 보니 거 해괴한 망령들을 떠는구나. 용상 자리에는 금중 율법에 따라 엄연히 효신태자가 보위를 승습한다는 이치는 뭇 백성들과 삼척동자도 다 아는 순리이거늘, 정실도 아닌 안세왕자를 보위에 앉히겠다니, 어떤 위인들인지 미쳐도 단단히 미친 모양이구나. 나는 효신태자의 건강이 너무 좋지 않다는 종친들과 조정 당상들의 만일을 대비하라는 권유에 못 이겨 사통으로 안세를 낳았을 뿐이니, 효신태자의 후계자는 될 수가 있을지언정 지금의 승습자는 못 되느니라."

"헌정마마. 신중히 고려할 일인가 합니다. 그들 주장으로는 의당 효신태자가 보위에 승습하는 것이 정례인 줄 알지만, 효신태자는 너무 옥체가 쇠약하심을 염려하여 진작 안세왕자를 보위에 승습시키자는 것이랍니다. 그리고 안세왕자 님이 현재로서는 어리신 몸이지만 자라서 집정하실 때까지 헌정마마께서 섭정하여 드리면 정사와 종묘 사직의 백관 백성들도 크게 만족해한다는 주장들이 자못 우세하옵니다. 그러니 헌정마마께서는 초야로 다시 내려가실 생각은 이제부터 말끔히 단념하시고 섭정 채비에만 치중하셔야 될까 싶습니다."

"어허. 그런 망발을 삼가렷다! 그래선 못 쓰느니라. 효신태자의 건강이 지금으로서는 비록 쇠약하나 앞으로는 내가 초야에 들어갈 생각을 얼마 동안 포기해서라도 곁에 붙어서 치성껏 보살피며 열성조의 성군들 못지않은 건강한 성군으로 만들 터일세. 그러니 유상궁은 역성을 떨지 말고 냉큼 상정전에 들어가서 내가 이른 대로 전갈이나 하여 주시게나."

“헌정마마. 외람된 말씀이지만 쇤네는 상궁의 몸입니다. 그 곳엔 지금 격론 중인데 어찌 정사도 아닌 보위 승습 문제를 쇤네가 전갈할 수 있겠습니까? 쇤네 소견으로는 헌정마마께서 친히 거둥하시어 적부를 밝히심이 지당합니다.”

“오, 듣고 보니 그 말도 그렇겠구나. 내가 지금 상정전에 오를 터이니 유상궁은 물러가 있게.”

“예. 쇤네는 이만 물러가 좋은 판단이 있기를 바라겠습니다. 아무쪼록 보위 승습 문제는 나라의 막중 대사라 헌정마마께서는 양자 택일을 신중히 헤아리십시오.”

“알겠네. 이번 일은 내가 헤아려서 처리할 일이로세.”

헌정상왕비는 제조상궁 유씨를 보내는 즉시 새 소복으로 갈아입었다. 그 당시 국상이라 국정에도 직계가 탈상 때까지는 삼 년 복상이니, 국정을 다루는 상정전에 들려면 티도 묻지 않고 새것으로 갈아입어야 했던 것이다.

헌정상왕비가 새 소복으로 단장하고 방문을 막 나서려는데, 이 때 안세왕자와 겸상을 들고 있던 효신태자는 뭔가 달갑지 않은 표정으로 이모의 발걸음을 멈추게 했다.

“이모, 잠깐 지체하시오!”

“왜 그러느냐?”

“들어보니 이모의 주장은 합당치가 않소. 금중 율법에는 의례로 지금 실정에 따라 제가 용상 자리를 승습할 일이겠지만, 저는 보다시피 이제 열여덟 살이나 되었는데도 아직 고질병이 낫지도 않고, 또한 너무나 나약하지 않습니까? 따라서 어떻게 용상 자리에 앉을 수가 있을 것이며, 아는 것도 없는데 어떻게 막중 국사를 다룰 수가 있겠습니까? 지금은 이모께서 여러 모로 옆에서 보살펴 주시는 덕택에 건강을 유지하고 있을 뿐인데, 어떻게 일생을 유지할 수 있겠습니까? 차라리 이모께서 힘이 드시더라도 안세에게 승습을 시키고 안세가 집정할 때까지 섭정을 맡으시어 정사와 종묘 사직을 지켜 주시오.

그리하시면 국가의 기틀도 더욱 확고히 다져질 것이고, 백관 백성들도 안정이 되오리다. 공연한 옹고집을 삼가시고, 안세에게 보위를 승습하도록 적극적으로 추천하도록 하여 주시오."

"닥쳐라! 너는 앞으로 내가 정성을 들이면 건강을 다시 회복할 것이니 절대로 자학自虐하지 말고 상을 물린 뒤 나인들이 가져오는 탕제나 정성 들여 마시도록 하여라. 알겠느냐?"

헌정상왕비는 한 마디를 이르고는 방문을 나섰다. 이 무렵은 산간 벽촌 동기골에 같이 지내던 양서방을 궁으로 불러들여 그의 한약 조제로 효신태자의 건강은 호전 단계에 이르고 있을 때였다.

"……."

효신태자는 호된 꾸중에 무어라 대꾸도 못 하고 고개를 떨구었다. 상춘전을 나선 헌정상왕비는 나인들의 부액도 없이 홀홀 단신으로 상정전으로 향하고 있었다.

한참 후에 헌정상왕비가 층계를 오를 때 상정전 문 앞에 시립하고 있었던 장번내관이 헌정상왕비의 입시를 상정전 안에다 큰 목소리로 알렸다.

"헌정마마 거둥입시오—."

헌정상왕비가 상정전에 들어서 보니 과연 유상궁 말대로 백여 명의 문무 당상들과 종친인 두 대군이 텅 빈 탑상 앞에서 갑론을박이 치열했던 듯 흥분된 표정들이었다. 장번내관의 외치는 소리에 모두들 일어나서 국궁을 하고 있었다.

헌정상왕비는 숙연하게 들어가 용상 옆에 있는 보료에 앉았다. 그리고 잠시 문무 당상들을 둘러보고 나서는,

"모여든 조신들께서는 조금도 어색하게 하지 말고 편히들 앉아서 들으시오."

헌정상왕비는 엄숙히 조신들에게 앉기를 권했다.

"황공하옵니다, 헌정마마."

문무 당상들은 자리에 무릎을 고이고 정연하게 앉았다.

"나는 선대왕의 비로 상왕비일 뿐 아녀자라 이런 엄숙한 정전에 나설 자리는 못 되오. 하나 주상이 승하하고 장례를 치른 지도 사흘이 지났으니 일각이라도 빈 용상 자리를 지키기 위해서는 보위 승습을 서둘러야 되리라 믿고 여러 조신들의 옹립을 기다리던 참이었소. 마침 오늘 종친들과 조정 중신들 여러분이 보위 승습 문제를 거론하고 있다는 소식을 듣고 아녀자라도 궁금해서 들른 것이니 조금도 어색하게 하지 말고, 허심 탄회하게 거론 내역을 들어봅시다."

문무 당상들의 좌정을 기다려 헌정상왕비는 숙연한 표정으로 거론 내역을 재촉했다. 이 때 문하시중인 박양유가 헌정상왕비 앞에 가까이 나가 엎드린다.

"문하시중 박양유가 거론 내역들을 대강 여쭙겠습니다."

"어서 일러 주시오. 박시중."

"망극하옵니다, 헌정마마. 소신들의 거론 내역은 다름이 아니오라, 성종께서 승하하신 지 어언 열여드레가 되었고, 장례를 모신 지도 사흘이 지났습니다. 고금 동서 어느 나라 왕실에서나 용상은 일각이라도 비울 수가 없

는 법입니다. 성종께서 승하하시니 우리 조신들은 보위 승습을 위해 거론되었으나 의견들이 양론되어 오늘에 이르렀습니다.

그 양론이란 다름이 아니오라, 좌편에서는 옥체가 쇠약하더라도 금중 율법에 따라 효신태자를 보위에 승습시켜야 한다는 주장이옵고, 그리고 우파에서는 무작정 금중 율법만을 고집할 게 아니라, 안세왕자가 건장하고 성군의 기질이 더욱 출중하니 친히 집정을 하실 때까지 헌정마마께서 섭정을 하시더라도 장래성이 유망한 안세왕자를 보위에 승습시켜야 장차 종묘 사직이 안정된 기틀로 이루어진다는 주장들이니, 헌정마마의 소견을 듣고 싶습니다."

"무슨 거론들인지 이제 알아듣겠소. 내가 십팔 년 동안 보살펴 왔던 어미요 이모로서 한 마디 이를 것이니, 이의 말고 정중히 수렴하여 주시오. 지금 우파에서는 효신태자의 건강의 허약한 점만을 우려하여 진작 안세왕자를 보위에 승습을 시키자는 것인데, 그것은 지나친 망언들이오.

효신태자의 건강은 식성과 건강 관리를 조절을 잘 하지 못한 데 기인된 것이외다. 과거 내가 가까이 데리고 있을 때만 해도 회복기가 역력히 드러나질 않았습니까? 앞으로 내가 옆에서 정성을 들일 것이니 효신태자의 건강에 대해서는 추호도 염려하지 마시오.

그리고 내 소생인 안세는 아직 눈도 뜨지 않은 어린애일 뿐만 아니라, 효신태자의 건강에 만일이 우려된다는 권유에 못 이겨 종실 간의 사통으로 낳아 두었을 뿐이니, 효신태자의 후계자가 될 수는 있을지언정, 절대로 금중 율법의 순리를 어길 수는 없소. 그렇게들 아시고 금일간에 택일을 잡아 효신태자의 즉위식이나 서두르도록 하시오."

헌정상왕비의 말이 떨어지기가 무섭게 강감찬이 즉각 나아가 엎드렸다.

"예부상서 강감찬 아뢰옵니다."

"어허. 내 말에도 이의가 있는가 보구려. 어떤 이의인지 일러나 보시오. 강상서."

"황감하옵니다. 외람된 말씀이나 방금 헌정마마께서 이르신 말씀은 금중 율법의 절도만을 편중하시는 것일 뿐 정사와 종묘 사직의 장래가 도외시된 처사입니다. 종묘 사직을 지키며, 정사와 백성들을 다스리는 용상에는 될 수 있는 한 건장한 분이 앉으셔야 합니다. 용상은 우리 백관 백성들도 마음 놓고 의지할 수 있는 기둥입니다. 널리 헤아려 주십시오."

"강상서. 방금 전에도 내가 알아듣게끔 효신태자의 건강은 조금도 염려하지 말라고 하지를 않았소. 그리고 효신태자도 성품이나 자질을 보아 나라와 백성들을 다스리시는 데는 열성조의 성군들 못지않을 것이니 이의는 삼가시고 즉위식이나 서두르도록 주선하시오."

"헌정마마. 외람된 말씀이오나 앞뒤를 멀찍이 내다보시고 신중을 헤아리셔야 됩니다. 널리 통촉하여 주십시오."

"말 같지 않은 말은 이 자리에선 통하지가 않소. 허약하다고 부모가 아닐 것이며, 나약하다고 자식이 아니리요. 허약하건 건강하건 금중 율법에 따라 순리는 지켜야 되는 법도가 아니겠소. 그리고 효신태자의 건강이나 자질은 추호도 염려하지 말라고 내가 일러두었으니 두 말 하지 마시오."

헌정상왕비는 말하기도 짜증스러운 듯 대성 질타를 한다.

"황공무지로소이다. 헌정마마의 지엄한 엄명이니 소인들로서는 엄숙히 봉행할 따름입니다."

강감찬은 헌정상왕비의 준엄한 대성 질타에 결국 승복을 하고 말았다. 혁신파로 종친인 효덕대군孝德大君과 경장대군儆章大君을 비롯, 병부상서 서희와 문하시랑 최량 등 여럿의 당상들도 꿀먹은 벙어리 모양 한 마디 주장도 못 하고 오로지 고개 숙인 채로 예를 다 할 뿐이었다.

"고맙소. 그럼 박시중께서는 정승 판서들과 속히 협의하여 검소하게 즉위식에 손색이 없도록 만반의 준비를 하여 거행하도록 서둘러 주시오."

"예. 소신들이 알아서 주선하겠습니다. 신충을 놓으시옵소서, 헌정마마."

박시중을 따라 좌파들도 별수없이 일시에 곡배曲拜를 한다.

"그래 주시오. 그럼 나로서는 이제 더 볼 일이 없으니 이만 물러 가리다."

헌정상왕비는 보료에서 일어나 담담한 표정으로 상정전을 물러나왔다. 자기 소생의 안세왕자를 제쳐놓고 사심 없이 언니 소생의 효신왕자를 왕위에 앉히게끔 결론을 짓고 나오는 것이었다.

그러나 속담에도 도둑이 제 발 저린다는 격언이 있거니와, 이 무렵 헌정상왕비의 언니이자 효신태자의 생모인 천추전 헌애상왕비는 공교롭게도 헌정상왕비가 유례없이 상정전에 들더라는 수중나인의 귀띔을 듣게 되었다.

천추전 헌애상왕비는 즉시 서슬이 퍼런 표정으로 노기를 띠우며 앙칼진 자세가 되었다. 그것은 헌정상왕비가 효신태자를 물리치고 제 아들 안세왕자를 왕위에 앉히게끔 충동질할 것이란 예감이었던 모양이다. 야심기野心氣가 두둑한 헌애상왕비로서는 도둑이 제 발이 저린다는 격언대로 당연한 추측일 것이었다.

헌애상왕비는 안절부절못하다가 결국은 수직내관에게 명하여 헌정상왕비가 상정전 문을 나서는 즉시 끌고 오라 하였다. 이런 내역을 알 턱이 없는 헌정상왕비가 상정전 층계참을 막 내려서는데, 인근에 대기하고 있던 천추전 수직내관이 다가와 국궁하며,

"헌정마마. 지금 천추전 헌애마마께서 잠깐 뵙자는 전갈입니다. 잠시 들

러 보십시오."

헌정상왕비에게 천추전으로 들르기를 전갈했다.

"헌애비께서 느닷없이 무슨 볼 일이라도 있다더냐?"

"황송하지만 무슨 볼 일이신지 소인은 모서 오라는 전갈뿐입니다."

"알겠다. 가보자꾸나."

헌정상왕비는 주저 없이 천추전으로 발길을 돌렸다.

헌정상왕비가 천추전 앞마당에 이를 때 헌애상왕비는 대청 난간에서 억지 미소인지 예전답지 않은 미소로 헌정상왕비를 맞이하고 있었다. 하지만 그 안색의 이면에는 서슬기가 어딘지 모르게 흔연하게 보였던 것이었다. 그러나 헌정상왕비는 그런 것에 별로 개의치 않은 듯 유연한 표정으로 내당에 들어갔다.

헌애상왕비는 따라 들어가 마주 앉기가 무섭게 말머리를 꺼냈다.

"내가 동생을 부른 것은 다름이 아니라네. 자네가 유례없이 정사를 다루는 상정전에 들더라는 염문이 들리기에 무슨 언짢은 일이라도 있는가 궁금해서 불렀다네. 무슨 일이던가?"

"예. 제가 상정전에 들른 것은 다름이 아니라, 지금 용상 자리가 스무날 가까이 비어 있어 나라 정사에 지장이 되지 않을까 염려하던 참인데, 마침 좀전에 상정전에서 보위 승습자 문제를 놓고 양론으로 알력이 치열하다는 소식이 들리기에 묵과할 수 없어 가보게 된 것이었답니다."

"양론이라? 무슨 뜻인가?"

"뜻을 모르시다면 대충 일러드리리다. 그 양론이란 다름이 아니라, 좌파에서는 효신태자가 비록 몸은 쇠약하지만 금중 율법에 따라 보위에 승습돼야 한다는 주장이었고, 우파에서는 현재 안세가 어리긴 하나 성년이 되는

동안 섭정을 시켜서라도 건강한 안세를 승습시켜야 된다는 주장들로 갑론

을박을 하고 있었습니다."

"오, 그런 뜻인가? 그래서 동생은 무어라 결론 짓게 하였나?"

"언니는 내 성품을 몰라서 물으시오? 나야 물어보나마나가 아니겠어요?

의당 금중 율법에 따라야죠. 그리고 효신태자의 건강에 대해서도 내가 될

수 있는 한 온 정성을 다 해 회복시켜 놓을 것이라고 단단히 이르고 나왔

소."

헌정상왕비의 눈치를 살피던 헌애상왕비는 애꿎게 남도 아닌 친동생을 의

심했던 것이 양심에도 찔렸던 모양으로, 그제서야 얼굴의 서슬기가 풀리며

겸연쩍은 표정으로 안도의 숨을 길게 내뿜고 나서 말머리를 꺼냈다.

"고맙네. 참으로 고맙네. 동생의 자애지정에 감읍할 따름일세. 생모란 체

통으로 면목이 없네만, 아무쪼록 보위에 오른 뒤에도 나 대신 건강 회복에

정성을 들여주게."

헌애상왕비는 그래도 생모랍시고 넉살 좋게 도움을 청했다.

"언니, 염치가 있으면 내 말을 신중히 들으시오. 나는 내가 낳은 안세가

있기는 해도 금중 율법을 엄수하게 하려는 것일 뿐, 추호도 사심이라곤 없

으니 애꿎은 의심은 꿈에라도 삼가시오.

그리고 효신태자의 건강 관리도 그렇지, 효신태자는 어엿이 생모가 살아

있건만, 이모인 나한테 살려 달라고 끈질기게 매달리니 나로서는 차마 뿌리

칠 수는 없소. 그래서 내 방에서 내쫓을 수도 없으니 이를 어찌하면 좋겠소?

지금까지 십팔 년 동안 나의 고충도 말이 아니에요.

그러나 이왕 보살피던 일이니 정성은 다 하리다만, 행여 잘못되거나 언짢

은 의문거리가 있을 때는 주저하지 말고 언니가 생모로서 효신태자를 이끌

고 가면 될 것이니, 공연히 나를 의심이나 원망까지 할 건 없질 않겠소.

나는 오로지 효신태자의 건강이 우리 종묘 사직에도 누가 되지 않을까, 그리고 보기에도 민망스럽기에 어른 된 도리에서, 또한 이모된 애착심에서 내 자식도 마다하고 지금까지 십팔 년 동안 잘 했건 못 했건 피눈물로 정성 들여 왔을 뿐이니 추호도 의심이나 책망은 하지 말아요.”

헌정상왕비는 언니인 헌애상왕비가 자신을 의심했었던 눈치가 괘씸했었던 듯 크게 역정까지 내었다.

“동생, 진정하게. 허물 없는 자매지간에 무슨 의심이랄 게 있겠나. 지난해에 내가 산간 벽촌에 있던 자네에게 언짢은 서찰을 보낸 것은 어미된 모성애로서 자식이 보고 싶었거니와, 명색이 왕세자를 산간 벽촌에서 평민들과 함께 지내게 한다는 것도 세자의 위신이 손상될 우려에서 일시 격한 것뿐이었네. 오늘 자네를 부른 것도 허물 없는 자매지간이라 무슨 언짢은 일이라도 있었는가 싶어 서로 협조하고자 했을 뿐이라네.”

헌애상왕비는 구렁이 담 넘어가듯이 의리가 있는 것처럼 요사를 떨었다.

“알겠어요. 언니의 그 말씀이라도 들으니 고맙구려. 도리어 내가 너그럽지 못한 점에 대해서는 사과하겠어요. 그럼 더 볼 일이 없으니 나는 이만 돌아가겠어요.”

헌정상왕비는 유연한 표정으로 천추전을 물러나왔다.

그로부터 열이틀이 지나 동짓달 스무 나흗날_{서기 997년 양력 12월 15일, 《고려사록》에는 998년 정월}. 엄동 설한의 겨울 날씨에도 불구하고 송악 만월대의 수창궁 상정전 앞 넓은 뜰에는 강사포_{降紗袍}에 원유관_{遠遊冠}을 걸친 효신태자의 등극_{登極}을 하례하느라 거란국을 비롯, 송나라와 왜나라의 절일사_{節日使: 임금의 등극을 축하하기 위한 사신}들을 위시해서 만조 백관과 전국의 백성들, 그

리고 만자 천홍萬紫千紅의 삼천 궁녀들이 지켜보는 가운데 효신태자孝伸太子:
태자라는 칭호는 세자 자리를 지키게 하기 위해서 유아 시절부터 헌정상왕비가 붙여준 존
칭일 뿐 정식 책봉명冊封名은 개녕군開寧君이었음가 등극하니, 이분이 바로 고려 왕조
의 최대의 비극을 안은 제7대 목종穆宗 임금이시다.

그리고 이 때부터 생모 헌애상왕비는 천추태후千秋太后로 바뀌고, 안세왕
자는 대량원군大良院君으로 책봉되었다. 다음 후계자로 책봉된 셈이었다.

목종은 갓난이 시절부터 비록 고질병인 위장 질환으로 몹시 허약 체질이
긴 하나, 이모인 헌정상왕비의 피눈물로 온갖 정성을 다 하여 건강을 유지
하며, 억압에 못 이겨 열여덟의 나이에 왕위를 승습하게 된 것이다.그래도
타고난 성품은 천진 난만한 그대로 백관 백성들에 대한 다스림과 자비심은
넓고 깊을 뿐만 아니라, 간교하고 음탕하고 매정스러운 친모에 대해서도 어
떤 일이건 과거를 묻지 않는, 효성만은 지극한 임금이시다.

그리고 생모에 대한 효성에도 절도가 있었던가, 효신태자가 목종왕으로
등극한 지 삼일째 되는 동짓달 스무 이렛날 진시辰時:여덟시. 수창궁 상정전
용상에는 등극 때의 하복賀服과는 달리 집정시의 조복朝服인 곤룡포에 익선
관翼蟬冠을 쓴 목종을 위시하여, 탑전에는 삼백여 명의 문무 당상들이 시립
하고 있었다. 등극 후로 첫 조정 회의가 열린 것이다. 문하시중 박양유가 백
관들을 대표해서 탑전에 나아가 엎드렸다.

"문하시중 박양유 조견례朝見禮를 올립니다. 전하께옵서 등극을 하신 후
로 첫 조정 회의를 맞으니 소신은 만조 백관들을 대표해서 주상 전하의 성
정聖情과 만수 무강을 위해 엄숙히 숙배합니다."

그리고 박시중은 엄숙히 일어나서는 큰절 세 번을 했다.

"고맙소. 과인은 몸도 쇠약한데다, 지식이나 정사에는 잘 모르오이다만,

여러 제신들의 추대에 못 이겨 막중한 자리에 오르고 보니 너무 무거운 짐에 눌려 두려움만이 앞설 뿐이구려. 하지만 장차 앞으로 과인은 있는 힘과 정성을 다 하여 집정할 것이오. 나라의 백성들의 태평 성대는 오로지 제신들의 충성 여하에도 달려 있으니, 제신들은 과인과 더불어 곡진曲盡:정성을 다 함하여 주시기를 바라 마지않는 바이오.”

“성은이 망극하옵니다. 성총이 하늘처럼 높으시고 하해 같으시며, 태평 성대는 점차 앞으로 밝아질 것이니 소신들의 소지素地도 충만합니다, 주상 전하.”

“그 말씀 듣고 보니 과인도 흐뭇하구려. 이제 나라의 정사는 몇 가지 시정할 점들이 있는가 싶소이다만, 오늘은 과인이 등극한 후로 첫 조정 회의를 주재하는 마당이니, 과인은 온 나라 백관 백성들과 더불어 태평 성대를 다지자는 뜻에서 제신들에게 한 가지만 다루겠소.

오늘 과인이 다루고자 하는 것은 다름이 아니오. 이 곳 전옥서典獄署, 궁정 감옥나 전국 감영監營의 옥사獄舍에 구금된 죄수들의 문제요. 이제 임금이 바뀌었으니 나라의 살림 방식도 새롭게 만들어 놓고 시작해야 될 것이 아니겠소.

개과 천선할 조짐이 없는 죄인만 제외하고는 모두 밝은 가정으로 보내어 새 사람, 그리고 새 보람을 가지고 태평 성대를 이루는 데 다소나마 이바지 하도록 그들의 삶의 보금자리까지 적극적으로 주선하도록 하여 주시오. 이것이 오늘 과인이 주재하는 첫 상정上程이니 제신들은 이의가 있으면 일러 보시오.”

목종은 첫 주재 안건을 엄숙히 제시했다. 전국 방방곡곡에 대사령을 내리라는 것이었다. 목종의 이 제시는 선대 성종 임금이 목종의 생모이신 천추

태후 헌애상왕비에게 내렸던 대형帶刑, 정조대을 풀어 주기 위한 간접적 암시도
되었다.

"선정을 위한 대사령인데 이의가 있을 리 있겠습니까. 하해 같은 성총에
감읍할 따름입니다. 앞으로 종신형 이외의 모든 죄수들은 성은에 힘입어 크
게 기뻐하며 개과 천선을 할 것입니다, 전하."

문하시중 박양유가 엄숙히 품신을 했다. 종신형 이외란 뜻은 천추태후의
남첩으로 무인도에 귀양 가 있는 김치양을 말하는 모양이었다.

"아암. 모두들 개과 천선하도록 이끌어야죠. 그럼 오늘은 처음 맞는 조정
회의라 죄수들의 사면 문제만으로 끝냅시다. 이만 물러들 가시오."

"예. 소신들 태양같이 밝은 성총에 힘입어 기쁜 마음으로 사면 조치를 취
하겠습니다. 하지만 전하, 요즘은 엄동 설한이라 날씨가 매우 짓궂으니 감기
에 걸리시지 않도록 옥체를 돌보시옵소서."

"고맙소. 편안히들 가시오."

목종 임금은 용상에서 즉시 일어나 두 지밀나인을 거느린 채 유유히 정
전을 물러 나왔다. 이제 열여덟의 나이이지만 체격을 보면 열두셋밖에 안
되어 보이는 깡마른 체격이었다. 그러나 위엄이 있고, 늠름한 얼굴 표정은
보는 사람들을 숙연하게 하였다.

목종의 발길은 습관적이랄까, 편전이 따로 있고 침전도 별채도 있건만, 이
모의 처소인 상춘전으로 발길을 옮기고 있었다. 아직 혼인하지 않은 총각이
라 수령궁 편전에 홀로 있기가 허전한 탓도 있었겠지만, 새로 뽑혀 들어온
이십여 명의 미모의 풋내기 궁녀들이 편전과 침전에서 고적孤寂을 달래 드
리고자 대기하고는 있었지만, 워낙 허약 체질이라 여색이고 벗이고 상대를
받아들일 힘도 없었다.결국 외로움과 건강 관리에 협조를 받으며 즐길 수

있는 곳은 오직 친모 이상 따뜻이 보살펴주는 이모인 헌정상왕비의 품 속밖에 없었던 모양이었다.

목종이 조정 회의를 마치고 상춘전 앞뜰에 막 들어설 무렵이었다. 상정전에서부터 무슨 일이 있는 듯 중추부사 채충순은 홀로 목종의 뒤를 따라오다가는 상춘전 앞뜰에서 목종의 발걸음을 멈추게 했다.

"주상 전하. 잠시 걸음을 멈추십시오. 소신 아뢰올 말씀이 있어서 조용히 독대를 청합니다."

목종은 느닷없는 부름 소리에 걸음을 멈추고 뒤를 돌아다보았다. 그리고 가까이 다가와서 국궁하는 채충순에게 물었다.

"어허, 채부사. 무슨 볼 일이 있기에 정전에서 이르지 못하시고 예까지 따라왔소?"

"황송합니다, 전하. 외람되나 조용히 아뢰올 일이라서 독대를 청하오니 윤음綸音:임금의 말씀하여 주십시오."

"과인에게 독대라? 여기 헌정마마와 같이 들어선 안 될 말이오?"

"아닙니다. 헌정마마만은 옆에 계셔도 무방할까 합니다, 전하."

"그렇다면 좋소. 안에 들어가 조용히 들어봅시다."

목종은 상춘전 대청에 올라 헌정상왕비와 함께 대청 초입에 있는 영빈실로 채부사를 안내했다. 그리고 영빈실에 목종과 헌정상왕비의 좌정을 기다려 채충순은 어전에 무릎을 꿇고 앉았다.

"주상 전하. 여쭙기가 난처한 일이니만큼 신중을 기해 주십시오. 오늘 조정 회의 때 진언할까 하였으나 왕실의 불미스러운 일이라, 조용히 독대를 청한 것이니 해량海諒:바다처럼 넓은 마음으로 양해함해 주십시오. 소신이 아뢸 말씀은 앞뒤를 조심스럽게 다룰 일이옵니다.

오늘 전하께서 내리신 전지傳旨 대로 저희 중추원에서는 즉각 전옥서와 전국 감영에 전하여 회개하는 죄수들은 모두 석방하도록 조치를 할 것입니다만, 한 가지 궁중의 죄수 문제는 난처한 입장이라 어찌 할 바를 모르고 있습니다.”

“궁중의 죄수라니? 궁중의 죄수라면 과인의 모후와 놀아난 간음죄로 현재 서해 무인도에 귀양 중인 김치양이란 작자를 가리킨 말이오?”

“예, 그렇습니다. 신성한 궁중에서 음란죄를 범한 자는 금중 율법에 따라 극형으로 능지 처참할 일이었으나, 당시 성종 임금님께서는 살생을 만류하는 소신들의 간청을 받아들여 결국 종신형으로 머얼리 서쪽 바다 무인도에 유배시켰던 것입니다. 하지만 자성慈聖:임금의 모친에 대한 존칭께서는 아직도 김치양이란 작자와의 과거를 잊지 못하시고 주야로 찾으신다는 소문이 있습니다.”

“뭣이? 과인의 모후인 천추태후께서 과거에 우리 왕실에다 먹칠을 해 놓고서도 아직까지 정신을 차리시지 못하고 그 김치양이란 작자와의 관계를 끊지 않으셨다는 말씀이시오?”

“예, 엄전이라 여쭙기 겸연쩍으나 간부 김치양이란 작자가 무인도로 떠난 뒤 수년 동안 열흘이 멀다 하고, 소신은 천추전의 소명을 받았습니다. 그리고 김치양이란 작자의 안부 문제로 무인도에도 뒷간화장실 드나들 듯하였으나 어쩌나 난처한 문제인지 소신은 검은 머리가 지금도 하얗게 회어질 지경입니다만, 일단은 요즈음의 경과 내역이나 대충 여쭙겠습니다.

그것은 다름이 아니오라, 전하께서 등극하시던 날 저녁 천추태후께서 소명을 하시기에 소신은 급거 예궐하여 천추전에 등대하였습니다. 사연인즉, ‘내 아들이 이제 보위에 등극하였으니 친모로서도 지나간 잘못 따위는 저

163

절로 사면되는 것이 아니겠는가. 어서 내 몸에 채워져 있는 정조대를 풀어라.'고 하시는 엄령이셨습니다. 그래서 소신은 주상 전하의 등극을 축하하는 뜻에서 독단으로 자성마마에게 채워져 있었던 정조대 자물쇠를 벗겨 드렸습니다.

하지만 자성께서는 또 명하시기를, '나는 선왕인 경종비로 청상 과부가 되었으니 새파란 젊은 나이에 어찌 홀로 지낼 수가 있었겠소? 그래도 십여 년을 수절하던 끝에 늦게나마 외로움을 달래고자 부군이신 경종께서 솔선 주선하여 중매를 시켜 주셨던 남첩을 다시 대하였을 뿐이건만, 돌아간 주상은 이 누나에게 위로는 못 해 줄망정 형벌을 내리다니 너무나 크나큰 아픔이 아니었겠소?

그러나 이제나마 그 동안 쌓였던 정회를 달랠 겸 나의 인생살이도 보람되게 영위하고자 하니 그리 알고 채부사는 지체하지 말고 될 수 있는 한 조속히 서해의 무인도에 유배 중인 선사님을 모셔 오도록 하시오.'라는 엄명이었습니다. 그러니 소신으로서는 어찌해야 옳은지 난처한 입장입니다.

지금 소신의 생각으로는 자객을 극비리에 보내어 귀신도 모르게 처치를 하고 나서 자성마마께는 병사한 것처럼 거짓으로 고해 버릴까 하는 생각도 듭니다만, 윤가尤可해 주실지 모르겠습니다.

전하께서는 국정뿐만 아니라 종묘 사직의 체면과 앞뒤를 헤아려서 냉철히 판가름하여 주십시오."

"오, 채부사의 난처한 입장들을 이제 알 만하겠소. 하지만 살아 있는 사람을 죽일 순 없지요. 그것이 과인으로서도 난처한 일이로구려."

"심려를 끼쳐드려 황공 무지이옵니다, 주상 전하."

목종도 난감한 듯 심각한 표정으로 어찌할 바를 몰라했다. 이 때 옆에 있던 헌정상왕비가 나선다.

"주상, 허둥대지 말고 침착하시오. 정도正道는 아니나 남은 인생을 한때나마 이승에서 즐겁고 외롭지 않게 솔선하여 주선하는 것이 주상으로서는 자식된 도리요, 효도가 아닐까 싶구려."

헌정상왕비는 묵중한 표정으로 엄숙히 목종에게 소견을 피력했다.

"이모님의 소견이 그러시다면 소자도 그리 따르겠습니다."

목종은 헌정상왕비의 소견에 의연스럽게 응대를 했다. 앞으로 세상 만사가 어떻게 돌아갈지 점술가가 아니고서는 예측할 수는 없으나, 어쨌든 헌정상왕비의 이 말 한 마디는 천추태후, 특히 무인도에서 귀양 중인 김치양의 목숨에는 크게 영향이 미친, 즉 소생蘇生을 하는 데 결정적으로 도와주는 셈이 되었다.

"글쎄요. 내 소견에 주상이 무작정 따르겠다는데는 고맙지만, 그래도 한 가지 유의할 것이 있소. 나는 아녀자라 남정네들의 변태성까지는 모르니 내 의견에도 간혹 실수는 있을 것이니, 주상은 모자지간의 일이라 나름대로 신중을 헤아려 임해야 될 일인가 보구려."

"예, 이모마마. 소자도 나름대로 알아서 하겠습니다."

목종으로서는 생모 이상으로 지극한 보살핌을 지금껏 받았으니 친자식처럼 소자란 자칭이 나올 것은 당연한 일일 것이다. 또 헌정상왕비의 의견을 존중하지 않을 수도 없는 입장이었다. 그래도 목종왕은 이모의 면목 때문인지 잠시 심사 숙고를 하는 척하다가 마음을 가다듬고 나서 채충순에게 엄숙히 전지를 내렸다.

"채부사는 신중히 들어시오. 과인은 이 나이가 되도록 인생살이가 무언지, 그리고 이성 관계가 어떤 것인지 하는 것은 아직 경험이 없었으니, 모든 세상 물정을 잘 모르는 것은 당연지사가 아니겠소.

하지만 세상 만사도 이치적으로 볼 때 인륜 대사의 준칙은 엄격하나, 애매한 청상 과부들의 수절이나 외로움에도 한계가 있을 것이고, 십여 년이나 수절하다 보면 자연의 섭리에 따라 사람도 천성적으로 이성에 이끌리는 예가 본성일 것이니 무엇이라고 나무랄 수가 있겠소.

또 천추태후는 과인에 대해서도 좋건 싫건 생모가 아니겠소. 과거의 불미스러운 잘못은 금중 율법에 따라 엄형으로 치죄할 일이오만, 금방 헌정마마께서 이르신 대로 모친의 속사정도 나름대로 수긍이 갈뿐더러, 자식된 도리로도 효도는 못 하나마 어찌 그들에게 형벌만 지속시킬 수가 있겠소. 과인은 백관 백성들에게 힐난을 받을지언정 불효만은 못 하겠소.

그러니 채부사는 즉각 서해의 용매도에 가서 귀양 중인 김치양을 고이 모셔 들여 천추전에서 해후하도록 하고, 나라 정사에도 적당한 일거리를 주며, 또한 이바지할 것을 청하면 천추전의 체면으로서 다소나마 도움은 되어 줄까 싶으니 과인이 이른 대로 소임을 다 하여 주오.”

인생살이에 경험이 많은 위인같이 제법 성인답게 장황한 일장 설유에 방안은 성전처럼 숙연한 분위기였다.

“어의御意가 정히 그러하시다면 소신으로서는 지엄한 어명이라 엄숙히 봉행할 수밖에 없습니다만, 여기에 대해서 한 마디 더 여쭙겠습니다.”

“무슨 말인지 어서 기탄 말고 일러 보시오, 채부사.”

“망극하옵니다. 여쭙기 심히 겸연쩍으나 어제 저녁 중추원에서 소신들과 여러 명의 당상들은 구수 회의鳩首會議:여럿이 머리를 맞대고 의논함를 주재하였습니다.

그 요점은 다름이 아니라, 김치양이란 위인은 소문에도 자자했듯이 방탕

하고 흉측스러운 위인이라서 궁중에 끌어들인다는 것은 우리 왕실의 위신과 수치뿐만 아니라, 종묘 사직과 막중한 국사에 있어서도 미꾸라지 한 마리가 맑은 물을 흐리듯 궁궐 안에 흙탕질을 칠 것은 뻔할 것이고, 백해 무익하다라는 강경한 주장들이 지배적이었습니다.

만일 전하께서 모친에 대한 효성만을 고려하여 김치양이란 위인을 사면과 더불어 궁중에까지 끌어들이시겠다면, 이에 한 가지 청하옵건대 훗날을 대비하시어 두 음낭은 제거시켜야 한다는 주장들입니다. 널리 굽어 통촉하여 주십시오, 전하."

"뭣이? 두 음낭을 제거하다니, 두 불알쪽을 까 버리면 지금 우리 궐 안에 있는 내관들과 같은 환관으로 여색을 멀리하게 한다는 뜻이 아니오?"

"예, 쑥스러운 말씀이지만 고금 동서 어느 나라 대궐에서든 내관들은 두 음낭을 제거하게 되어 있으며, 지금 온 나라 안의 농가에서도 수퇘지나 수캐를 기를 때는 씨종자감인 수놈 외에는 말썽을 부리거나 잘 자라지 않는 놈은 모두 두 음낭을 까 주면 온순해지고 잘 자란다 하여 관례로 성행하고 있습니다.

그러니 사람도 계집질이나 색욕이 염려되는 오입쟁이에게는 두 불알쪽을 까 주든가, 아니면 한 쪽만이라도 까 주어야 여러 면으로 마음을 놓을 수가 있다 하니 신중을 헤아려 주십시오."

"어허. 해괴 망측한 소리. 그런 짓은 당치도 않소! 과인은 아직 경험이 없어 자세히는 잘 모르겠소. 하지만 세간에서 듣자 하니 홀아비로 지낸다면 몰라도 남녀란 운우지정雲雨之情:성관계도 나누는 것이 섭리요 정분이라던데, 불알쪽을 까 버리면 온순해진다 한들 쓸모없는 인간이 될 것이니, 인생을 무슨 의미로 같이 지낼 수가 있겠소!"

목종은 마치 바늘 방석에 찔린 것처럼 펄쩍 뛰며 대성 질타를 했다.

"아녀자인 내가 듣기에도 무척 쑥스럽구려. 두 음낭은 남성들의 상징이요 생명이오. 그것을 제거시킨다는 것은 남성의 상징을 말살시키는 살상일 뿐만 아니라, 인생을 영위하는 생의 욕망까지도 포기시키는 것이오. 환관들처럼 자기들 나름의 소지素地:본디의 바탕라면 몰라도 칠성님께서 빚어 주신 것을 사람에 의해서 고의로 없앤다고 하니, 이를 천추태후가 알면 그대로 좌시坐視할 것 같소?"

옆에 같이 있던 헌정상왕비도 아연 실색하여 대단한 힐책을 하였다.

"황공하옵니다. 헌정마마의 너그러우신 성훈聖訓:성인이나 임금의 교훈은 소신들이 높이 승상하고 있는 터입니다. 하지만 이 곳은 세간과는 다른 신성한 궁정이니, 한 사람으로 인하여 여러 사람이 해를 당할 우려에서 올리는 간청입니다. 신중을 헤아려 주십시오, 헌정마마."

중추부사 채충순은 엎드려서 머리까지 조아리며 하소를 했다.

"알겠소. 과인이 김치양이란 위인을 천추전에 해후하게 한다는 것은 오직 청상 과부로 계신 모친께 자식된 도리로서 외로움을 달래는 데 효성에 따르자는 것일 뿐이오. 그래서 김치양에게 우리 왕실이나 막중 국사에 해가 될 소임 등은 맡기지 않을 것이오. 또한 품행도 철저히 감시할 것이니 추호도 염려를 하지 말고 채부사는 전지대로 부여된 소임이나 잘 수행하도록 하시오."

목종은 김치양의 성질이나 품행 등에 대해서는 별로 대수롭지 않게 여기는 듯 전지를 수행하도록 재촉했다.

"예, 지엄한 어명이니 소신은 봉행할 따름입니다만, 앞으로 경계하실 것만은 굳게 믿으며 소신은 무인도를 다녀오겠습니다."

중추부사 채충순은 준엄한 역정이라도 떨어질까 두려웠던 듯 더 이상 말
을 하지 못하고 가재걸음으로 상춘궁을 물러나갔다.

7

효성의 미로

　　　목종 임금의 전지가 내려간 지 나흘째 되는 날, 비로소 서해 멀리 용매도에 도배되었던 천추태후의 남첩 김치양은 천운이랄까, 헌정상왕비의 덕분이랄까, 어쨌든 무인도에서 그 참담한 귀양살이를 한 지 팔 년 만에 종신형에서 풀려나 돌아오게 되었다.

　김치양은 소문에도 자자했듯이, 조상들에게서 대대로 물려받은 수많은 가산들을 좀먹듯 갉아먹고, 또한 명문 대가의 증손녀를 위계僞計:거짓 계책, 또는 그런 계략을 꾸밈로 청혼하여 아들딸 남매까지 슬하에 두고 있는 가장이다. 그러나 천성적인 오입질로 남의 부녀자들을 백여 명이나 겁탈하였다. 하지만 이번에 걸린 천추태후에게는 뛰어난 미모보다도 야망을 채워 보고자 노렸던 것이 결과적으로는 귀양살이가 되었다. 그래서 사람이라곤 살지 못하는 무인도에서 지내는 괴로움은 말이 아닐 것이었다. 하지만 그런 속에서도 야망을 잃지 않고 굳세게 8년 동안이나 살아서 견딘 것을 보면 실로 대단한 의지였다.

　김치양이 여태껏 살아온 모양을 보면, 천지 창조 때의 원시인들 모양 벌거숭이에 풀잎들로나마 치마처럼 엮어서라도 배꼽 밑의 그 팔뚝만한 흉물은 가려야만 했다.

그러나 그는 그러지 못한 채로 있었던 것이었다. 그래도 짐승과 파충爬蟲과 해산물을 닥치는 대로 마구 잡아먹어 뱃속을 굶기는 적은 없었던 듯 맹꽁이배에다 온몸은 마치 털 빠진 원숭이와 같았다. 그리고 독사와 구렁이를 많이 잡아 자셨던가 칠척 거구의 몸집은 더욱 우람하고, 눈은 가을 독사의 눈처럼 푸른 광채가 날카롭게 발산하는 풍채였다.

그 동안 중추부사 채충순은 천추태후의 간곡한 부탁 때문에 마지못해 한 달에 두세 번 술과 먹거리 등을 보내 준다고 천추태후에게는 안심을 시켰다. 하지만 사실은 성가시고 달갑지 않은 인물이라 한 해에 두 번 인사 치레였을 뿐이었으니, 그의 유배 생활은 비참하기가 이루 말할 수 없었다. 그리고 김치양을 특히 격찬할 만한 것이 있다. 사람이라고는 한 순간도 살지 못하는 이 용매도에는 과거 십여 년 전에도 중형을 받았던 중죄인 세 사람이 귀양을 왔었으나, 모두가 사날도 못 되어 많은 독사들에게 물려서 이승을 하직하고 말았었다. 그러나 소·돼지가 백정을 알아본다고, 이 곳 독사들도 김치양을 첫눈에 알아본 듯 그에게 감히 덤비지를 못한 덕분에 살아남을 수가 있었던 모양이었다.

중추부사 채충순이 금오위 네댓 명을 이끌고 바다 건너 이백여 리의 용매도를 찾았을 때는 동짓달 그믐이었다. 설한기의 바닷바람도 맵싸한 추위 속이라 김치양은 동굴 속에 들어 있을 줄로 여겼었다. 배가 몹시 시장했었던지 그는 거의 벌거숭이인 채 물가로 기어나와 굴이나 게를 잡아먹느라 분주하게 움직이고 있었다. 추위가 매섭건만 이제는 짐승들처럼 온몸에 솜털이 돋아 있어 이런 추위쯤은 별로 타지 않는 모양이었다.

"김공. 오랜만이오. 그 동안 별고 없으셨습니까?"

채충순이 돛배에서 내려 다가서면서 반가운 표정으로 인사를 건넸다.

"오호, 채부사. 먼 나라에 다녀오셨던가 정말 오래간만이오. 나야 귀양살이를 하는 중이니 독사에 물리거나 추위에 얼어 죽기 전에야 별고 있을 리야 있겠소. 한데 이번에는 어찌 한 해 건너 오시었소? 나는 목 빠지게 기다렸었다오."

"무척 기다렸었겠죠. 그 동안은 국정에도 경황이 없었거니와, 왕실에서는 애석하게도 국상이 일어났었소."

"예엣? 느닷없이 무슨 뚱딴지 같은 소리요. 설마 천추전 헌애상왕비가 죽은 건 아니겠지요?"

김치양은 왕실의 주상 내외보다도 자신의 계집이나 다름없는 천추태후의 안부가 우선 우려되었던 모양이었다.

"천추전 헌애비보다도 왕실과 나라를 다스리시던 주상께서 승하하셨단 말씀이오."

채충순은 김치양의 말이 몹시 괘씸했던 듯 불쾌하게 대꾸를 했다.

"어허. 주상께서 언제 어인 병으로 승하하셨습니까?"

"주상께서는 만성 위장 질환이셨는데, 승하하신 지는 벌써 한 달 가까이나 되었소. 그리고 새 임금님으로는 닷새 전 효신태자께서 등극을 하시었소."

"오허, 주상께서 승하하셨다니 심히 애석한 일이오만, 한편 효신태자께서 새 임금으로 등극을 하셨다니 불행 중 다행한 일이군요."

"불행인지 다행인지는 차치하고, 벌거벗은 몸이 흉물스러우니 우선 옷부터 걸치시오."

채충순은 김치양의 그 팔뚝만한 물건이 남성 사이일지라도 보기가 흉했던 듯 옆에 따라 온 금오위들에게 그들이 들고 왔던 김치양의 옷 보따리를 건네 주었다.

"예. 고맙소이다. 채부사."

김치양은 옷 보따리를 받기가 무섭게 땅바닥에 풀어제쳤다. 세간에서 흔히 걸치는 흰 평복이었다. 김치양은 무슨 희소식이 있었음을 예감했었던지 흐뭇한 표정으로 옷을 주워서 걸치고 있었다.

"김공. 옷을 걸쳤으면 이제 내가 이르는 말 신중히 들으시오. 김공은 종신형인 중죄라 이 세상을 하직하기 전에는 감형도, 그리고 풀려날 수도 없는 신세요. 그러나 상춘전 헌정비께서 새 임금님께 간곡히 주청을 하여 결국은 특별 사면하게 되었소."

"오호, 그러셨습니까? 인자하신 헌정마마의 배려가 크시었군요. 정말 감읍할 일이라 감개가 무량합니다."

그리고 김치양은 잠깐 생각하는 듯하더니 다시 입을 열었다.

"글쎄요, 지금 나의 생각으로서는 우선 집에 부모 처자가 있으니 돌아가야겠지요. 그러나 지금 입장으로서는 먼저 헌애비의 의견도 들어보아야 될 일이 아니겠소?"

김치양은 넉살좋게 천추태후의 의견을 듣고 나서 거기에 따르겠다고 했다. 다시 부연하자면, 성욕의 화신인 천추태후가 고독을 풀기 위해서라도 자신을 세상 없어도 절대로 버리지는 못할 처지이니, 결국은 야망대로 궁중에 찰거머리같이 붙어 있겠다는 뜻이었다.

그리고 채충순이 특별히 헌정비의 배려와 은덕을 치중해서 말한 것은, 지난날 효신태자가 벽촌에 요양 중일 때 헌애비와 헌정비 사이의 서찰로 인한 갈등을, 남첩 김치양을 통해서라도 말끔히 자매 화합으로 촉진하게끔 중간 적인 역할을 하기 위한 것이었다.

"알겠소. 일단은 궐 안으로 들어가 봅시다. 그리고 김공께서 각별히 명심할 것은, 행여 천추전에 계시게 되더라도 사심은 추호라도 버리고 진실되게만 지내 주시오. 제 말 알아들으시겠소?"

"아암, 알고도 남습니다. 나는 아시다시피 본래가 청렴 결백하고 호협한 성품이라 진실하게 지낼 것이니 조금도 염려하지 마시오."

"좋습니다. 나는 이제 그 말 굳게 믿을 것이오. 어서 돌아갑시다."

중추부사 채충순은 김치양의 행동이 아무래도 미심한 점이 많았으나, 지엄한 왕명이라 울며 겨자 먹기로 그를 데리고 돛배에 올랐다. 왕실과 조정에서의 비평은 말이 아니나, 그러한 가운데에서도 외로운 천추태후를 특별히 생각해서라도 아들 목종 임금과 친자매인 헌정상왕비의 효성과 의리 덕택에 목숨을 건진 주제였다. 그렇건만 그래도 김치양은 그런 주제에도 이제는 전쟁터에서 승전한 개선 장군처럼 으쓱하게 큰 영접까지 받으며 천추전에 의젓이 모셔졌다.

이 날 저녁, 목종은 천추전에 사연賜宴:임금이 내리는 잔치까지 내리고 종친들과 몇몇 중신들 오십여 명을 초치招致하여 모후인 천추태후와 김치양의 해후까지 축하하게 했다.

그것은 단출하게나마 모후와 김치양의 재혼을 밝히는 잔치로써 잡다한 잡음들을 다소나마 해소시키려는 목종의 효심에서였다.

그리고 사흘째 되는 날 아침 조정 회의에서는 김치양을 일부러 불러들여 이백여 명의 문무 당상들 앞에서 합문통사사인閣門通事舍人:정7품으로 정전政殿 또는 편전에서 심부름이나 의식 전례 등을 돌보는 관직이란 벼슬을 제수하였다. 새로운 벼슬이라 품계는 비록 하위직이었다. 하지만 임금 가까이에서 근시近侍하는 직분이라 문무 당상들은 행여나 나쁘게 고자질이라도 당하지나 않을까 하대下待를 못 하고 상전처럼 허리를 크게 굽혀 예를 갖추어야 하는 두렵고도 엄숙한 위치인 것이었다.

남첩 김치양이 무인도 귀양살이에서 돌아온 때부터 왕모 천추태후는 태기가 들었던가. 이듬해인 목종왕 2년서기 999년 기해년 팔월 열이랫날 저녁, 천추전에서 서른아홉(?)의 나이로 우람하고 자랑스러운 귀동자를 탄생시키니, 이 아이가 앞으로 궁궐 안팎에 피비린내를 진동하게 하는 장물臟物:범죄 행위로 부당하게 얻은 타인 소유의 물품이다.

이 아이, 즉 김득권金得權:이름은 미상, 나라의 권세를 잡는다는 뜻으로 필자가 가상해서 지은 이름를 낳았으니, 김치양과 천추태후의 그 야심 만만한 저의는 가히 짐작이 가고도 남을 일이었다. 그리고 앞으로의 야망을 채우기 위한 일시적인 위장술인지, 아니면 참된 새 사람으로 개과 천선하는 것인지, 김치양의 그 품행들은 앞으로 두고 봐야 알 것이다.

어찌 되었든 현실로 보면 김치양이 일자 무식이긴 해도 말을 잘 하는 소진·장의蘇秦 張儀:둘 다 중국 춘추 시대의 책사요, 승려 법복인 가사 장삼에 중머리로 염불까지 외운다. 또한 제법 선사답게 행동하면서 그래도 부여된 소임은 놀라울 정도로 착실하고 열성적이었다.

그래서 벼슬이 인진사引進使에 이어 합문판사閤門判事를 거쳐, 삼 년 되던 해에는 천추태후의 강권에 못 이겨 목종은 그에게 우복야右僕야 겸 삼사사三司使:상서도성尙書都省의 정2품인 판서급과 전곡출납錢穀出納의 수직首職을 제수하였던 것이다. 이것은 최고 당상관으로서 막강한 위치인 것이다. 우복야까지 이르자면 십 년 공부 끝에 장원 급제는 해야 되고, 벼슬도 십 년 이상 착실하게 해야만 오를 수 있는 자리였다.

그러나 김치양의 벼락감투는 왕모인 천추태후의 강권에 못 이긴 점도 있거니와, 다른 면으로는 모후의 체면과 위신을 고려하여 급진시킨 목종의 지극한 정성도 깃들인 것이었다.

목종왕 십 년서기 1007년 정미년이 되던 해에 김치양은 비로소 본성적인 야망의 간덩어리가 부풀기 시작했다. 그는 자신의 대야망을 이루고자 많은 부하들을 모으고 육성 시키는 데에 따른 밑천이 필요하자, 결국 집에 남은 가산들을 모조리 처분하고, 또 그것도 모자라서 과거 풍문에 오르내리던 직계 가족 매매설도 실제로 필요했던 듯했다. 그 풍문에 의하면, 노부모는 어느 부호집 행랑 청지기로, 어린 두 자녀는 어느 대가집의 노비로, 그리고 조강지처는 감언이설로 꾀어 인육상人肉商에게 백미 이백 석에 팔아 버렸다는 것이다.

목종 십 년 춘이월의 어느 날. 헌정상왕비는 이 무렵 예전대로 자신의 소생인 열여섯 살이 되는 안세왕자를 데리고 평민처럼 미복 잠행으로 소풍 삼아 관원들의 비리와 백성들의 질고를 살필 겸 민정 시찰을 나갔다. 그런데 공교롭게도 어느 마을에 젊은 아낙들이 많이 모인 우물가에서 목을 축이고자 물을 한 바가지 얻어 마시다가 우연히 김치양의 직계 가족들에 대한 염문을 듣게 되었다.

그 염문의 내용은, 김치양의 조강지처는 당나라 현종玄宗의 애인인 양태진楊太眞:양귀비도 무색하리만큼 절염한 미모에 마음씨도 인자한 현모 양처였다. 그녀는 현왕 목종 임금의 증조부이신 태조 왕건이 적장 견훤甄萱에게 포위를 당하였을 때, 그 위기를 모면하고자 스스로 왕건으로 가장해 체포되어, 머리를 적장에게 바친 고려의 개국벽상공신 신숭겸申崇謙 장군의 증손녀였다.

남편 김치양이 팔남봉으로 조상 대대로 내려오던 전답과 재물 등 가산들을 탕진해도 한 마디 간여하지 않고, 자신의 할 일만을 찾아 사시사철 날품팔이까지 하며 시부모와 두 자녀를 부양했던 참실한 아내였다. 그렇건만 어인 까닭으로 국내도 아닌 이역 땅의 인육 장수여자 노예 알선업에게 노리개첩으로 백미 이백 석에, 더더군다나 자기의 혈육인 노부모와 어린 두 자녀까지 노복으로 팔아먹었느냐 하는 소문이 전국 온 나라에 자자하게 퍼지고 있었다.

그리고 김치양의 조강지처는 남편의 감언이설에 속아서 인육 장수의 소굴에 갇혀 있는 신세임을 알아챘을 때에는 이미 빠져 나올 수 없는 늦은 때라, 울분을 이기지 못하고 하늘을 원망하며 밤낮을 울고 불고 하더니 근래에는 식음까지 천폐하고 죽는 날만 고대하고 있다는 것이었다.

이 소문을 듣게 된 헌정상왕비는 물론 안세왕자의 어린 마음 속에도 분통한 생각이 들었다. 안세왕자는 나들이를 나가다 말고 즉각 궐 안으로 다시 달려 돌아왔다. 그리고 상정전 앞 넓은 뜰 맞은편에 있는 의봉루에 오르며, 때마침 환궁하였음을 알고 달려온 상춘궁 내관에게 일러 상정전에 있는 목종에게 임어臨御:임금이 임함를 재촉하게 했다.

이 무렵, 상정전에서 네댓 명의 중신들과 무슨 간담을 나누고 있던 목종은 헌정상왕비의 부름을 전갈받기가 무섭게 경아한 표정으로 달려 나와 의봉루에 거둥을 했다.

목종의 뒤에는 두 지밀나인과 두 장번내관을 비롯해서 네 명의 대신들과 우복야 김치양 등 근신近臣:임금을 가까이에서 모시는 신하까지 의아한 표정들로 따라와 누하에 국궁했다. 목종은 의봉루에 올라 헌정상왕비 앞에 엄숙히 꿇어앉으며 물었다.

"이모마마. 민가에 나들이를 가신다 하시더니 졸지에 어인 일로 소자를 찾아 계십니까."

"정사를 다루는 터에 내가 주책없이 오라 해서 미안하구려, 주상."

헌정상왕비는 안쓰러운 표정으로 예로 대했다.

"아닙니다, 이모마마. 오늘은 정사가 아니라 몇몇 조신들과 간담을 나누고 있던 참이었습니다. 졸지에 어쩐 일로 부르셨는지 어서 말씀이나 하십시오."

"나는 주상이 내 처소로 낮수라점심를 드시러 오실 때나 이를까 하였소만, 하도 기괴 망측한 소문을 듣고 꼴볼견들이고 깜짝 놀라 이 자리에 부른 것이라오. 조용히 이르고자 하니 잠시 이목들을 모두 물리도록 하시오."

"예, 알겠습니다."

목종은 이에 뒤에 시립하고 있는 두 지밀나인에게 이른다.

"조신들은 이제 볼 일들이 없으니 모두 물러가도록 일러라."

"예."

두 지밀나인은 곧이어 크게 권마성을 지른다.

"조신들께서는 이제 볼 일들이 없으니 모두 물러들 가시랍시오!"

"예. 소신들 이만 물러가옵니다!"

두 장번내관만 의례대로 남고는 중신들을 따라 김치양도 주저 없이 모두 물러갔다. 이 때 헌정상왕비 옆에 동석하고 있었던 안세왕자는 열여섯 살 된 소년이라 참을성이 없었던지 벌떡 일어나 의봉루 난간에 다가섰다.

"우복야 김공은 잠깐 지체하고 내 말을 들으시오!"

안세왕자는 느닷없이 대성 질호로 김치양의 발걸음을 멈추게 했다.

"김공께서는 내가 보건대 분명 사람의 탈을 쓰신 것 같은데, 대관절 사람이오, 짐승이오? 궐 안에 기거하며 의젓이 연분에다 당상의 예우까지 받고 있는 채신으로 무엇이 부족해서 자신의 부모 처자를 개 돼지처럼 인육 시장에다 몽땅 팔아 자셨소! 그 따위 패륜 행위는 우리 궐 안에까지 물이 들까 두렵소! 진짜 사람이면 이제나마 더 늦기 전에 부모 처자들을 다시 수습해서 사람 구실은 고이 챙기도록 하시오!"

하며 안세왕자는 제법 어른스럽게 대성 질호를 연발했다. 천추전으로 향하던 김치양은 물론, 궐문 쪽으로 퇴궐하던 네 명의 대신들도 이 질호 소리를 듣고 멈칫하다가는 김치양의 낯 뜨거운 얼굴을 보기가 안쓰러운 듯 못 들은 척 돌아가고 있었다.

"안세야. 어린 것이 어찌 말 버릇이 그다지 거치느냐. 김공은 큰이모님과 연분이 있는 분이시니 우리가 힐책할 수 있는 입장이 못 되느니라. 내가 주상에게 추문 내역을 일러 사실 여부를 밝히면 될 것이니 너는 입 다물고 가만히 있으렷다!"

헌정상왕비는 아들 안세왕자를 호되게 꾸짖는다. 모친의 준엄한 꾸중으로 안세왕자는 더 말하지 못하고 물러 와서는 자리에 앉았다.

안세왕자의 질책을 호되게 얻어맞은 김치양은 어전 앞에서, 더구나 네 명의 대신들이 듣는 데서 망신도 혹독한 망신이니, 잘못은 고사하고 체면과 위신상의 문제였다. 그래서 경황 망조驚惶罔措에 숨통이 터진 듯 한 일一자로 악물은 입술에 서슬기가 돋친 도끼눈으로 한동안 안세왕자를 잡아먹을 듯이 노려 보다가는, 적개심이 치밀었던지 평소의 그답지 않게 일그러진 표정으로 유유히 천추전으로 돌아갔다.

이목들이 모두 물러간 뒤 헌정상왕비는 오늘 민가에서 들은 소문들을 침착하게 털어 놓는다.

"주상, 사실 여부는 앞으로 밝혀 봐야 알겠지만, 일단 소문 내역은 들어 보시오. 내가 오늘 아침에 안세를 이끌고 소풍 삼아 민가에 나들이를 나갔었다오. 한데 공교롭게도 동녘으로 무슨 마을인가 정자 우물가에 여럿 아낙네들이 예사 아니게 많이 모여서 무어라 쑥덕거리고 있었소.

냉수를 청하며 그 쑥덕거리는 소리를 들어보니, 망측스럽게도 우리 궁중에 있는 우복야 김치양 공에 대한 것이었소. 그는 가정을 돌보지 않고 팔난봉으로 돌아다니다가, 기연奇緣으로 천추태후와 내통한 이후 오늘날에 이르기까지 자기의 가정에는 얼씬도 안 하더니, 근자에 와서는 노부모를 어느 부호집 행랑 청지기로, 두 자녀는 노복으로, 그리고 조강지처는 이역땅에 행상하는 인육 장수에게 자그마치 백미 이백 석의 호된 값으로 팔아 자셨다는 소문이었구려.

궁중에서 천추전과 해후하며 극진한 벼슬까지 입고 있는 신분에 무엇이 부족해서 자기 부모 자식들을 개 돼지처럼 팔아 자셨는지, 더군다나 조강지처란 여인은 다름이 아니고 우리 태조 할아버님의 목숨을 건지시고 대신 생죽음을 당하신 개국벽상공신 신숭겸 장군의 증손녀라고 했소. 이것이 사실이라면 우리 종묘 사직에 크게 먹칠한 격이니 심히 경악할 일이 아니겠소? 이는 고금 동서, 괴담 이설에서도 상상하지 못했던 천인 공노할 일이라, 궐안에서는 각별한 경계가 필요할까 싶으니 주상께서는 우선 진상 규명부터 철저히 밝혀 보아야겠소."

"글쎄올시다. 김공이 천추전의 원대로 해후하고, 또 당상으로 후한 대우까지 받고 있는 신분으로 설마 그런 짓까지야 했겠습니까? 추문이 수다 마님들의 와전이 아니겠습니까. 이모님?"

"나는 팔 년 전에 무인도로 종신 중이던 김공을 새 사람으로 만들고자 사면하도록 권유하고 천추전에 해후도 시켰었으니, 설마 그렇지 않기를 간절히 바라고 싶소. 하지만 설마가 생사람 잡는다고, 아니 땐 굴뚝에 연기가 나리까. 공연한 헛소문만은 아닌가 싶으니 주상은 지금이라도 은밀히 찰방사察訪使:조선 왕조 때 암행어사의 전신를 보내어 진상 규명을 서둘러야 하겠소.”

“예, 알겠습니다. 만약에 그렇다면 이는 막중한 문제라, 일단 찰방사를 풀어서 진상 규명부터 하고 나서 조치하겠습니다. 이모님께서는 조금도 심려하지 마시고 처소로 돌아가 계십시오.”

“고맙소, 주상. 위기에 빠져 있는 아녀자부터 우선 안전하게 구출해 놓고 볼 일이오.”

“예, 그렇잖아도 소자 역시 위급한 신숭겸 장군의 증손녀부터 구출하고 나서 볼 작정입니다.”

“형님. 저도 한 마디 여쭙고 싶소.”

목종의 말미를 이어 안세왕자가 한 마디 하기를 청했다. 원래 항렬로 보면 안세왕자는 태조 왕건의 아들인 욱태공의 다음 아들이니, 왕건의 증손되는 목종에게는 아버지 항렬인 삼촌뻘이 된다.

그러나 현 실정으로서는 서로의 어머니가 친자매지간이니 친숙을 위해서는 이종 형제로 대하고 있었다.

“오, 아우야. 새삼스럽게 무슨 의견이 있는지 어서 일러 보렴.”

“예, 제 말씀은 다름이 아닙니다. 제가 듣자 하니 김공은 우리 궐 안의 궁녀들뿐만 아니라 조신들, 심지어는 궐 밖의 백관과 백성들의 아녀자들까지도 불안에 떨고 있다는 소문이 파다합니다. 제가 춘방에 가르침을 받을 때도 이런 때에는 대의 멸친大義滅親이라고 하는 말이 있던데, 형님께서는 모여든 사람들의 불안감을 생각해서라도 김공을 머얼리 쫓아 버릴 용의가 없습니까?"

"어허, 단도직입으로 그런 말은 듣기가 거북하구나. 아우야. 내 말을 신중히 들어라. 나도 김치양 공을 위신상 낯 뜨거운 위인이라 궐 안에 맞이하고 싶은 생각은 조금도 없었다. 하지만 김치양이란 작자는 나의 부친 때부터 친모의 남첩이란 관계까지 있고, 선왕 때에는 팔 년 동안 무인도로 귀양살이까지 치르질 않았더냐. 그러나 내가 보위를 승습하고 보니 너의 어머님 말씀도 있거니와, 나의 입장으로서도 자식된 도리로서 효도는 못 하나마 어찌 모친께서 가까이 지내시던 위인을 모른 체할 수가 있겠느냐. 그래서 기왕지사 김공은 새삼스러운 분도 아니니 이대로 내버려 두면 스스로 개과 천선은 물론, 쓸모있는 사람이 될까 싶었다. 그러니 이제 그분의 부모 처자들을 수소문하여 구출을 해서 새 삶을 영위하도록 해야 되질 않겠느냐?"

"형님. 군이 그리시다면 별수없지요. 형님의 심정은 충분히 알겠습니다만, 한 가지 부탁을 드리자면 경각심만은 늦추지를 마십시오."

"오냐. 알겠구나. 형도 알아서 할 것이니 조금도 염려하지 말아라. 그럼 더 볼 일이 없으니 이만 돌아가서 찰방사를 시켜 서둘러 진상을 구명하게 하고, 위급한 아녀자를 우선 급구急救시켜야 될 것이니, 아우는 어마마마를 모시고 돌아가 있거라."

"예, 나약한 가족들이라, 그 중에서도 그의 조강지처란 여인은 가장 험난한 수렁 속에서 허덕이고 있답니다. 그러니 한 순간도 지체하지 마시고 서둘러야 되겠습니다."

"잘 알아들었으니 조금도 염려하지 말아라."

목종왕은 의봉루에서 내려오는 즉시 장번내관에게 명하여 중추원사 겸 어사대대부 최항崔沆을 상정전으로 즉각 소명하게 했다. 잠시 지나서 소명을 전갈받은 최항이 득달같이 입시하여 탑전에 엎드렸다.

"주상 전하. 졸지에 어이 찾으셨는지 소신 소명을 받들어 대령했습니다."

"최원사, 편히 앉으시오. 과인이 최원사를 급히 듭시라고 한 것은 다름이 아닙니다. 오늘 공교롭게도 과인이 세간 사람들의 소문을 들어보니 항간에 해괴 망측한 추문이 돌고 있더구려."

"황공하옵니다. 어떤 추문이신지 들으신 대로 소상히 일러 주시면 수하를 불문하고 엄중히 치죄시키겠습니다. 어서 일러 주십시오, 전하."

목종왕은 조금 전에 헌애왕비로부터 들은 이야기를 자세히 말해 주었다.

"오허. 그런 망측스러운 추문이었습니까? 이제 듣자 오니 실로 가공할 말입니다. 급히 서둘 일인가 합니다."

"최원사, 화급하게 서둘러야 되겠소. 그리고 찰방사를 출두하게 하는 데도 그 가족들이 억류된 곳은 꽤나 세도가 있는 대갓집이라니 사병私兵이 적지 않을 것이므로, 그 세력에 눌려 구출은커녕 진상도 규명하기가 어려울 것이오. 과인은 생살권生殺權으로 부월斧鉞을 제수하고, 아울러 내갑장內甲將:항상 임금의 주위를 지키는 무장도 두 사람을 수행하게 하리다. 최원사는 즉각 서두르시되 될 수 있는 한 백관들에게 안면이 적고, 또 사세 판단과 대처 수단도 능숙한 인물을 차출해 보시오."

"예. 소인이 진지하게 적임자를 물색해서 대령시키게 하겠습니다. 조금만 시간을 주십시오. 전하."

중추원사 겸 어사대대부 최항은 지체 없이 탑전을 물러나갔다.

얼마 후 목종이 용상에서 경전을 읽고 있는 중인데 어사대대부 최항이 찰방사감을 어렵게 구한 듯 이끌고 들어왔다. 그런데 공교롭게도 그 찰방사감은 다름이 아니라 헌정상왕비와 욱태공이 산간 벽촌에서 지낼 당시 욱태

공 앞에서 글을 당부하던 유서방의 아들이며, 현재는 좌사랑중左司郞中:정5품
인 유충정劉忠正이었다. 그리고 더욱 기이한 것이 유충정은 부친을 따라 산
간 벽촌에 들기 전에는 개경 송악 땅에서 김치양 소꿉친구로 지냈었으니 친
면은 말할 것도 없었다.

그러나 그 동안 만난 적이 없었고, 당상 당하堂上堂下의 백관들에게도 장
원을 급제할 당시 여러 당상들이 지나가는 손님처럼 이름이나 알 뿐이고,
상견례도 승하한 성종 임금을 비롯해서 여러 당상들과 직장의 동료들 외에
는 안면을 별로 드러내지 않은 인물로 사리 판단이 총명하고 활달한 위인
으로서 기이한 인연이었다. 어사대대부 최항은 이런 내역들은 모른 채 유충
정을 이끌고 탑전에 나아가 엎드렸다.

"주상 전하, 소신이 적임자로 특별히 상서성에서 차출은 하였습니다만, 전
하께서 친히 시문試問하여 보시고 결정하실 일인가 합니다."

"알겠소. 편히들 앉아 고개를 드시오. 상서성의 직분은 어디이며 함자는
무엇인지 이르시오."

목종의 묻는 말에 유충정은 조심스레 일어나서는 큰절로 예를 갖추고 나
서 무릎을 꿇어 앉으며 품고했다.

"주상 전하, 오랜만에 용안龍顔을 다시 뵈오니 감개가 무량하옵니다. 소신
은 지금으로부터 십사 년 전 종정 어른과 헌정마마께서 교주도 부양현지금
의 함남 신고산 지방 동기골이란 산간 벽촌에 요양차 머무르실 때 이웃에 살던
유충정이란 놈입니다. 그 동안 긴 세월이라 주상 전하께서는 소신의 얼굴을
잊으셨겠으나 소신은 주상께서 심신 요양으로 납실 때 산사냥이다, 내천의
천렵이다 하고 두 해 동안 모신 적이 있어 용안은 잊지 않고 있습니다. 그
무렵 소신은 종정 어른의 문하에서 글을 익힌 덕분으로 팔 년 전에 과시 제

술 갑과에 급제하여 상서성 좌사원외랑을 거쳐 지금은 좌사랑중에 소임하고 있습니다."

"오호. 그 때를 더듬어 보니 그 당시의 추억들이 어제처럼 생생히 떠오르는구려. 한데 그 동안 어쩐 일로 과인을 찾아주질 않았소?"

"황송하옵니다. 아직 궁중에 드나들 신분도 못 될 뿐만 아니라, 사실은 소신에게 어릴 적 옛 친구 하나가 궐 안에 기거하고 있기에 찾아뵐 수도 있었으나, 소신에게 불미스러운 영향이 미치지나 않을까 두려워 주상 전하를 비롯하여 종정 어른과 헌정마마께도 문안도 못 드린 채 궐 안 출입을 일체 삼갔던 것입니다. 너그러히 용납하여 주십시오, 주상 전하."

"오, 그 친구가 누구요?"

"예, 엄전이라 황송하오나 몸둘 바를 모르겠습니다. 여쭙기 겸연쩍으나 지존께서 굳이 하문하시니 실토하겠습니다. 소신의 친구란 작자는 다름이 아니라 바로 천추전에 기거하며 우복야와 삼사사로 있는 김치양이란 위인이옵니다."

"오, 그 친구를 만나면 죽마고우라 반갑고 벼슬살이에도 외롭지 않을 터인데, 왜 만나기를 꺼려 하셨소?"

"예. 그 친구에 대해선 여쭙기가 매우 거북스럽습니다만, 굳이 여쭈면 그 작자는 십오년 전 소신이 경제 사정으로 산골에 들기 전까지 같이 자랄 적에는 막역한 소꿉친구요 단짝 친구였습니다.

그러나 그 이후로 소문에 듣자하니, 팔난봉에 가산을 탕진하여 품행이 좋지 않은 데다 무엄하게도 천추전 헌애마마의 남첩으로 놀아나고 있다는 불미스러운 추문이 파다했습니다. 그러니 그런 김치양을 소신이 찾아본들 소신에게도 이목들의 애꿎은 눈살이 집중될까 봐 그것이 우려가 되어 결국은 궐 안 출입도 꺼렸던 것입니다."

"오호. 사정이 그랬었구려. 어쨌든 이제나마 과인이 만났으니 정말 반가운 인연이구려."

"십오 년 전 요양하시던 산골 벽촌에서나마 그 옛 추억을 이렇게 잊지 않고 반가히 맞아주시니 소신으로서는 감읍할 따름입니다, 주상 전하."

"좋소. 만나게 되어 반갑기 이를 데 없소만, 오늘 일이 다급하니 옛날 정담들은 차후로 미루어야겠소. 유공은 오늘 일의 내역을 알고 있소?"

"예, 오는 길에 내역은 최원사께 대충 들었고, 그 김치양이란 작자도 소신과는 자랄 때 막역했던 친구라 집안 내력들을 그 친구 혼인 때까지는 손금 보듯 잘 알고 있습니다. 하지만 십오 년 전 소신과 헤어진 이후의 일들은 통 모르고, 또 소신은 산골에서 자란 촌뜨기라서 아직 세상 물정에는 미숙한 점이 많습니다. 비록 최원사 님의 천거에 못 이겨 따라오기는 하였으나, 왕실의 막중 대사라 소임에 적합할지 두려움이 앞설 따름입니다. 외람된 말씀이오나 달리 유능한 인재를 택하심이 좋을까 합니다. 널리 헤아려 주십시오, 주상 전하."

"어허. 궁중 일이라고는 하나 그다지 어렵지는 않으니, 꺼려하지 마시오. 또한 과거 김치양과 막역한 소꿉친구였다면 오늘 일에는 아주 잘 된 일이오. 또 이 일에 대한 소임은 궁궐 안팎에 연관된 막중 국사라지만, 신분만 감추고 은밀하게 처리할 일일 뿐이니 과히 두려워할 것도 없소. 이제 과인은 유공에게 지금의 상서성에서 어사대 찰방사로 전임轉任을 명하노니 유공은 사양하지 말고 부여된 소임에 신명을 다 해 주시오."

"황공하옵니다. 소신 미숙한 점 많으나 지엄한 어명이시니 분골 쇄신, 신명을 다 하겠습니다, 주상 전하."

"고맙소. 오늘 일은 화급한 일인가 보오. 일의 내역들은 최원사께서 자상히 일러 드릴 것이오. 임지任地:관원이 부임하는 곳도 꽤나 세도 있는 대갓집들이라니 억압된 아녀자들의 소재와 구출까지 수행하자면 날쌘 수행원도 한두 사람은 요긴할 것이므로 나갈 때 응양군 내금영鷹揚軍 內金營에서 내갑장 몇 사람이건 필요한 대로 차출해서 이끌고 나가시오. 그리고 만일의 경우, 목숨에 위험이 있을 시를 우려해서 생살권으로 부월을 제수할 것이나, 궁중에 연관된 일이라 가급적이면 신분을 감추고 극비리에 재량껏 소임을 다 할 것이며, 이외에 온 나라의 구석구석과 그늘진 곳에도 애매한 백성들이 또 있을까 의심스러우니 여가가 있을 시는 두루 살피도록 하시오."

목종은 소요 사항들을 이르며 용상 옆에 있는 탁장 속에서 자호自號와 보인寶印이 찍힌 도끼형의 목걸이식 청동 부월을 꺼내어 내밀었다. 뒤에 시립하고 있었던 지밀나인 하나가 앞에 돌아와서 이를 받아 유충정에게 정중히 건넸다.

"황감하옵니다. 왕실과 연관되어 있는 막중한 소임이니 추호도 잘못됨이 없도록 신명을 다 하겠습니다, 주상 전하."

유충정은 일어나 예를 크게 갖추고 두 손으로 엄숙히 청동 부월을 받았다. 이어 목종은 최항에게 시선을 옮기며 지령을 하달했다.

"최원사는 들으시오. 찰방사 일행이 돌아다니노라면 여비가 필요할 것이오. 또 구출되는 아녀자들도 의식주는 마련해 주어야 될 것이니, 내탕고內帑庫:임금의 사사私事 비상 창고에서 필요한 내탕전內帑錢도 인출해서 도우도록 하시오."

"예, 하해와 같은 성은에 감읍할 따름입니다, 전하."

"오늘 일은 촌음寸陰:썩 짧은 시간을 다루는 일이니, 이제부터 유공은 어사대 찰방사로서 서두를 일이오. 최원사는 유공에게 찰방사의 임무와 수행 방법들을 차분히 일러 주어 즉각 출두하게 하시오.”

“예. 조급한 일이라 소신들은 이만 물러가서 채비를 서두르겠습니다.”

최항과 유충정은 하직 숙배를 올리는 즉시 상정전을 물러나왔다.

남첩 男妾과의 베갯밑공사

이 날 의봉루에서 목종과 네 사람의 대신들 앞에서 나이 어린 안세왕자에게 혹독한 망신에다 질타까지 심하게 얻어맞았던 김치양은 일그러진 상으로 천추전에 들어와서는, 천추태후의 부축을 받으며 내당에 들어가 마주 앉았다. 몹시 흥분한 김치양의 기색을 살펴보던 천추태후는 의아한 표정으로 다가앉으며 물었다.

"임자, 어인 일이시오? 안색을 보아하니 벌레를 씹으셨나 매우 흉물스러운 인상이구려. 밖에서 무슨 언짢은 일이라도 있었습니까?"

"그렇소. 재수 없게 오늘 뜻하지 않은 봉변을 당했다오. 그것도 어린 놈한테 말이오. 참으로 기가 막힐 일이라오. 내가 그 때 상황들을 대충 이를 것이니 임자도 한번 들어보시오. 방금 전 주상께서 상정전에 여러 대신들을 초치하여 세상 돌아가는 간담들을 나누고 있었다오. 이 자리에는 나도 함께 있었는데, 이 무렵 상춘전 헌정비가 의봉루에 나와 주상의 임어를 청한다는 전갈이 날아들기에 자연히 주상을 따라 우리 모두도 의봉루로 가지를 않았겠소. 한데 헌정비는 무슨 극비한 비밀인지 주상에게 옆의 이목들을 모두 물러랍디다. 그래서 왕명에 따라 모두들 물러나오는 참인데, 엉뚱하게도 이 때 헌정비 옆에 달라붙어 있던 젖내기 안세 녀석이 불쑥 누상 난간에 상판을 내밀며, '김공인지 견공인지 잠시 들으시오.' 하고 귀청이 떨어져라 하고 벼락 치는 소리로 내 발걸음을 멈추게 하더라오.”

“어허. 그녀석 젖내기가 감히 어인 일로 임자를 그렇게 불렀지요? 무어라 소리 칩디까? 어서 일러 보시오.”

천추태후는 긴장한 표정으로 무릎을 맞대며 재촉했다.

“이르리다만 분통이 터질 일이니, 너무 흥분하지 말고 침착하게 들어보시오. 그놈 안세 녀석은 가증스럽게도 주상과 대신들이 보는 앞에서 대성 질호로 소리 치기를 '김공은 사람이오, 개 돼지요? 궁중에 기거하며 후하게 대우까지 입고 있는 체통으로 무엇이 부족해서 직계 골육들을 개 돼지처럼 팔아 자시었소? 그 따위 패륜 행위로서는 세간에서뿐만 아니라, 우리 궁중에도 물이 들까 두렵고, 원성들이 자뭇 충천하답니다. 그러니 지금이라도 더 늦기 전에 사람다운 도리로 부모 처자들을 다시 수습하여 인륜 대사를 고이 지키시오!' 하며 힐난을 던지더라오. 복장 터질 봉변이 아니겠소?

사실은 우리 내외끼리 얘기지만 안세 녀석의 힐난이 허무 맹랑한 짓은 아니지만, 나로서는 오직 임자와의 백년 해로만을 도모하고자 그 거추장스러운 부모 처자식들을 이목들이 두려워 그 자리에 작살시키지 못하고 머얼리 쥐도 새도 모르게 끌어다가 팔아 치웠소. 그랬건만 어떻게 그런 소문이 그놈의 귀에까지 들어갔는지 귀신도 통탄할 노릇이거니와, 주상의 안전에서 만신창이로 힐책까지 당하고 보니 나의 위신 문제 이전에 분통 터질 일이구려.”

“어허, 그런 봉변을 당했습니까? 고놈 콧잔등이에 아직 솜털도 안 벗겨진 놈이 새삼스럽게 무얼 안다고 감히 큰이모부에게 그 따위 주둥이질을 놀리다니. 이는 임자에게뿐만 아니라 큰이모인 나에게도 모욕된 망발이니 그냥 내버려둘 수 없소. 그리고 당장 없애 버려야 될 놈이구려."

"맞소. 이 불측스러운 망발은 내 위신에 대한 망신뿐만 아니라 왕모인 임자에게도 더욱 막대한 모욕이니 그냥 내버려둘 수는 없는 일이지요. 그렇다고 그놈 지위가 있으니 꾸짖을 수도 없고, 꿀먹은 벙어리 냉가슴 앓는 격이니 난감하구려."

남첩 김치양은 안세왕자를 어떻게 해서라도 처치시킬 것을 은근히 부추긴다. 그래도 짝이라고 침울한 표정으로 잠시 골똘히 생각하던 천추태후는 어떤 묘책이 떠올랐던지 무릎을 치며 김치양의 귓가에 속닥인다.

"임자. 조금도 상심할 것 없소. 우리 둘 사이의 아들 김득권이 자알 자라고 있으니, 이번 기회에 무작정 트집 잡아 고놈을 없애 버리는 방도로 하여야 어떤 수단 방법으로든 우리의 목표가 이루어질 일이 아니겠소? 그러니 그놈이 죄라고 할 것은 없지만, 코에 걸면 코걸이 귀에 걸면 귀걸이 식으로 트집을 잡아 죄를 얼마든지 만들 수 있는 것이니만큼 이 일에 대해서는 궁중의 왕모로서 내가 나서면 되리다. 이런 기회에 우선 주상을 불러들여 사전에 인사 치레로 입이나 봉하게 하고 나서는 고놈을 처치토록 할 것이니 임자는 상심 말고 모른 체 잠자코만 계시오."

천추태후는 이어 득의 양양하게 방문을 나와서는 청하에 근시하고 있는 수직내관에게 즉각 주상의 임어를 전갈하게 했다. 그 때는 목종은 상정전에서 유충정에게 어사대 찰방사라는 직임을 명하여 보내고 나서, 정전 앞 층계 참을 막 내려설 때였다.

"주상 전하. 지금 자성마마께서 임어를 청하십니다. 잠시 들러보십시오."

천추전 수직내관이 달려와서는 층계 밑에 국궁하며 천추태후의 부름을 전갈했다.

“태후께서 과인을 부르신다고?”

“예. 그렇습니다, 전하.”

“갑자기 무슨 일이라더냐?”

“황송하옵니다. 자성마마께서는 지존을 모시고 오랍시는 분부일 뿐 소신은 내역을 모르겠습니다.”

“오, 그러냐. 태후께서 부르신다면 들러봐야지. 어서 가자.”

목종은 두 지말나인을 거느리고 천추궁으로 발길을 옮기고 있었다.

목종은 천추전 십간 대청에 올라 만화석滿花席에 천추태후와 마주 앉았다.

“모후마마. 소자 대령이옵니다. 오늘 아침 문안을 드릴 때는 아무 말씀도 없으시던데 갑자기 소명이시니 무슨 언짢은 일이라도 계십니까?”

“이 에미가 주상을 부른 것은 다름이 아니라오. 오늘 듣자 하니 신성한 궁중에서 이 어미 앞에 꿈에도 상상하지 못했던 불측한 모독 사건이 일어났구려.”

“예엣? 궁중에서 모후마마께 불측한 모독 사건이라니, 어인 말씀이시오?”

“존속에 대한 혹독한 모욕이라오. 유례로 왕실에서는 물론 세간에서도 존속에 대한 모욕이나 상해는 용서할 수 없는 대죄가 아니겠소? 주상은 그런 불측한 폐인을 어찌 치죄할 작정이오?”

“모후마마. 진정하십시오. 존속에 대한 모욕이나 상해는 의당 금중 율법에 따라 준엄하게 치죄하리다. 어느 누구의 모독인지 소자는 모르니 자상히 일러 보십시오.”

천추태후는 금방 눈물보라도 터뜨릴 것처럼 험상을 지으며 한탄까지 여러 번 하고서는 마지못한 체 말문을 꺼냈다.

"좋소. 주상을 기왕 부른 김에 자상히 이를 것이니 잘 들으시오. 이 어미가 십여 성상이나 청상 과부로 수절하던 중 주상의 효성으로 계부를 맞았소. 물론 인륜 대사의 정례는 못 되지만 사람마다 자연의 섭리에 따라 의례적으로 부부는 있게 마련이 아니겠소? 그리고 주상이 모처럼 솔선해서 해후시켜 준 부부이니만큼 궐 안의 종친들도 부왕 못지않게 새아버지에게도 공경은 해야 될 일이 아니겠소?"

"예. 소자는 부친 못지않게 존경하고 벼슬 자리에도 효성은 다 하고 있습니다. 어떤 누구가 천대에 모독까지 보입디까?"

"그렇소. 오늘 듣자 하니 의봉루에서 발칙하게도 안세 녀석은 주상과 대신들이 듣는 안전에서 대성 질호로 새이모부와 나에게 힐난으로 개망신에다 위신까지 구렁에 빠지게 했다지요? 주상도 곁에서 들었을 터이니 자알 알 것이오만, 이는 새이모부에 대한 모욕보다도 나에 대한 학대요 모독이니 묵과할 수 없는 일 아니겠소? 내가 맞이한 김공의 입장으로는, 왕실에 있는 이 어미와 해후를 하였으니, 자신의 체면도 그렇고 왕실의 위신도 세워야겠기에 그 거추장스러운 부모 처자들을 각자 살게끔 분산해서 거처를 마련시킨 것뿐인데 험을 잡다니 될 말이오? 그리고 설령 왕실 체면과 위신을 위해서도 그까짓 쓰레기 조각 같은 그의 부모 처자들쯤 희생하게 하였다 한들 무슨 잘못이며 힐책거리라고, 세상 물정도 모르는 어린 놈이 어찌 대성 질호로 이 어미 내외에게 모독을 자행한다오? 이는 어느 누구의 시주를 받았거나 의도적인 것으로 나에게까지 증오로 헐뜯으니 어찌 통분을 견딜 수가 있겠소?"

"모후마마. 이제 말씀 내역을 알아듣겠습니다. 하지만 오늘 아침 나절에 소자도 들었습니다만, 안세가 새이모부에게 드린 힐책은 철이 없어 방자를 떨었을 뿐 잘못된 힐책은 아닌가 합니다. 듣자 하니 김공은 아무리 자신의 체통과 위신만을 위한다기로 분수가 있지, 누구나 부모 처자들은 엄연히 자신이 책임져야 할 직계의 혈육들인데, 고이 돌보지 못할망정 노비와 인육 장수에게 팔았다는 것은 천인 공노할 패륜이요, 고금 동서에 야만인들도 그 유례가 없었거니와, 우리 동방예의지국에도 지엄한 준칙이 아닙니까?

그러니 지금이라도 더 늦기 전에 김공께서 서둘러 부모 처자를 고이 수습하여 틈틈이나마 드나들며 생계를 돌보아주면 이런 해괴 망측한 추문은 저절로 사라질 것입니다. 모후마마께서 잘 설유시켜 주십시오. 그리고 안세왕자의 방자한 짓은 소자가 준엄하게 나무랄 것이니 모후마마께서는 오해를 깨끗이 풀어 버리십시오."

"주상. 이번 일은 그렇게 경솔하게 용납할 일이 아니라오. 오늘 안세란 놈의 행실로 보아서는 장차 우리 왕실에 있는 것 없는 것, 좋지 않은 것들만 들추어 낼 것이니 가벼이 내버려 둘 수는 없소. 그러니 이런 일에 대해서는 왕실의 왕모로서 내가 사람으로 되게끔 만들 것이니 주상은 조금도 간여하지 말고 정사에만 지성을 들이도록 하시오."

"모후마마, 고정하십시오. 안세왕자가 비록 방자한 짓은 하였어도 허무맹랑한 힐책은 아니질 않습니까. 그러하니 너그러이 자비로 임하소서. 그리고 안세왕자는 장차 소자의 뒤를 이어받을 후계자가 될 것이니, 여러 모로 잘 가르치고 보살펴 주셔야 됩니다."

"당치도 않소. 아직도 젖비린내나는 녀석이 벌써부터 나에게 헐뜯기를 밥먹듯이 서슴지 않는데, 내가 그런 일을 또 당해야 좋겠소? 주상은 어찌

이 어미는 모르고 철없는 안세 녀석만 비호하시오? 두말할 것 없소. 주상은 앞으로 어떻게든 새로 후궁들을 맞이하되, 그것들이 마음에 들지 않을 시에는 궁중의 모든 궁녀들을 모두 건드려서라도 후사감을 점지하도록 서두르시오. 그리고 그것마저 안 될 때에는 이 어미가 나설 것이니, 그놈 안세 녀석은 꿈에라도 생각지 마시오.”

천추태후는 지난날에 아들 목종을 버리다시피 했던 비정의 주제임에도 어미랍시고 제법 엄숙하게 말을 했다. 목종이 건강상으로 삼십이 가깝도록 왕비를 맞아들이지 않았고, 후궁들과도 한 금침 속에 한 번도 같이 잔 적이 없는 것을 알면서도 원자 아기를 서두르라는 것은 역정 겸 인사 치레의 핀잔이었다. 그리고 어찌 안세왕자만 비호하느냐는 뜻과 이 어미가 나서겠다는 뜻은 성씨는 달라도 한 뱃속에서 나온 김치양의 아들을 후계자로 내세우겠다는 암시인 것이었다.

그러나 목종은 그런 암시를 성씨가 다르고 종묘 사직이 붕괴되는 일이니만큼 상상조차 할 수 없는 일이라, 단지 안세왕자와 모후 간의 갈등만을 화합시키기에 여념이 없었다.

“모후마마. 고정하십시오. 소자는 후궁들이 이십여 명이나 옆에 있습니다만, 원래 정력이 없는 몸이라 삼십이 가깝도록 어떤 여인이고 눈 한 번 준 적이 없는데 어찌 원자 아기를 바랄 수가 있겠습니까. 자식된 도리로서 불초한 말씀이나, 소자의 혼사나 원자 아기는 단념하십시오. 그러나 불초하여 비록 원자 아기는 볼 수 없지만 다행히 왕씨 고려의 정통으로 안세왕자가 우리 종묘 사직을 지켜줄 것이니 얼마나 흐뭇한 일입니까. 또 안세왕자는 자랄 때부터 건강한 체질에다 총명 예지하여 성군 못지않은 성품이라 백관 백성들의 칭송도 자자합니다. 그러니 모후마마께서 너그럽게 생각하시어 오

201

해를 깨끗이 씻어 버리시고 안세왕자가 더욱 훌륭한 성군이 되도록 앞뒤를 보살펴 주십시오."

"듣기 싫소. 안세만 두둔하는 주상도 민망스럽구려. 별수없소. 이 어미는 왕모로서 안세가 사람이 되게끔 적절히 만들 것이니 주상은 그리 알고 이만 물러가오."

"모후마마. 오해를 푸시기를 소자 간절히 빕니다. 소자를 보위에 앉히고자 십팔 년이나 피눈물로 보살펴 주시었고, 보위에 오른 뒤에도 오늘날까지 십 년이 되도록 건강 관리에 애써 주시는 이모 헌정마마가 있습니다.

이모님께서 모후마마와 김공의 종신형을 만류하셨고, 두 분을 해후시킨 것도 이모의 자비로운 간청으로 인한 은덕이십니다. 그런데 보답은 못 하시나마 이모의 소생인 안세왕자가 철이 없어 방정을 떤 것을 어른이 이해를 못 하고 그것을 크게 꾸중으로 치죄하시면 안 됩니다. 어린 소년이라 따끔하게 훈고訓告는 좋으나 과분한 힐책은 궁중뿐만 아니라 온 나라에도 좋지 않는 역효과만 생길까 우려가 되니 과분한 벌은 자제하여 주십시오."

"주상은 철딱서니가 아직도 덜 들었는지 정말 답답하구려. 어제는 과거요, 오늘은 현재이고 내일은 미래라오. 과거의 은덕들은 자알 알고도 남소. 하지만 내가 지금 해를 당하고 있는데 어찌 묵과할 수가 있겠소? 이 어미는 현재를 적절히 치유하여 과거의 은덕들은 미래에 보답할 것이니 주상은 간여하지 말고 이만 물러가 정사에나 힘쓰시오."

"예. 소자는 모후마마의 너그러우신 지애지정만을 간곡히 바라오며, 이만 물러가오리다, 모후마마."

목종왕은 오랫동안 대면하기도 괴로운 듯 일어나서 태후 앞에 읍례를 하고 시름이 없는 발길로 천추전을 물러나왔다. 현재를 치유하고 과거의 은덕들은 미래에 갚겠다는 뜻은 한 마디로 안세왕자를 축출시키고 성씨 다른 김치양과의 종자인 김득권을 후계자로 앉혀 놓고 나서 과거의 은덕들을 미래에 보답하겠다는 것이니, 고려의 종묘 사직으로서는 위험하기 짝이 없는 흉책이었다.

그러나 목종은 그런 흉책에 대해서는 모자지간이라 의심을 하지 않고, 다만 모자지간의 갈등 해소에만 치중하고 있었고, 또한 앞으로 만월대 수창궁壽昌宮의 지초支礎가 어떻게 될지 대단한 의문거리였던 것이다.

목종이 물러가기가 무섭게 천추태후는 어찌할 심산인지 청하에 근시하고 있었던 수직내관에게 엄명을 내렸다.

"내관은 지금 당장 내시부에 가서 전령을 형부성刑部省에 보내어 형부시랑 이주정 공에게 형리 열 명 정도 이끌고 들라 하여라. 그리고 내관은 상춘전에도 들러 안세왕자에게 내가 잠깐 보자고 하여 끌고 오도록 하여라."

"예, 즉각 대령시키겠습니다."

천추전 내관은 지체 없이 총총걸음으로 물러갔다. 이제 폭풍 전야처럼 살벌한 파란이 일기 시작하려는 조짐인가? 천추태후가 형부시랑 이주정을 부르게 한 그 흑막 관계는 앞으로 두고 봐야 알 것이다. 그러나 지금까지의 그들 과거사를 잠깐 들추어보면, 이주정은 천추태후의 남자 친구이며, 선대왕인 성종 중엽에 천추태후는 이주정을 학식이 있다 하여 성종에게 간곡히 졸라 과거 시험도 보지 않고 형부원외랑刑部員外郎:정6품 자리를 제수받게 하였던 것이었다.

그리고 천추태후는 김치양 외에 이주정과도 극비리에 통정 관계를 맺고 있었던 사이로, 목종이 등극하였을 때에는 또 천추태후의 강압으로 두 단계의 직급으로 오른 종4품인 형부시랑에 오른 행운아였다. 한 단계만 더 오르게 되면 종정3품從正三品인 판서급으로 당상관이 되는 벼락감투인 것이었다. 그렇게 되면 이주정은 궁중 출입이 자유로워지게 되고, 따라서 성욕이 왕성한 천추태후는 이주정을 제3의 남첩 겸 자신의 신변을 지키는 신하로 활용하게 될 것이 분명하였다. 그리고 항간에는 김치양의 아들 김득권은 이주정을 많이 닮았다 하여 이주정의 아들이란 풍문도 자자하게 나도는 실정이었다.

이런 영예와 큰 은덕을 온몸에 감게 된 이주정으로서는 천추태후의 발정 때나 무슨 심부름이라면 자신의 오장 육부뿐만 아니라 목도 바칠 것 같은 심정이었다. 천추태후의 명을 받들고 달려갔던 내관이 내시부의 전령을 형부성에 보내고 나서 곧 상춘전에 있던 안세왕자도 데리고 돌아왔다. 안세왕자의 생모인 헌정상왕비는 언니인 천추태후가 안세왕자를 부른다는 말에 오늘 의봉루에서의 일로 따끔한 꾸중이나 하려니 하고 평상시처럼 별로 의심을 하지 않은 듯 따라 가지 않았다. 열여섯 살의 소년 안세왕자도 미리 각오한 듯 씁쓸한 표정으로 공손히 예를 갖추고 마주 앉았다.

"이모마마. 졸지에 무슨 일이신온지 소명이랍시기에 소자 대령입니다."

"오냐. 오늘 신성한 우리 궁중에 뜻하지 못했던 괴변이 돌발했기에 너를 불렀느니라. 좀전에 주상이 다녀갔었는데 너도 만났더냐?"

"예. 좀전에 주상께서 상춘전 제 처소에 듭시기에 만나뵈었습니다."

"그래, 주상은 무어라더냐?"

"예. 주상께서는 저에게 오늘 의봉루에서 어른들께 너무 버르장머리가 없이 무엄한 입을 놀렸다고 매우 호되게 꾸짖으셨습니다. 오늘 일은 저의 철딱서니 없는 탓이니 이모마마께서는 너그러이 용서하여 주십시오."

"그렇다면 잘못은 솔직하게 알고 있다는 말이더냐?"

"예, 궐 안팎에 불미스런 일이 있을 때는 일단 당사자에게 사실 여부를 조용히 들어보고 나서 주상이나 어른들께 시정을 청할 일인데, 소자가 철이 없어 그만 흥분한 김에 무엄이 방자를 떨었으니 크게 잘못인가 합니다."

"이놈! 그렇게 대가리 멀쩡한 놈이 사람을 죽여 놓고 이제 잘못했다면 그만인 줄 알았더냐? 새이모부가 잘못이 있었다면 단둘이 만나 시정시켜 조용히 덮어 나가야 하겠거늘, 그 따위 망발로 이목들 앞에서 공개적인 모독까지 하다니 이를 말이냐?

그리고 새이모부가 직계 혈육인 부모 처자들을 팔아 없앤 것은 사실이다만, 그것은 이 이모와 해로하는 처지에서 그분 나름대로의 체면과 나아가서는 왕실의 위신도 손상하지 않게 하고자 하는 성의이었느니라. 하물며 백성 축에 들지도 못하는 쓸모없는 것들쯤 없애 버린 것이 무슨 잘못이라고 사유 곡절도 모르는 철부지가 감히 무엄하게 어디다 주둥이질이냐? 이는 새이모부에 대한 모욕뿐만 아니라, 왕모인 나에게까지 모독을 자행한 것이니 엄청난 패륜 행위니라!"

"이모마마. 고정하십시오. 소자가 비록 연소하고 아직 세상 물정에 아는 것도 없사옵니다만, 옳고 그른 사리 판단은 다소 할 수 있기에 소신대로 여쭙습니다. 김공께서 일신상의 체통을 위한 것이든, 왕실의 위신을 위한 것이든, 소자가 간여할 일은 못 됩니다.

하지만 금수 어충도 아닌 사람의 탈을 쓰고 어찌 자신의 부모 처자들을 노복이다 노래개첩이다 하고 인육 장수에게 팔아 자셨다니, 이는 천인 공노할 일이 아닙니까? 그 집의 가장되는 김공은 그 부모 처자들을 위신상 거추장스럽다고 해서 남의 집, 남의 나라의 종으로 노리개로 팔아 혹독한 생매장을 시켜도 옳단 말입니까? 어디까지나 그 부모 처자들은 엄연히 우리 겨레의 같은 혈족이요, 백성들이니 고이 보살펴야 될 일 아닙니까?

소자가 조용하게 시정을 권하지 못하고 방자를 떤 것은 백배 사과 드립니다. 너그러이 용서하시고, 우선 수렁 속에 허덕이는 아녀자부터 구출토록 하여 주십시오. 그리고 김공께서 만일 부양을 못 하시겠다면 그들을 자활이라도 하게 훼방 않도록 설유시켜 주십시오. 소자가 그들의 생계비는 추렴을 해서라도 마련할 것입니다.”

“듣자듣자 하니 지껄이는 말투마다가 고약하구나. 너에 대해선 새로 맞은 분이라도 김공이 아니라 명실상부 이모부이니만큼 극진히 공경해야 될 엄존이시다. 그리고 이모부가 그 걸레 조각 같은 직계의 혈육들을 없애 버린 것은 우리 왕실의 위신상 만부득이한 일이라고 누누이 귀 따갑게 일렀거늘, 공연히 쓸모없는 것들을 백성이라고 두둔하며, 게다가 금수 어충에까지 빗대어 힐난하는 말본새는 내외지간인 이 이모에도 참을 수 없는 모독이니라! 나는 이제 부득불 왕모로서 금중 율법에 따라 너에게 어쩔 수 없이 형벌로 치죄할 것이니 죄값을 고이 감수하라.”

“황공하옵니다. 소자가 죄값을 받아야 된다면 어떤 형벌이든 엄숙히 감수하겠습니다. 엄히 치죄하여 주십시오.”

안세왕자는 마룻바닥에 넙죽 엎드리며 처분을 기다렸다. 그것은 천추태후가 기껏 회초리나 몽둥이로 볼기짝이나 손수 치려는 줄로 여겼던 모양이었다.

이 때 형부시랑 이주정이 허리에 패검을 번득이며 형리들 십여 명을 이끌고 들어와 천추전 청하에 국궁한다.

“자성마마. 소인 형부시랑이옵니다. 졸지에 어인 일로 찾으신지 전갈대로 열다섯 명의 형리들까지 이끌고 대령입니다.”

"어서 오시오, 형부시랑. 마침 기다리고 있던 참이었소."

천추태후는 자리에서 일어나 대청 난간으로 다가서며 이주정을 맞는다 그리고 이어,

"형부시랑은 신중히 들으시오. 형부시랑을 부른 것은 다름이 아니라오. 오늘 우리 왕실에는 통탄스럽게도 불측한 모욕 사건이 일어났다오. 그것은 다름이 아니라, 내가 청상 과부로 십여 년을 외롭게 수절하던 터에 새로 등극한 아들의 효성으로 김공과 해후하였으니 어엿한 부부요 안세에게는 명실상부 이모부가 아니겠소. 하지만 안세는 공대는 고사하고 아무런 잘못도 없는 이모부를 허무 맹랑하게 헐뜯으며 짓궂게 이목들 앞에서 망신에다 위신까지 모욕을 끼쳤으므로, 한 마디로 왕모 내외에 대한 모략 중상이라 어찌 묵과할 수 있으리요. 이제 나로서는 부득불 금중 율법에 따라 왕모로서 엄히 치죄할 것이니, 형부시랑은 나의 엄지嚴旨를 냉엄하게 봉행하도록 하시오!"

엄지란 임금 외엔 쓸 수 없는 용어이건만 천추태후는 이주정에게 대담하게 엄지라며 명을 내렸다.

"예, 자성마마의 지엄한 엄지이시니 어련하시겠습니까. 추호도 어긋남이 없도록 봉행하겠습니다. 하명만 내리십시오."

"좋소. 이제부터 형부시랑은 소임은 막중한 것이니 신명을 다 해 주오. 원래는 금중 율법에 따라 기한을 한정하여 정배定配:배소를 정하여 귀양 보내는 일시키는 것이 유래이나, 안세는 미성년인데다 나의 조카란 점을 특별히 참작해서 깊은 산사에 보내어 불자가 되도록 삭발 위승削髮爲僧하게 할 것이니, 이공은 지체 없이 올라와 안세의 머리를 곱게 삭발시키시오."

"예, 부분대로 거행하겠습니다."

이주정은 서슴없이 대청 만화석에 올라와 안세왕자 앞에 우뚝 섰다. 그리고 허리에 차고 있던 패검을 씽 하고 쇳소리가 나듯이 섬뜩하게 뽑아들며,

"왕자 저하. 외람된 말씀이나 자성마마의 관대한 처분이시니 엄숙히 삭발을 하시고 훌륭한 대사님이나 되십시오."

안세왕자는 느닷없는 엄지에 기가 찬 듯이 잠시 주저하다가는 천추태후 앞에 자리를 고쳐 앉으며 엄숙히 소청을 했다.

"이모마마. 소자가 그렇게까지 큰 죄를 범하였다 하시니 소자로서는 엄히 형벌은 받들겠습니다만, 한 가지 청하고자 합니다. 소자가 미성년이란 참작에서 삭발 위승하게 한다는 것은 고맙지만, 소자는 속세에서 소인들과 더불어 희로애락을 같이하고 싶은 소지小志일 뿐 중이 되고 싶지는 않습니다. 차라리 피눈물 나는 옥고를 겪더라도 정배로 치죄토록 하여 주십시오."

"으흠, 보자보자 하니 대꾸마저도 음충스럽구나. 나는 왕모로서보다도 이모의 도리로, 옥고를 치르게 하는 것보다는 조용하고 아늑한 깊은 산중 절간에 입산시켜 훌륭한 불제자로 만들고자 하는 성의였다. 그런데 네가 속세에 버티고 있겠다는 그 심보를 보면 그 버릇을 계속함으로써 우리 내외의 비위를 저승 끝까지라도 가져 가서 헐뜯고 충동질로 늘어지겠다는 속셈이니, 고약한 악질이구나!"

"이모마마. 어인 해괴 망측한 말씀을 하십니까. 소자는 곧이곧대로 소신을 말씀드렸을 뿐, 음충한 마음은 추호도 상상조차 할 수 없습니다. 너그러이 통촉하여 주십시오."

"간교를 부리지 마라. 나로서는 너의 음충한 버릇이 속세를 떠나기 전엔 한시도 안심할 수가 없느니라."

천추태후는 뇌까리며 시선을 이주정에게로 옮긴다. 그리고 이어,

"형부시랑은 무얼 꾸물거리고 있소! 지체 없이 삭발에 임하시오!"

천추태후는 헌정상왕비나 목종이 나타나서 제지라도 당할까 우려된 듯 사방을 두리번거리며 이주정에게 불호령으로 일을 재촉했다.

"옙. 분부대로 거행하겠습니다."

이주정은 서슴없이 한 발 다가서서 안세왕자의 등과 어깨에 곱게 늘어진 용의초리장발머리를 한 손에 움켜 잡고는 패검으로 싹둑 잘라 버렸다. 그리고 이어 서슬이 시퍼런 패검으로 사정 없이 민대질을 시작했다. 안세왕자는 아무런 반응도 없이 돌부처같이 눈을 내려감은 채 고이 앉아 있을 뿐이었다. 이제 백관 백성들의 아낌과 숭상을 받아 오던 대량원군 안세왕자는 결국 친모와 목종은 물론, 쥐도 새도 모르게 속세를 떠나는 중이 된 셈이었다.

"이공, 수도할 만한 절간은 어디가 좋을지 아시겠소?"

안세왕자의 민대질이 끝나기를 기다려 천추태후는 이주정에게 적소를 묻는다.

"예, 수도할 만한 절간으로는 부흥사復興寺·왕륜사王輪寺·묘련사妙連寺·광명사廣明寺·일월사日月寺·운암사雲岩寺 등 십대 사찰들이 있습니다만, 제 생각엔 그들 중에서도 오공산 중턱에 있는 숭교사崇敎寺가 산길은 험준하지만 수목들이 울창하고 조용하여 불도를 닦기에 안성맞춤인가 합니다."

"오호. 그렇다면 좋소. 지금 당장 이 길로 안세를 숭교사에 입산시켜 앞뒤를 고이 보살피시오. 그리고 왕실의 수치스러운 일이라 가급적이면 이목들을 피하여 뒷문북문:태화문太和門으로 나갈 것이며, 그 곳 숭교사에 가서도 수도 생활에 지장이 없게끔 종친들이건 당상 고관들이건 수하를 불문하고 근접을 못 하도록 철저한 경계로 임하시오!"

"예, 자성마마, 지엄한 엄지이니 추호도 소홀함이 없도록 수행하겠습니다."

　형부시랑 이주정은 응대하여 안세왕자의 겨드랑이를 부축해서 일으킨다. 안세왕자는 서슴없이 일어나 천추태후 앞에 한 발 다가서며 품신을 했다.

　"이모마마. 소자는 어명은 아니오나 이모님 엄령이라도 엄숙히 감수하고 속세를 떠나겠습니다. 마지막 청하옵건대 소자는 입산하기 전에 주상과 어머님께 마지막 하직 숙배를 의례상 올리고 가야 될 일 아니겠습니까? 그러니 잠시나마 상면하게 하여 주십시오."

　"하하하. 간사한 놈. 하직 숙배랍시고 주상이나 네 어멈에게 구제를 청할 심보였더냐? 그런 간사한 꾀는 어디까지나 우리 내외에겐 불리한 독인데 내가 그렇게 호락호락 넘어갈 성싶었더냐? 어림없다. 잔꾀를 부리지 말고 입산 수도하여 훌륭한 선사나 대사가 된 연후에나 상봉을 하도록 주선할 것이니, 그 동안에는 그 따위 간사스러운 개꿈은 꾸지도 말거라."

　천추태후는 싸늘한 냉소로 코방귀를 뀌며 홱 돌아섰다. 안세왕자는 쇠귀에 경 읽기라, 만사를 체념한 듯이 침통한 표정으로 시름없이 형부시랑 이주정의 뒤를 따라 대청을 내려섰다. 그리고 청하에 돌아서서 이모 천추태후에게 향하여 큰절로 하직 숙배를 올렸다. 북망 산천을 가더라도 예의는 갖춰야 했던 것이었다.

　"이모마마. 소자 하직 숙배 올립니다. 부디 두 내외분 만수 무강하십시오."

　안세왕자는 담담한 표정으로 하직 숙배를 갖추고 나서, 앞마당에 내려가서는 주상이 집정하는 상정전과 모친이 거처하는 상춘전을 향하여 다시 큰절로 하직 숙배를 갖추고 합장하며 주문을 했다.

　"주상과 어머님 전에 소자 뵙지 못하고 이제 하직 인사를 올립니다. 소

자는 잊으시고 우리 종묘 사직을 굳게 지키도록 개의改議하시어 온 누리의
태평 성세도 더욱 비치시며, 제절이 만복과 만수 무강하심을 이승에서건 저
승에서건 주야로 부처님께 기도를 올리겠습니다.”

　그리고 이마에 피가 터져라고 세 번을 조아리고 일어나서는 시름없는 발
길로 이주정이 이끄는 형리들의 엄호 속에 이목들이 없는 만월대 수창궁의
뒷문인 태화문으로 끌려나갔다. 야망을 달성하기 위해서는 인륜이고 도덕
이고 물불을 가릴 수도 없는 것인가? 고금 동서, 괴담 이설에도 없는 독부毒
婦의 독모毒母라도 분수가 있을진대, 천추태후는 배은 망덕하게 국왕의 허락
은커녕 친모인 헌정상왕비의 마지막 작별 인사도 못 하게 하고 독단적으로
친조카 안세왕자를 삭발시켜 숭교사로 내쫓아 버렸다.

　천추태후로서는 그녀 나름대로 십 년 체증이 풀린 것처럼 득의 양양하여
환흡歡洽:즐겁고 흡족함은 말이 아니었다. 그리고 고려 왕씨의 단 하나의 혈맥
이건만 이를 아랑곳하지 않고 성씨는 다르더라도 김치양과의 속에서 난 김
득권에게 왕위를 계승시키고자 무진히 공을 들여왔던 터라, 이 기회에 왕실
의 최고 실권은 이제 손아귀 안에 확실히 걸머진 셈이었다.

　안세왕자가 태화문으로 사라지기가 무섭게 천추태후는 앞뜰에서 시종나
인과 놀고 있었던 열 살짜리 아들 김득권을 불러 갓난아기 다루듯 극성스
럽게 끌어안으며 흥얼거린다.

　“우리 귀염둥아, 오늘은 운수 대통한 날이로구나. 정말 운이 튼 날이란다.
앞으로 네가 왕위를 계승하게 되었단다. 이 얼마나 흐뭇한 경사가 아니겠느
냐. 지금 주상이 너하고는 성씨가 다르다만 한 뱃속에서 나온 동복同腹이니
왕위 승습에는 저절로 오르게 될 것이란다. 그쯤 알고 어서 무럭무럭 자라
서 용상 자리에 앉을 채비에 치중해야 되느니라. 알아듣겠느냐?”

"엄마. 내가 왕이 되려면 지금 주상이라는 형이 죽어야 될 것 아냐?"

열 살짜리 천진 난만한 김득권이 물었다.

"아무렴. 지금 주상으로 있는 형은 고질병이 있어 오래지 않아 죽게 될 것이니 그쯤 알고 쑥쑥 자라야 된다. 알겠지?"

"응, 알겠어. 빨리 클 것이니 빨랑 죽으라고 해 줘."

"오냐. 마음 속으로 빌고 또 빌고 있으니 오래지 않아서 죽어줄 게다."

천추태후는 이어 득권을 안은 채 방 안으로 들어와서는 심각한 표정으로 궁상을 떨고 앉아 있는 김치양 앞에 아들을 부추기며 말했다.

"임자. 이제부터는 우리들 세상이니 활개를 펴시오. 안세 녀석을 속세에 얼씬 못 하게 불자로 입신하도록 조치를 하였으니, 이제는 우리 아들 득권이 장차 왕위를 승습하게 되었소. 그 동안 벼르던 꿈은 마침내 달성되었으니 이제 더 바랄 게 무엇이 있겠소. 이제는 자질구레한 부하들보다는 좀더 쓸모있고 날쌘 장군감들이나 열심히 많이 모아 우리들 한세상을 떵떵 흔들어 봅시다."

천추태후는 장쾌한 흥분에 겨워 어찌할 바를 모른다. 그도 그럴 것이 본래 천추태후와 김치양의 계략은 자객으로 하여금 안세왕자가 궐문 밖으로 멀리 나갔을 때를 노려서 쥐도 새도 모르게 암살하도록 하려던 것인데, 오늘 천추태후의 머릿속에 우연한 착상으로 안세를 삭발 위승하게 된 것이었다. 그러나 김치양은 무슨 미심쩍은 걸림돌이 있었던지 심각한 표정으로 입을 굳게 다문 채 고개만 갸웃거리고 있었다.

"임자. 왜 그러시오? 별안간 주눅병이 걸렸소? 앞으로는 진짜 우리 세상인데 무슨 거추장스러운 게 또 있단 말이오?"

왕모 천추태후는 의아한 표정으로 아들 김득권을 옆에 비켜 앉히며 김치양 앞에 바싹 다가앉았다.

"임자. 침착하게 들어 보시오. 전에는 몰랐었는데, 오늘 보니 임자가 감행한 일이 앞으로 가당한 일인지 뭔가 석연치 않은 의문이 들지 않소? 지금 임자가 안세란 놈을 과감히 처치시킨 것은 우리들 장래 일에 참으로 흐뭇하고 장쾌한 결과였소. 하지만 내 생각에는 우리가 안세왕자를 이목들도 모르게 독단적으로 처리하게 된 것은 뒤가 아무래도 찜찜하질 않소?"

"임자. 찜찜하다니 무슨 뚱딴지 같은 소리요. 내가 왕모의 권한으로 하는 조치인데 안 될 일, 그리고 미심쩍은 게 무엇이 있다고 그다지도 찜찜하다며 궁상을 떠시오?"

"임자. 얌전히 들어보소. 임자가 왕실에서는 좌상이요 왕모인데 만사가 안 될 일이 무엇이 있으며, 미심점이 무엇이 있겠소. 하나 한 가지 꺼림칙한 것은 우리 득권은 김씨 성이라 왕씨의 종친들은 물론 백관 백성들도 고려의 종묘 사직이 김씨 왕조로 바뀌는 일인데 어찌 가만 있으며 간단한 일이겠소. 그리고 안세란 놈이 절간에 들어가서 중놈이 된다 한들 언젠가 기회가 생기면 다시 빠져나올 것이니 무턱대고 안도할 수만 없는 일 아니겠소?"

"어허. 듣자 하니 임자는 걱정도 팔자구려. 그 따위 쓸데없는 걱정은 꿈에라도 마시오. 그까짓 종친들이고 백관 백성들이고 간에 우리 득권의 왕위 승습을 헐뜯거나 훼방하는 놈들쯤은 아무리 많아도, 부하들이나 자객들을 놓아 쥐도 새도 모르게 감쪽같이 처치시켜 묻어 버리게 하면 그뿐이지 무슨 근심거리가 된다시오. 그러니 앞으로 부하들과 자객들을 암암리에 될 수 있는 한 많이 끌어모으고, 또 쓸모있게 자알 길러 요긴할 때 쓰면 될 것이 아니겠소. 또 안세 녀석이 불문에 일단 들어가면 선사나 대사는 될 수 있어도 중놈이 용상 자리에 앉을 수는 없는 법이랍니다. 그러니 아무 걱정

말고 오늘은 주춧돌을 세워 놓았으니 이제는 우리 세상을 어떻게 만들어 나갈지 자릿속에 들어가 차분하게 배갯밑공사나 설계합시다."

천추태후는 밝은 대낮이건만 쑥스럽게도 육욕이 발작했던가, 아들 김득권을 보모에게 맡겨 내쫓는 즉시 금침을 내려 포진했다. 밤낮을 가리지 않고 하루에 네댓 번 정도씩은 사내를 품어야만 직성이 풀리는 변태적인 욕정이니 사내의 부담도 만만치는 않았을 것이다.

두 암수는 한바탕 몸풀이를 치르고는 석 자 원앙침 밑에 무슨 공사 설계인가를 속닥거리기 시작했다. 어떤 공사 설계인지 앞으로 두고 봐야 알 것이나, 어쨌던 만월대 수창궁을 뒤흔들 살벌하고도 무서운 공사인 것만을 틀림이 없을 것이다.

인육 장사와의 흥정

이 무렵, 어사대 찰방사로 특명을 받은 유충정은 중추원사 겸 어사대대부인 최항을 따라 궐문을 나오는 길로 응양군 내금영 鷹揚軍 內禁營에서 두 내갑장內甲將을 차출하여 이끌고 최량의 사저로 향했다. 그리고 부여된 사명의 준칙 등 임무 수행상의 처리 방책과 비법들을 습득하고 나서 일단 유충정은 사저로 돌아왔다. 왜냐 하면 김치양의 직계 가족들이 억매抑買를 당한 곳은 삼엄한 개인 병사를 거느리고 있는 권세 대가란 소문이니, 이를 대처하자면 유충정과 두 내갑장의 옷차림도 임무 수행상 평민처럼 미복으로 변장해야 되겠기 때문이었다.

두 내장갑은 모두 유충정과 같은 삼십 나이의 또래들로, 한 사람은 별명이 구레나룻이 더부룩하다 하여 털보 최씨이고, 또 한 사람은 눈이 살무사처럼 작다 하여 별명이 살무사 윤씨였다두 사람 이름은 모두 미상임. 그리고 유충정은 아내에게 선비 차림의 복장 한 벌과 평복 차림의 복장 두 벌을 마련하라고 하고 나서는 사랑채에 두 내갑장과 같이 삼발이 모양인 정좌鼎坐로 마주 앉았다. 우선 김치양의 부모와 처자들이 어느 곳, 어떤 집에 어떻게 분산되어 얽매여 있는지 행방 소재조차 모르는 처지에선 심히 난처한 일로 잠시나마 앉아서 의논들이 필요했던 모양이었다.

"지금 주상 전하와 어사대 최원사께서는 소문만 들으셨을 뿐 직계 가족들이 어느 곳, 어떤 곳에 분산을 당하였는지 행방 소재들을 짐작조차 할 수 없으니 난감한 일이구려."

새로 찰방사에 발탁된 유충정이 심각한 표정으로 심정을 토로했다.

"유어사. 제 소견으로는 그들의 행방 소재에 대해선 그렇게 심히 고민할 것도 없습니다. 오늘 최원사 댁에서 소문의 내역들을 대강 들어보니 그 난봉꾼인가 오입쟁이인가 하는 김치양의 본처는 소문대로 유별난 미모에다 젊은 아녀자라 특히 인육 장수들의 소굴에서 곤욕이 막심할 것이오. 또 이역 땅으로 언제 끌려갈지도 모르는 위험한 처지라, 만사 제쳐놓고 제일 먼저 구출하도록 나서야 되겠습니다. 그리고 개경 도성 안에 인육상들의 소굴은 송악사 인근과 오공산 인근 두 군데를 제가 알고 있으니 무작정 급습하여 그 여인부터 우선 찾아놓고 보면 그의 부모와 자녀들의 행방 소재도 손쉽게 찾을 수가 있을 것 아니겠습니까?"

털보 최내갑장이 출반주出班奏:맨 먼저 말을 꺼냄로 출동 방도를 제시했다.

"글쎄나? 살상적인 급습은 삼가도록 하게. 왜냐 하면 주상께서는 궁중에 김치양이란 자가 도사리고 있으니, 편의 종사便宜從事:형편에 따라 좋을 대로 하도록 맡기는 일는 하되 가급적이면 신상의 위험 외에는 일체 신분들을 감추라 하셨네. 그러니 될 수 있는 한은 부월로 급습하는 것은 삼길 일이네. 또 부월 없이 급습한다는 것도 애매한 인명들까지 살상시킬 우려가 있으니 부득이한 경우라도 살상만은 줄이는 방향으로 최선을 다 하여 노력해 보세."

찰방사 유충정은 털보 최내갑장의 급습 제의를 만류했다. 이어 살무사 윤내갑장이 말문을 열었다.

"김치양이란 작자의 조강지처가 어느 인육 장수의 소굴에 빠져 있는지는 모르겠소만, 소인은 몇 년 전에 인육 장수치들에게 누이를 희생당한 경험이 있었습니다.

그들 소굴에는 예나 지금이나 사사로이 거느리는 사병 삼사십 명이 삼엄한 경계 속에 있고, 또 전국 방방곡곡을 뒤지면서 어여쁜 처녀나 젊은 유부녀들을 끌어모으는 명색이 채홍사採紅使만도 십여 명에 이른답디다.

그 곳에 모여든 미녀들의 동태를 보면, 대개는 송나라로 건너가 왕실이나 조정 대신들의 귀부인이 되고자 하는 허영심에서 비롯된 여인들도 적지 않으나, 거의 절반 이상은 보쌈질에 걸려든 여인들과 소박 맞은 여인들, 그리고 비정한 남편들의 감언이설로 억압에 의해서 비싼 값에 매매를 당한 여인들도 수두룩하답니다.

이 여인들은 백 명이건 이백 명이건 소굴 안에 모아두었다가 여섯 달만 되면 송나라 수송선을 타게 되어 있습니다. 그런데 떠나기 전에 상대에 대한 인사법이나 성교법은 완벽하게 익혀야 된다고 하더랍니다. 다시 말해서, 여인들의 순결이란, 정조는 이역땅으로 떠나기 전부터 상스런 짐승들처럼 인육 장수들과 그의 족속들에게 성교 교육이랍시고 유린당하는 것입죠.

이 여인들 중에서도 이런 기미를 미리 알아채고 안간힘을 다 하여 탈출하려던 여인들 모두가 덜미를 잡혀 가혹한 추행만 당할 뿐입니다. 그 중에 끝내는 스스로 자신의 하문下門:여자의 생식기을 버려 자진자살하는 여인들도 적지가 않다고 합니다.

인육 장수에게 잡힌 여인들의 실정이 이러하니 우리들 소임으로서는 소수를 희생해서라도 많은 인명을 구하기 위해서 찰방사라는 신분을 드러낼 필요도 없이 무작정 급습하여 그 인면 수심人面獸心의 족속들만 모조리 처치하면 그뿐이 아니겠소?

그놈 족속들은 오십이 아니라 백 놈이라도 우리 두 내갑장이 거뜬히 몰살시킬 수 있을 터이니, 무조건 살상을 삼갈 게 아니라 앞으로의 수많은 아녀자들을 염두에 두어서라도 그런 악질 종자들은 미연에 박살을 내는 수밖에 없습니다. 그렇게 작정하고 어서 떠납시다.”

살무사 윤내갑장도 과거 누이를 통해 들은 실상들까지 장황하게 예로 들며 급습할 것만을 종용하고 있었다.

“휴우, 살상은 피할 도리가 없으면 줄이는 방도라도 모색해 보세나. 내 생각에는 이럴까 싶은데 들어보시게. 나는 김치양이란 작자와는 자랄 때부터 절친한 소꿉친구요 단짝 술친구였다네. 그리고 지금으로부터 십이삼 년 전쯤 그 작자의 혼인날 전안례奠雁禮:결혼 예식을 올릴 때, 그 김치양 부모의 모습도 얼핏 보았었네. 그 당시에 그 부인의 용모는 말로 형언할 수는 없었으나, 보통 용모에 엄숙기가 가득한 생김새로 절염한 미인이었다네.

그 때 나이 열일곱에 시집을 왔었으니 지금은 삼십대 초반쯤 됐을 걸세. 하나 그들이 혼인한 후로 나하고 그 사람하고는 성격과 세상 사는 길이 서로 달라서 나는 부모를 따라 산간 벽촌에 들어가 과거 시험 공부를 하게 되었고, 그 친구는 당시 조상 대대의 재산이 많은 때라, 천직이 계집질이니 결국 파락호에 이르렀네.

하지만 그래도 운수 대통으로 어쩌다 천추태후를 건드려 우복야 삼사사란 벼락감투까지 쓰게 되었는데, 나는 그 동안 만난 적이 통 없었다네. 왜냐 하면 나는 그런 꼴들이 보기가 싫었거니와, 그 사람을 만나보았자 주위의 이목들에게 애꿎은 손가락질만 받게 되지 않을까 하는 우려 때문이었지.

그런 탓으로 그 친구와는 자연히 멀어지게 되었네. 그리고 그 부인의 생김 새와 부모들의 모습도 많이 변했을 것이니, 그들을 찾아내기란 매우 어려울 것일세. 더구나 그 부인의 이름도 모르는 처지에선 더욱 난처한 일이 아니 겠나?

그러니 내 생각으로는 그 인육 장수의 소굴을 덮치기 전에 김치양이 살고 있었던 마을에 가서 인근 사람들에게 행방 소재를 수소문하면 다소간에 그 들의 소재지는 알 수 있을 것 같으니까 일단 가서 추이를 살펴보고 나서 방 도를 찾아보는 것이 도리가 아니겠나?"

"좋은 방법이오. 일단은 김치양의 살던 마을에 가서 결과를 보고 난 뒤 에 방법을 의논해 보도록 합시다."

두 내갑장은 회의를 끝내기가 무섭게 자리에서 일어나려고 했었다.

"잠깐. 조급한 일이기는 하지만 출동하자면 모두가 미복으로 변장해야 될 것이니 잠시 기다리시게."

찰방사 유충정이 방문을 나서려 할 때 그의 아내는 세 사람의 복장들을 마련한 듯 정중히 방 안에 들여 놓고 나갔다. 유충정의 아내가 갖다준 세 벌의 복장들은 평복이었다. 그 중 흰 명주 바지저고리로 한 벌은 흰 도포와 탕건에 입자笠子:갓까지 갖추어져 있었다.

"별안간 예상하지 못했던 일이라 채비가 없었으니 별수가 없구면. 내가 집에서 평상시에 걸치던 헌옷들일세만 빨아서 깨끗하니 그런 대로 갈아입 고 가세. 나는 상전으로 변장을 할 것이니 자네들은 하인으로 변장들 하시 게."

"예. 그렇게 변장을 해야죠. 어서 갈아입읍시다."

세 사람은 무복武服과 검포 옥대의 관복을 벗고 평복들로 각기 갈아입었다. 두 내갑장은 평복에다가 망건에 흰 수건을 질끈 매었고 신발은 삼을 꼬아 여섯 날로 삼은 미투리로 단장했다. 유충정은 흰 도포와 입자에 신발은 갖신가죽으로, 마치 명문가의 선비가 하인들을 이끌고 나들이하는 풍아한 모습들이었다. 유충정은 두 내갑장을 이끌고 자남산子男山 기슭에 위치한 김치양의 옛 마을인 양지골을 향하여 발걸음을 재촉했다. 양지골은 만월대 궁궐이 있는 도성 안으로 송악 장안에서 십여 리 떨어져 있는 삼백여 호의 마을이다.

마을 입구에 들어선 유충정은 좌우를 두리번거리며 한참 들어가다가는 낯이 익었던지 고대광실高臺廣室:굉장히 크고 좋은 집에 고래등 청기와의 웅장한 집 앞 마당 어귀에서 발걸음을 멈추었다.

"바로 이 집이 김치양이란 작자의 옛집이었다네."

유충정은 두 내갑장에게 귀띔을 해 주었다.

"와, 웅장하군요. 한아름 기둥으로서는 고래등 기와집이 좀 퇴색했어도 몇 대쯤 떵떵거리고 살았던 집 같습니다."

"옛날 소꿉친구의 말을 듣자 하니 몇 대가 아니라 십일 대를 내로라 하던 부호 대가라고 하네. 그러니까 한 이백 년쯤은 넘은 셈이라네."

"흥, 일신상의 욕심만을 채웠던 족속들은 언제 어느 때건 흥망 성쇠가 있다더니 이 집안도 결국은 자손들을 잘못 둔 모양이니 천벌로 파락호가 될 수밖에 별 수가 있겠소."

"그러기나 말일세. 이놈의 작자가 지금은 천추태후의 짝이랍시고 감투까지 썼다 한들 언젠가는 인과응보로 벌을 받을 것일세. 따라서 최후에는 염라왕 앞에 혹독한 심판을 받을 때가 닥칠 것이네 이 점이 나로선 친구지간이라 민망스러운 일이로세."

"그러시겠죠. 한데 의문점은 김치양의 심보가 아무리 음험하다기로서니 제 혈족인 부모 처자들을 팔아먹었다는 것은 일신상의 생사에 아쉬움이 있었던가, 또는 야망을 위한 자본 마련을 위한 것이었던가 나로서는 도무지 알쏭달쏭한 의문이구려."

"글쎄나? 소꿉친구요, 단짝 술친구였던 나 자신도 알지 못한 것이라, 그러한 속마음까지는 모르겠네만, 무슨 곡절이 있었는가는 캐보면 앞으로 밝혀지겠지."

세 사람은 대화를 나누며 마당 어귀에서 대문 쪽의 동정들을 살피고 있었다. 대문 앞의 추녀 위에는 술 주酒자를 그린 흰 깃발이 높이 걸려 있고, 그것이 바람에 펄럭이며, 활짝 열린 대문 안쪽에서는 몇 명의 젊은 아낙네들이 술상을 들고 이리저리 왔다갔다 하고 있었다. 그리고 그 안에서는 술꾼들의 흥타령에 부어라 마시어라 하는 흥청거리는 소리와 장단을 치는 소리도 적적치 않게 흘러 나오고 있었다.

"집주인이 바뀐 집이라, 새 주인이 들어와서 주점을 차린 모양이군. 일단은 들어가 보세."

유충정은 앞으로 다가가서 섬돌에 올라가 대문 앞에 섰다.

"일이리 오너라! 일 오너라!"

철방사 유충정이 목청을 크게 돋우어 주인을 불렀다.

"뉘시오니까?"

주모로 보이는 서른대여섯쯤 되어 보이는 여인이 응대하며 달려 나왔다.

"나는 김서방의 친구가 되는 사람이올시다. 김서방 있습니까?"

"예엣? 김서방이라니, 원래 주인인 김치양이라는 분 말씀이시오?"

"예. 그렇습니다. 어서 김서방에게 십여 년 전 단짝 술친구였던 유서방이 찾아왔노라고 전갈해 주시오."

"어머나, 친구시라면서 어찌 그 양반이 이 집에 없는 줄도 모르시오?"

"뭣이? 김서방이 이 집에 없다니, 어디로 이사 갔단 말이오?"

"예, 이사 간 거나 다름없지요."

"김서방이 이사 간 거나 다름없다니, 그게 무슨 말씀이오? 나는 글공부하느라 벽촌에서 십여 년 만에 찾아온 실정이니 자상히 일러 주시오."

찰방사 유충정은 천연덕스럽게 놀라는 표정을 하면서 물어보았다.

"오오라. 벽촌에서 글공부를 하시느라고 십여 년 만에 찾아오시는 길이라면, 그 동안에 있었던 그분에 대한 사연은 전혀 모르시겠군요. 그분에 대한 사연은 쉰네가 알기에도 간단한 얘기가 아닙니다. 모처럼 만에 오셨으니 안에 들어가시어 편히 앉아서 차분히 말씀드리겠습니다. 들어오십시오."

주모는 유충정 일행을 안채로 인도했다.

"예, 고맙습니다."

유충정 일행은 긴장한 표정을 하고 주모를 따라 들어갔다.

춘이월이라 이른 농경기라서 그런가, 똬리처럼 즐비하게 늘어서 있는 봉놋방들에는 두세 명씩의 농군과 한량들이 안주기생과 매미기생을 한두 명씩 옆에 놓고 부어라 마시어라 하며 코맹맹이의 홍가락이 한창인 가운데, 유충정 일행이 안내된 곳은 안채에 있는 육간 대청으로, 비록 온돌방은 아니나 조용하고 아담한 곳이었다.

"어참, 조용해서 좋습니다. 기왕 여기까지 온 김에 우리도 출출하니 한잔해야겠소. 여기 안주 푸짐하게 해서 술 한 상 차려 주시오."

유충정은 주모가 안내하여 주는 보료에 앉으며 술상을 청했다. 영업집이니 도리상 술 한 상이라도 팔아줌으로써 다소간에 격의가 없는 친근감으로

접근해 김치양의 부모 처자들에 대한 행방 소재를 알아보려는 속셈이었다.

"선비님, 주안상은 조금도 부담스러워 하지 마십시오. 모처럼 오셨다가 김치양이란 분을 못 만나시니, 이 일이 안쓰러워서 쇤네라도 대신해서 술 한 상 올릴 참이었어요."

주모는 아연 실색하여 대청을 내려서면서 유충정의 청을 일축했다.

"아니오. 우리는 점심때라 시장도 할뿐더러, 이 친구 집안에 어찌 된 사연인지 그 내역만이라도 친절히 일러 주시는 사의謝意:감사하게 여기는 마음이나 뜻에서 청하는 것이니 사양치 말고 고량 진미로 풍성하게 차려 주시오."

"굳이 그러시겠다면 도리어 감사합니다요. 선비님."

주모는 사례를 하면서 부엌으로 총총걸음을 했다. 그리고 주방에서 일하는 아낙네들에게 차릴 것들을 지시한 뒤 곧 돌아와서는 유충정 일행과 대청에 마주 앉았다.

"김서방의 식솔들이 언제 어느 곳으로 갔으면 어떤 사연들인지 술상을 들기 전에 차분히 일러 주시오."

유충정이 넌지시 캐물었다.

"예, 쇤네가 옛날 김씨 집안의 이웃에 살았었으니 아는 것은 대강이라도 말씀드리겠습니다. 이 사연을 아시자면 옛 조상부터 대강은 짚고 넘어가야 알기가 쉽습니다.

그 김서방인가 김남방인가 하는 분은 선비님께서도 막역한 친구지간이라 하시니 자알 아시겠지만, 그분의 십일대 선조인 김역기金力奇:신라 40대 애장왕 때의 인물란 분이 당나라 왕실덕종왕德宗王과 왜나라 왕실일본 간부텐노:환무왕황 桓武王皇을 드나들면서 인육 장사를 하여 엄청난 돈을 벌어서 여러 군데에 기름진 농토들만 사백여섬지기120만 평의 땅을 가지고 있었답니다.

그 후로 십여 대가 그 땅을 소작인에게 주어 농사를 짓게 하고, 그 해 추수 때가 되면은 소작료로 들어오는 쌀이 무려 삼천 석이라니 부호도 대부호였답니다. 하인과 사병들을 팔십 명이나 거느리고 있었어도 다음 해 추석 때까지도 쌀 오백여 석은 남아돌더랍니다. 그렇게 십여 대가 흥청망청하게 지내다 보니 그들이 하는 일이라고는 오로지 딸들은 서방질이요, 아들들은 계집질뿐이라, 결국 난봉질은 그 집안의 족보요, 천직이 되었었죠. 지금 대에 이르러 김치양이란 분도 족보에 따라 천직이 계집질이라, 가정을 돌보지 않고 계집 사냥만 하고 있었던 차에 십이 년쯤 전에는 느닷없이 전국 방방곡곡에 특별히 소문난 미녀를 아내로 맞이한답시고 사병들 이십여 명을 명색이 채홍사격으로 각지에 풀었었는데, 이 때에 운수 사납게도 걸려든 절세미인이 지금의 조강지처랍니다.

이 여인은 문무 양반이라는 중매쟁이의 속임수에 넘어가 시집을 온 것이죠. 우리 여인들이 보기에도 너무나 절염한 여인이요, 마음씨나 행실도 선녀와 같았답니다. 지금 그 여인의 나이는 서른 중반쯤 되었죠. 그런데 그 김치양이라는 분은 궁궐인가 대궐인가 그 곳에 있는 여자에게 빠진 후로 집에 붙어 있는 날이 별로 없다가, 칠팔 년 전부터는 자주 들락거리면서 논을 매각한다 밭을 매각한다 하고 누에 뽕잎 갉아먹듯 하더니, 결국에는 파락호가 되어 근래에 집에서는 끼니 굶기를 밥 먹듯 했었답니다.

그래도 순해 빠진 그 여인은 남편이 난봉질을 하건 논밭을 팔아 없애건 어련히 알아서 하랴 하고 믿고 있었죠. 그리고 이 마을 저 마을을 돌아다니면서 삯바늘질이다 부엌일이다, 또한 서투른 농사일과 삯일까지 하여 시부모와 자녀들을 극진히 부양하여 왔었답니다. 그렇건만……"

이 때 상차림이 다 된 듯 주방 여인이 큼직한 개다리 주안상에 냄새도 구

수한 통까투리 한 마리를 차려 들고 올라와 세 사람 앞에 공손히 내려 놓고
물러갔다.

"아주머니도 한잔 같이 듭시다."

유충정은 상 앞에 다가앉으며 합석을 권유했다.

"아니오. 저는 술장사는 해도 술이라곤 냄새도 못 맡는답니다. 그 대신
따라 드리기는 하지요."

주모도 주안상 앞에 가까이 다가앉았다. 그리고 두 손에 백자 호리병을
들어서 세 사람의 술잔에다 술을 따르고 있었다. 유충정은 술잔을 들어 단
숨에 들이켜고 나서는 주모의 말을 재촉했다.

"우리가 따라 마시리다. 하시던 말씀이나 어서 이어 주시오."

"예, 말씀드리겠습니다. 그 여인이 삯일을 해서라도 가정만은 지키겠다고
안간힘을 다 하고 있는 데도 보름 전에는 상상하지도 못했던 날벼락이 이
집에 떨어졌답니다.

그 여인은 인육 장수에게 현미 이백 석에 끌려 가고, 철부지 어린 두 남매
는 어느 부호집에 노복감으로 현미 열 섬에, 그리고 오십대 중반의 노부모
도 어느 부호집에 행낭 청지기로 현미 다섯 섬에 팔려 갔답니다.

그 김치양이란 분이 어떤 사정으로 부모 처자들을 개 돼지처럼 팔아 자
셨는지 내역은 모르겠으나, 어쨌든 파락호가 된 가정을 그나마 유지도 못
하게 산산조각으로 만들게 된 것은 엄연히 그 조상들의 탐욕과 무절제로
인해 천벌을 받는 것이 당연지사가 아니겠습니까. 더군다나 그분의 팔난봉
으로 인하여 수많은 가정들이 파탄을 당하였으니, 그들 조상에게까지 원성
은 말이 아니랍니다.

수치스러운 말씀입니다만, 저도 팔 년 전까지는 슬하에 이남 일녀로 삼남

매를 둔 어엿한 가정 주부였답니다. 그러나 그 때 김치양이란 작자에게 겁
간劫姦을 당하여 결국 시집에서 소박 맞고 쫓거나, 친정에서 한동안 의지하
고 있다가 달포 전에는 이 집을 현미 오십 석에 판다는 소문을 듣고 친정에
서 도움을 받아 이 집을 사서 이렇게 부질없는 한 생애나마 심심 소일로 영
위하게 되었답니다.

　우리 가정을 파탄시킨 그분에 대한 원한은 저승에 가서도 잊혀질 수 없는
일입죠.”

　“어허, 이제 듣고 보니 그 친구 너무나 엄청난 범죄를 저질렀었구려. 지금
그 가족들은 어디에 어떻게 지내고 있는지 아시오?”

　“글쎄요? 요즈음 들리는 소문에는 김치양이란 작자는 궐 안에서 어떤 요
사한 음탕녀를 만나 죽자 살자 하고 붙어살며, 무슨 큼직한 감투까지 쓰고
떵떵거린답니다. 그리고 쇤네 집에 틈틈이 술 마시러 오는 인육 장수 집 사
병들의 이야기를 들어보면 그 조강지처였던 여인은 송악사 오정골에 있는
복매당福妹堂에 감금되어, 몸을 허락하지 않자 밤낮을 매질로 보내고 있다
하며, 요즈음에는 식음도 전폐하고 오직 죽는 날만 고대하고 있다는 소문
입니다. 그리고 그분의 두 자녀와 노부모의 소재는 끌려 가던 날 밤 수레를
끌었던 어느 마부가 소문을 퍼뜨렸다 할 뿐, 보복이 두려웠던지 행방은 잘
모르겠다고 하더군요.”

　“오, 그렇습니까? 혹시 그 여인의 성씨나 이름은 알고 계시오?”

　“예, 본이름은 몰라도 인근에서는 자애스럽고 미모가 절염하다 하여 염
자 마님이란 존칭을 얻었었고, 친정은 고려 개국벽상공신 신숭겸 장군의
증손녀로서 친정집은 서해도 평주西海道 平柱:지금의 황해도 평산 땅이라 합
다.”

"오호, 적군에게 포위당했던 태조 임금님의 위기를 모면시키고 대신해서 장렬하게 머리를 잘라 바친 충장 신숭겸 장군의 증손녀라, 이거 큰일났군. 궐 안에서 임금님이나 백관들이 이 사실을 알면 크게 경악할 일이군요. 좌우간 소상히 일러 주어 고맙습니다."

유충정은 심각한 표정으로 두 내갑장과 술잔을 기울이고 있었다.

"모처럼 친구분을 찾아오신 길에 제가 공연히 주책없이 좋지 않은 흉허물만 떨어 송구합니다요. 선비님."

"천만에요. 내가 모르던 일을 일러 주시니 고맙기 이를 데 없습니다. 아무리 막역한 친구지간이라도 불순한 것은 알아야 하고, 또 아는 것은 시정시켜야 하는 것이 친구지간의 참된 의리가 아니겠소.

그 친구란 놈은 막된 놈이지만, 애꿎은 부모 처자들은 될 수 있는 한 구해야겠다는 뜻입니다. 한데 그 부인은 살아만 있다면 어떻게든 구출해 볼 것이나, 그 노부모와 두 자녀들은 소재 행방도 모르니 그것이 난처한 일이로군요."

"선비님의 어지신 말씀에 쇤네로서는 감읍할 따름입니다. 하지만 쇤네가 방정을 떠는 짓인지는 모르나, 짐작하건대 그 노부모는 과거에도 아들의 좋지 않은 행동을 통탄하며 자결을 하려고 비상을 몇 번씩이나 넘기려던 분들이라, 지금 이러한 원한 맺힌 세상에서는 살아 계실 것 같지가 않습니다. 그리고 두 자녀는 아직 철부지들이라 어미만 찾을 것이라 하여 아주 멀리 격리시켰기 때문에, 아이들이 연락할 줄 모를 것이니 찾을 길은 막연한가 봅니다요."

"알겠습니다. 그래도 행여 알 수 없는 일들이라 우리가 종종 들를 것이니 아주머니께서는 수고스럽지만 될 수 있는 한 그들 노부모와 두 자녀들의 소재 행방을 알아 봐 주시오.”

“아암요. 그들 노약자들에게 도움이 되는 일이라면 쇤네도 피해자 입장
에서 어련하겠습니까. 행여 행방이나 소제가 들릴지도 모르니 가끔 들러 보
십시오.”

“예. 고맙습니다. 아주머님, 우리는 이제 모처럼 나온 길에 복매당에 갇
힌 여인이나마 땅거미가 지기 전에 찾아볼 작정이니 따라 놓은 술잔이나 들
고 물러가야 되겠습니다.”

유충정은 두 내갑장들과 같이 따라 놓은 술잔들을 단숨에 들이켰다.

“예. 불쌍하게 끌려간 그 여인이라도 하루빨리 구제가 되었으면 하고 이
마을의 아낙네들은 비는 마음 간절하답니다. 선비님. 될 수 있는 한 힘써
주시오.”

“정성을 다 해 보리다. 오늘 잘 먹었습니다. 우리들의 술값은 얼마이지
요?”

유충정은 자리에서 일어나면서 술값을 물었다.

“술값은 그만두십시오. 그 여인에 대해서 성사 여부는 보아야 알 것이나
어쨌든 나서보신다니 흐뭇한 말씀이라 쇤네는 받은 거나 진배없으니, 그냥
돌아가시고 다음에나 주십시오.”

“어허. 그러시면 안 되오. 하늘에서 떨어진 공술도 아닌데 공짜가 어디
있소? 우리는 나름대로 출출하고, 또 아주머님께서 고맙게 일러 주신 사의
도 있고 해서 청한 것이니 사양 말고 받으십시오.”

“선비님. 정히 그러시다면 장삿속이라 별수없이 받겠어요. 두 냥 닷 푼만
주십시오.”

“어허. 우리들이 지금까지 먹은 게 두 냥 닷 푼밖에 안 됩니까? 여기 있

습니다. 닷냥 값어치를 먹었으니 닷 냥은 받으셔야 될 겁니다."

유충정은 도포 소매 속에서 엽전 닷 냥을 건네주고 대청을 내려갔다.

"어머나. 차려 드린 것도 별로 없는데 이렇게까지 많이 주시다니 이를 어쩌나."

"어허. 그 값어치를 먹었으니 그 값을 내 놓은 것일 뿐 아무런 부담이나 어렵게 생각하실 것 없습니다. 다음에 종종 찾아올 것이니 그들의 행방 소재나 알 수 있는 한 힘써 주시오."

"예. 쇤네 집에 드나드는 손님들은 물론 원근 마을에도 발을 놓아 행방 소재를 알아보겠습니다. 자주 들러 보십시오."

"예. 부탁합니다. 그럼 수고해 주시오."

유충정 일행은 대문을 나서는 길에 곧장 송악산을 향하여 득의 양양한 표정들로 발걸음을 재촉했다. 개경 도성 안에 인육 장수의 집이 오공산 인근과 송악산 인근에 있는 오정골이 두 군데 있다는 것은 털보 최갑장이 알고 있었지만, 그 중에서도 송악산 앞 오정골이란 주모의 말이 확실시되었으니 두리번거릴 것도 없는 훤한 길이었다.

그리고 오정골은 백여 호밖에 안 되는 조그마한 마을로, 송악산 계곡 중턱에 자리 잡은 숭교사崇敎寺로 올라가는 길목의 입구에 있는 마을이다.

철방사 유충정과 두 내갑장이 이윽고 인육 장수의 소굴인 복매당 앞뜰 어귀에 먼발치서 걸음을 멈추고 서서 잠시 그 집 안팎의 동정들을 살폈다.

누각 대문 중방에는 한자로 '福妹堂복매당'이란 대문짝만한 커다란 현판이 붙어 있었고, 그 집의 대문 앞에는 정예 군영 모양 당파창을 들고 두 병사가 입초를 서고 있었다. 널따란 그 안마당의 좌우에 둘러앉아 삼십여 개의 한 일ㅡ 자처럼 커다란 방들은 첫눈에도 수하의 사병들과 인육감으로 억류되어 있는 여인들의 숙소임을 직감하게 했다. 그리고 그 깊숙한 안마당을 가로질러 기와를 쓴 웅장한 고대 광실 높은 집이 위엄 있게 십이 층 계단 위에 앉아 있고, 복매당 둘레에는 한 키 높이의 돌담이 삼엄하게 에워싸고 있어, 어느 군사들의 본영 같은 분위기였다.

세 사람이 무슨 계책인가 협의를 하여 복매당 안팎의 동정을 살피고 있을 때였다. 공교롭게도 이 때 아랫녘 숭교사로 올라가는 행길에 형부성 관복의 관원 하나와 십여 명의 형리들이 삭발한 소년 하나를 호위하며 지나가고 있었는데, 세 사람의 시선은 황소만한 눈으로 삭발 소년에게 쏠렸다.

"어어? 안세왕자님이 아닌가?"

"글쎄? 안세왕자님 같은데?"

하며 털보 최내갑장과 살무사 윤내갑장은 놀라는 표정으로 말을 주고받았다. 두 내갑장의 말에 따라 찰방사 유충정도 알아보았다.

"내 눈에도 그런 것 같구먼. 그렇다면 대관절 안세왕자님이 느닷없이 삭발로 끌려 가시다니, 어찌 된 일일까?"

"어사님. 소인이 달려가서 진부를 확인하고 올까요?"

털보 최내갑장이 유충정에게 물었다.

"침착하시게. 형부성 형관들이 호위해서 가는 걸 보면 필시 왕명에 따른 일일 것이네. 섣불리 나섰다간 안세왕자에게 역효과만 가중시킬까 우려되니 조심해야 될 걸세. 소문도 없이 엉뚱하게 까까머리로 절간에 가는 걸 보면 삭발 위승을 하게 한 것이니, 보나마나 궐 안에서 이상스러운 알력이 있었는가 보네. 어쨌건 이 곳 숭교사에 입산하는 것만은 분명하니 그쯤만 알고 우리는 지금 맡은 소임이나 수행을 하고 나서 궐 안에 들어가 보는 수밖에 없는 일 아닐까? 그럼 여기부터 들러보세나."

유충정은 두 내갑장을 이끌고 누각 대문 앞으로 다가섰다.

"누구시오?"

두 입초 중의 한 명이 당파창을 지켜들고 가로막으며 외쳤다.

"나는 송나라 개봉開封:남송南宋의 수도 임안臨安 항주杭州에서 온 사자이니라. 어서 상전 어른에게 전갈을 하여라."

유충정은 유유히 다가서며 엄숙히 전갈할 것을 재촉했다.

"오, 개봉에서 오신 사자님이십니까? 잠깐 기다리십시오."

다른 입초 하나가 대문 안으로 달려 들어갔다. 잠시 후 입초가 돌아나와서는,

"상전 어른께서 모셔 들이랍시는 분부십니다. 저를 따라 오십시오."

하며 앞장 서서 안내를 했다. 유충정과 두 내갑장은 여유롭게 뒤를 따라 들어갔다. 왼쪽에 있는 방들은 사병과 노복들만이 기거하는 곳인 듯 툇마루에 앉아 있는 것을 보면 사내들뿐이었고, 오른쪽에는 보쌈 또는 억류당한 여인들만의 거처인 듯했다. 아름다운 여인들이 사람 구경을 못 했던지 미닫이 방문들을 활짝 열어놓고서 바깥을 내다보는 데 정신이 없었다. 그 여인들을 유충정은 눈을 부릅뜨고 마치 사열이라도 하듯이 하나하나씩 훑어보면서 들어갔다.

그러나 십여 년 전 혼인 때 보았던 김치양 부인의 모습은 고사하고 흡사한 얼굴 모습도 눈에는 뜨이질 않았던 것이다. '오래 전에 죽어 버렸거나, 아니면 얼마 전에 운명 했거나, 어쨌든 허탕을 치는 것이 아닐까?' 하고 유충정은 마음이 긴장되었으나, 기왕지사 들어온 것이니 결과는 끝까지 들어가 볼 일이었다.

유충정 일행이 안내된 곳은 십이 층계의 섬돌을 올라 고대 광실의 대청 옆

에 있는 응접실이었다. 사십대 중반에 보기에도 능글능글한 주인이 나와 유충정 일행을 정중히 맞아들였다. 유충정은 방 안에 들어가 보료에 주인과 마주 앉고, 두 내갑장은 하인답게 방문 옆에 무릎을 고이고 나란히 앉았다.

"손께서는 송나라 개봉에서 건너 오셨다지요?"

"예. 송나라 중대성中臺省 좌정승공左政丞公의 사자로 오게 됐습니다."

유충정은 제법 그럴 듯한 직함까지 행색을 주워댔다.

"오. 그러시오. 먼 길을 오시느라 노고가 많으셨겠소."

"예. 육로로 말을 타고 왔기 때문에 별로 큰 고생은 없었습니다."

"호, 그러셨군요. 한데 이 곳엔 어인 행차시오?"

"예, 미색 있는 가인佳人을 구하고자 왔습니다."

"오호. 미색이 있는 가인이라! 어떤 연유로 구하시오?"

"예, 사연을 대충 여쭙겠습니다. 개봉에 계신 좌정승께서는 여러 처첩들이 있습니다만, 사십이 가깝도록 아직 일점 혈육이 없습니다. 그런데 요즈음 근친들께서 조르시기를, 고려의 여인들이 예쁘고 수태도 잘 품는다기에 불원 천리하고 모처럼 오게 됐습니다."

"오, 미모가 절염하고 아기를 잘 품는 여인이야만 되겠구려."

"예, 아기를 한둘 낳아 본 여인이 있으시면 더욱 적합합니다."

"호— 예. 마침 안성맞춤으로 한 계집이 있기는 합니다만 고집이 억센 계집이라 어떤 사내고 막무가내로 몸을 허락하지 않고, 요즈음 며칠째는 식음도 전폐하고 있어 지금 고심 중에 있소마는 어떻게 자알 구슬러 봐야겠소."

"오호. 그렇게까지 정조를 지키려는 여인이 이 곳에는 어떻게 들어왔습니까?"

"그야 본서방이 감언이설로 이 곳에 팔아넘긴 것이지요."

"오, 그렇다면 그 여인은 어찌겠다는 생각이지요?"

"그 계집의 옹고집은 패륜된 사내일지라도 지아비가 있는 몸이오. 또 시부모와 두 자녀를 부양해야 된다며, 살던 집으로 무작정 내보내 달라는 고집도 쇠고집이라오."

"오, 그렇던가요. 대관절 그 여인은 얼마에 팔려 왔습니까?"

"내가 이십 년 가까이 사람 장사를 합니다만 그 중에서 유별나게 값나가는 계집이오. 송나라에 끌고 가면 에누리 없이 현미 육백 석은 받을 수 있는 계집이라 서슴지 않고 현미 이백오십 석에 선뜻 사들였소. 그러나 내가 교육 삼아 몇 번 건드리려 해도 할퀴고 물어뜯으며 한사코 몸을 허용하지 않을뿐더러, 요즈음에는 입에 풀칠조차 안 하니 이러다간 생송장으로 거덜나는 장사가 되겠기에 지금 고민 중이라오."

주인은 이백 석에 사고도 오십 석을 더 붙여 이백오십 석에 샀다고 했다. 장사꾼들의 일상적인 상술인 모양이었다.

"오호. 이백오십 석에 사셨다면 굉장한 값이군요. 얼마나 예쁘기에, 그렇게 비싼 계집이오?"

"계집이란 체격이나 성품에도 달려 있지만, 주로 사내들의 오금을 못 펴게 하고 눈도 멀게 할 만큼 절염한 미모를 갖춘 것이라고 비싼 것은 아닙니다. 지금 우리 집 울 안에 반반한 풋내기들이 서른대여섯 년이 있어도 모두 사오십 석 미만에 불과합니다만, 이 계집만은 두 새끼를 낳았어도 그 절염한 미모는 조금도 손색 없이 절대 값어치를 지니고 있는 독특한 계집입니다."

"흐흐. 그렇다면 좋소. 소인이 자알 구슬려서 데리고 가게 된다면 얼마나 받으실 작정이오?"

"그야 내가 송나라에까지 힘들여 가지 않고 이 자리에서 넘기는 물건값이니 싸게 드려야겠죠."

"글쎄, 싸게 주신다면 얼마나 받으시겠다는 뜻이오?"

"어허, 에누리 없이 오백 석이오."

"좀 비싸구려. 좋소, 얼굴이나 한 번 선을 보고 나서 더 주든 덜 주든 흥정합시다."

"예, 선은 보도록 끌고 오겠습니다만, 우선은 유의할 것이 그 쇠고집을 어떻게 굽히느냐가 문제이니만큼 자알 구슬려 보시오. 곧 데려 오리다."

주인은 보료에서 일어나 밖으로 나갔다. 잠시 지나 여인의 몸부림 치는 발악 소리가 들리며, 사병 세 사람이 여인 하나를 끌고 들어와서는 방 안에 밀어 놓고 물러갔다.

주인은 방 안에 들어와 보료에 다시 마주 앉았다. 여인은 방 구석으로 자리를 피해서 엎드린 채 어깨를 들먹이며 울기만 하고 있었다. 며칠째 식음을 전폐하고 있었다는 주인의 말대로 보기에도 가냘프고 수척한 모습이었다. 유충정은 우선 그 여인의 얼굴 모습을 확인하려고 애를 쓰고 있었으나 엎드려 낯을 가린 채 울고 있으니 심히 안타깝고 난처한 일이었다.

"아낙은 듣거라. 나는 송나라의 중대성 좌정승공의 심부름으로 건너온 사자니라. 오늘 듣자 하니 너는 소박 맞은 처지요, 또 이제 어쩔 수 없이 사고파는 흥정물에 불과한데 어찌 네 맘대로 몸값에 응하지를 않으려 하는가? 무슨 피치 못할 사유 곡절이라도 있는가? 나로서는 도저히 이해가 안 가는구나.

송나라 좌정승댁에 들어가 아들만 낳아 주면 너는 극진한 귀염과 재산은 물론, 정경부인貞敬夫人:정1품으로 자자손손 떵떵거리며 지내게 될 터인데, 어인 까닭이냐? 네가 나를 꺼려하면 나도 굳이 보쌈질까지 해서 데려갈 사람은 아니니 마음을 놓고 편히 앉아서 허심 탄회하게 사연을 일러 보아라.”

유충정은 엄숙히 온화한 말로 일어나 앉기를 요구했다. 일어나 앉기만 하면 십이 년 전 혼사 때의 그 얼굴 모습을 잠깐이라도 보아 확인할 수 있을까 하는 의도에서였다. 그러나 여인은 얼굴 모습을 드러내는 게 몹시 두려웠던지 고개를 들지 않고 땅바닥에 엎드린 채,

“쇤네가 비록 운수가 기구하여 지아비에게 소박은 맞았어도 좋건 나쁘건, 또 같이 살건 멀리 떨어져 살건 일부 종사는 인륜 대사의 준칙이니 한평생 지아비가 아니리까. 하온데 어찌 한 몸으로 두 지아비를 섬길 수 있겠나이까. 여쭙기 외람되오나 송나라에서는 우리 고려 나라를 일컬어 동방예의지국이라 칭송하질 않습니까? 그렇게 칭송까지 하시면서 어찌 우리 고려에 오시어 이런 소굴을 몸소 찾으며, 애매한 부녀자들을 개 돼지같이 사고팔게 하십니까? 사자께서는 만일 부인이나 따님이 이런 꼴을 당한다면 그래도 부추기겠습니까? 내 살이 아프면 남의 살도 아픈 법이랍니다. 어서 희롱을 하지 마시고 우리 아녀자들을 밝은 세상으로 돌아가도록 주선하여 주십시오.”

여인은 언사 중에서도 단 한 번도 고개를 들지 않은 채 힐책으로 대꾸할 뿐이었다.

“어허, 사람이란 한생을 살다보면 기복이 있는 법이니, 이에는 환경이나 처지에 따라서 사는 것이 인생인데, 어찌 예의 범절만으로 지탱할 수 있겠느냐? 이역땅 송나라에 가면 극진히 귀염받으며 부귀 영화도 떵떵거리고 누릴 수가 있을 텐데도 무작정 한 번 맞았던 사내 외엔 절조를 굽히지 않겠다니 그런 옹고집이 어디 있더란 말이냐?”

“예, 쇤네는 천만번 고쳐 죽어도 절조만은 더럽힐 수 없습니다. 쇤네는

시부모님과 나이 어린 두 자녀가 애타게 학수 고대하며 기다리고 있는 몸이니, 어서 이 생지옥을 벗어나게 하여 주십시오. 간절히 소청을 드립니다, 사자님."

"네 말뜻은 알아듣겠다만 말소리만으로는 진심인지 건성인지 나로선 모르겠구나. 진부는 너의 언사와 표정도 총괄을 해 봐야 이해가 될 것이니 서로 대화하는데도 인사상 예의가 아니겠느냐? 어서 꺼려하지 말고 편히 일어나 앉아서 진부를 솔직하게 일러라."

유충정은 여인의 얼굴 모습을 일각이라도 확인하려고 별별 핑계까지 대가며 애쓰는 표정이었다. 그러나 여인은 악착같이 자신의 얼굴 모습이 비치는 게 민망한 듯 엎드린 채 아무런 반응도 없었다. 실로 난감한 일이었다.

여인의 말본새나 품행으로 보아서는 고려 개국벽상공신 신숭겸 장군의 직계 증손녀라는 것은 짐작이 가지만, 그래도 확실한 것은 십이 년 전 김치양과의 혼인 때 그 모습의 유사점이라도 찾아야 되는 것이었다. 얼굴 모습을 보지 않고 성씨나 염자 마님이란 것만 알아도 확인될 수 있을 것이니, 이 자리에서는 주인 있는 앞이라 의심스럽게 물어 볼 수도 없는 안타까운 처지였다.

"손께서는 말로만 하지 말고 단정히 일어나 앉아서 진부를 일러 보라 하시질 않느냐?"

주인은 벌컥 노호성을 질러댔다. 그러나 여인은 마의동풍으로 더욱 수그러들 뿐이었다. 이를 보다 못 한 털보 최내갑장이 일어나 여인에게 다가서서 번쩍 일으켜 앉히며 일갈했다.

"아녀자가 어른께 진술하게 말씀을 올릴 때는 단정히 일어나 앉아서 예의를 따르는 법입니다."

그리고 이어 최내갑장은 여인의 고개를 강제를 치켜세웠다. 이 때 비로소

유충정은 이 순간에 여인의 얼굴 모습을 얼핏 보아도 옛 모습이 다소는 확인된 듯,

"아니다. 앉을 것도 없다. 너의 뜻을 이제 알았으니 이만 물러가거라."

했다. 그러나 여인은 어인 일인가, 고개를 숙인 채 돌부처처럼 미동도 하질 않았다. 이 자리를 물러나는 게 문제가 아니라, 이 속박된 곳에서 무작정 풀려 나는 것만이 선결 문제였던 모양이었다.

"무엇인지 하고 싶은 말이 있는 모양이구나. 하고 싶은 말이 있으면 어려워 말고 일러 보려무나."

유충정은 온화한 음성으로 말을 건넸다.

"미천한 아녀자가 무엇 올릴 말씀이 있겠습니까만, 한 마디 청하고 싶은 것은 우리 고려 땅에 인신 매매란 송나라에서 시킨 거나 다를 것이 없으니 엄밀히 따져서 송나라의 책임이 아니겠습니까? 그러니 송나라 사자님께서는 이 기회에 이웃 나라요 형제지국으로서, 또 부모 처자들의 입장과 불륜스러운 치욕을 깊이 생각하서서라도 우리 나약한 아녀자들을 모두 자비롭게 구제하도록 주선하여 주시기만 천만번 빕니다, 사자님."

하며 여인은 엎드린 채 두 손을 합장 배수合掌拜手까지 한다.

"오냐. 인신 매매 문제는 내가 알아서 주선하겠다. 오늘은 나도 상전의 명을 받들고 건너온 몸이니 만부득이 한 계집만을 반드시 구해 가야 될 입장이다만, 너같이 절조가 굳은 여자들은 차마 데려갈 수가 없을 뿐만 아니라, 설령 허락한들 데려가지도 못하겠다. 그리고 내가 귀국하는 대로 이런 인신 거래는 즉각 없애도록 전할 것이니 그쯤 알고 물러가 있거라."

유충정은 제법 송나라 대국과 좌정승의 사자답게 위세를 떨었다.

"사자님의 말씀이 진심이신지 쇤네는 궁금합니다. 하늘을 두고 믿어도 되

겠습니까?"

"아무렴. 믿어야지. 장부 일언은 중천금이라, 사나이 대장부가 어찌 아녀자에게 거짓을 보일 수가 있겠느냐. 그리 믿고 이만 물러가 있거라."

"사자님. 망극지은罔極之恩이 하늘처럼 높으시고 장강 대해처럼 넓습니다. 사자님의 말씀을 가슴 속에 깊이 간직을 하고, 쇤네 이만 물러가 학수 고대하겠습니다."

유충정은 여인이 두 손을 가리고 예를 갖출 때도 그 손톱 사이로 얼굴 모습을 뚫어지게 보아, 십이 년 전 소꿉친구 김치양의 가례날 그 여인임을 완전히 재확인을 한 듯 흐뭇한 표정을 지었다. 그 동안 교육이랍시고 겁간을 당했건 안 당했건 확실한 연유는 모르겠으나, 어쨌건 살아 있어 준 것만으로도 찰방사 유충정으로서는 직책상 어지간히 반가웠던 모양이었다.

그러나 여인이 물러간 뒤로 방 안에서는 유충정과 주인의 눈초리가 서로 불쾌하게 부딪치며 긴장한 분위기가 감돌기 시작했다.

주인의 반감은 다름이 아니라 유충정이 절조를 굽히지 않는 여인은 안 데려 간다느니, 인신 장사를 못 하게끔 시정하게 한다느니 하며, 하늘을 두고 다짐까지 하는 투가 위선술 같지가 않았던 듯 불쾌한 눈이었다. 그리고 유충정의 반감은 연약한 아녀자들만 잡아먹고 사는 그 인간 백정에 대한 격분의 눈이었다. 긴장한 분위기가 잠시 흐르고 있을 때 유충정은 천연덕스럽게 정색을 하며 말머리를 꺼냈다.

"주인장, 지금 그 계집은 첫눈에 만점입니다만, 부양 가족이 있어 애틋하거니와 절조가 너무 완강하고 숙연해서 도의상 끌고 갈 수가 없으니 다른 계집이나 알선시켜 주시오."

"없소! 계집이란 어떤 계집이건 팔고사는 물건인데 마음에 든다면 무작정 보쌈 자루에 담아서라도 말 안장에 싣고 가면 그뿐이지, 무슨 절조 따위를 가리며 애틋하다시오!"

주인은 어지간히 기분이 불쾌했던지 소리를 버럭 지르면서 고개를 돌렸다.

"어허, 주인장은 고정하시오. 소인은 송나라 개봉에서 불원 천리하고 어렵게 건너온 손님이오. 그러나 완강하게 못 가겠다는 계집을 어찌 끌고 갈 수가 있겠소. 하지만 이 곳까지 기왕지사 온 김에 부득이 한 계집만은 데리고 가야 될 입장이니 만일 마땅한 계집이 없을 땐 상업 거래상 의례대로 주인장과 함께 살고 있는 마누라나 며느리라도 내놓아야 될 법이 아니겠소?"

"뭣이? 감이 어디다 대고 마누라와 며느리를 내놓으라고? 이놈, 보자보자하니 인륜 대사도 예의 범절도 전혀 알지 못하는 고얀 놈이로구나!"

주인은 노기를 띤 얼굴에다 눈에 쌍심지까지 크게 돋구며 잡아 삼킬 듯이 으르렁댔다.

"하하하! 주인장, 왜 그다지 역정을 내시오? 방금 주인장도 이르기를 계집이란 팔고사는 물건인데 무슨 절조 따위를 가리느냐 하시질 않았습니까? 그러니 마누라와 며느리도 계집이니 상거래상 소인에게 팔고 주인장은 다시 새것으로 사들이면 더 좋은 것이 아니겠소? 값은 달라는 대로 후하게 내놓을 터이니 즉각 선보이게 하시오."

유충정은 너털웃음을 한바탕 웃고 나서 의연스럽게 명령투로 재촉을 했다.

"저런, 저런, 고얀 놈! 이제 보자보자하니 예절도 윤리 준칙도 전혀 모르는 고얀 놈이로구나."

주인은 기가 막혔던지 자리를 박차고 일어나 길길이 날뛰면서 방문을 뛰쳐나갔다. 그리고 밖에서 대성 고함으로 수하들을 불러모았다. 결국 수라장이 벌어지려는 조짐인지 살벌한 분위기가 감돌기 시작했다.

유충정은 방문 옆에 앉아 있었던 두 내갑장의 눈짓 신호에 따라 밖으로 나왔다. 주인은 십이 층계의 높은 섬돌 위에서 연방 쩌렁쩌렁한 벼락령을 질러대며 극성을 떨었다.

유충정과 두 내갑장은 서너 발 뒤에 나란히 서서 태연 자약한 표정으로 팔짱을 끼고 선 채 그들의 하는 모습을 지켜보고 있었다. 별안간 상전의 비상 소집이라서 그런가 십이 층계의 섬돌 밑에 모여든 사병들은 군영의 정예 군사들 모양 비록 군복은 아니나 사냥복 같은 차림에 당파창과 현월도弦月刀를 든 놈. 허리에 협도와 오라끈을 찬 놈, 궁전弓箭 : 활과 화살을 맨 놈 등 오사리 잡졸들로 사십여 명이었다. 그리고 집 안에 있던 스물서너 살쯤 되어 보이는 주인의 아들도 대화 내용을 엿들었던지 얼굴에 서슬기가 서린 표정으로 머리에 뿔까지 달고 나와서는 아버지 옆에서 호위를 했었다.

"휘하들은 들거라! 지금 우리 집 안에 이역땅 송나라에서 불측한 세놈이 침범하였느니라. 이 세 놈들을 즉각 포박하여 귀신도 모르게 끌어다가 지정된 심산 매혈深山埋穴 : 깊은 산중에 송장들을 묻는 구덩이에 처치하도록 하여라."

주인은 십이 층계 밑에 모여든 수하들에게 추상 같은 불호령을 내렸다.

"옙, 즉각 처치하겠습니다."

상전의 불호령이 떨어지기가 무섭게 앞에 있던 열대여섯 명이 갖가지 흉기들을 지켜들고 늑대들의 무리처럼 일시에 으르렁거리면서 높다란 십이 층계 섬돌을 한 계단씩 올라오기 시작했다. 서슬이 시퍼런 창과 칼날들이 십이 층계의 상마루에 올라와서는 조심스럽게 한 발 한 발 다가섰다. 붉은 피가 날리기 시작하려는 살벌한 분위기였다.

무술이라고는 흉내도 낼 줄 모르는 문관 유충정은 물론, 두 내갑장도 아무런 연장도 없는 빈주먹이건만, 그래도 태연 자약한 태도였다. 한 발 한 발

다가서던 졸개들의 양쪽에서 세 놈의 졸개가 오라끈을 내밀며,

"이 멍청한 새끼들아! 여기가 어디라고 감히 기어들어와 불측한 짓을 범했더냐? 지금 염라대왕께서 너희들 세 놈을 불러들이라는 소명이시다. 이제 여기서는 허튼 짓을 한들 소용이 없으니 온순히 오랏줄을 받고 염라대왕 앞에 가서 심판이나 받아라!"

이 때 팔짱을 끼고 태연히 지켜만 보고 있던 털보 최내갑장은 기다렸다는 듯이 한 발 다가서며 대꾸를 했다.

"오냐. 오랏줄은 온순히 받아주마!"

그리고 오랏줄을 먼저 내민 놈의 턱뼈를 돌주먹으로 올려 치고 나서 허벅지와 목덜미를 움켜잡고 역발살 기개세力拔山氣蓋世로 하늘 높이 치켜들어 주인 부자를 향하여 나뭇단 내던지듯이 던졌다.

"으아악!"

하는 비명 소리와 함께 주인 부자는 던져진 놈에 휩쓸려 십이 층 계단 밑으로 굴러 떨어진다. 이 틈에 살무사 윤내갑장은 당파창을 든 놈의 국부에 발을 날리며 창대를 빼앗아 들었다. 그리고 몰려 올라오는 졸개들을 창대로 밀어쳤다. 여기에 휩쓸리면서 십여 명의 졸개들이 또 십이 층계 밑으로 굴러 떨어져, 층계 밑은 나뭇더미처럼 이중 삼중으로 포개져 쌓이기만 했다. 밑에 깔렸던 주인 아들은 그래도 젊은 혈기라 덜 다쳤던지 얼굴에 낭자한 피를 흘리면서도 끙끙거리며 그 속을 비집고 기어나와서는 뒤에서 멍청히 바라만 보고 있는 졸개들을 향하여 발로 땅을 치며 대성 질호를 했다.

"이 멍청한 새끼들아! 무얼 꾸물대고 있느냐? 냉큼 저놈들의 목을 단칼에 베질 못하고!"

그러나 졸개들은 겁에 질린 듯 호통 소리에 못 이겨 엉덩이를 뒤로 뺀 채

서너 발 나섰을 뿐 더는 다가들지를 못하고 여차하면 줄행랑을 놓을 자세들뿐이다. 이 때 털보 최내갑장은 어쩔 심산인지 홀로 서너 층계를 내려가려는 순간, 졸개들 뒷전에서 활 시위를 벗어난 화살 한 대가 털보 최내갑장을 향해서 직통으로 날아오고 있었다.

털보 최내갑장은 날쌔게 살짝 비키며 날아오는 화살을 낚듯이 후려잡는다. 이어 다른 편에서는 한 자 길이의 협도 한 자루가 또 날아오고 있었다. 털보 최내갑장은 뒷머리에도 눈이 달렸 있었던가. 재빠르게 몸을 날리며 비수의 손잡이를 후려 잡는다. 신출 귀몰의 비범한 무술이였다.

사실 내갑장이라면 직위가 중랑장中郞將:지금의 대령급급이라, 장군급은 못된다. 하지만 무인들이 장군이나 대장군이 되기는 쉬워도 왕의 신변을 지키는 내갑장이 되려면 여러 가지로 비범한 무술들이 갖춰 있어야 되는 것이니만큼 하늘의 별 따기만큼 힘든 자리였다. 지금 이 송사리쯤은 상대라고 보기는 어림도 없는 무술이었다. 이 광경을 지켜보던 졸개들은 혀를 내두르며 혼비 백산하여 누각 대문으로 걸음아 나 살려라 하며 줄행랑을 치기 시작했다. 그리고 더미에 깔렸던 졸개들도 중상을 무릅쓰고 끙끙거리며 안간힘을 다 하여 도망치기에 바빴다.

주인의 아들놈도 추이를 보니 싹이 노랗던지 엉겁결에 어디 쥐구멍이라도 있을까 허둥거리다가는 결국 졸개들을 따라 빨리 나가려 했다. 그러나 털보 최내갑장이 낚아 쥐었던 비수는 용서 없이 그를 향하여 날아갔다. 결국은 악종의 씨도 숙명에는 피할 수 없는 듯 등골에 정통으로 비수가 꽂힌 채 단말마 소리도 한 번 멋지게 질러보지도 못하고 그 자리에 쓰러졌다.

졸개들은 모두 줄행랑을 치고, 십이층 층계 밑에는 오랏줄을 내밀던 졸개와 주인만 단 둘뿐이었다. 주인은 칼날 같은 모서리에 머리가 깨어진데다

더미에 짓눌려 질식한 듯 황소 눈처럼 큰 눈을 뜬 채 뻗어 있었고, 졸개도 주격턱이 송두리째 으스러진 듯 입에 선지피를 품으며 너부러져 있었다.

유충정은 살무사 윤내갑장을 이끌고 십이층 계단 밑에 내려와 털보 최내갑장에게 다가섰다.

"오늘 일은 우리들 계략대로 잘 치른 셈이로군. 될 수 있는 한 악종들 외엔 살상을 피하려 했었건만 안쓰럽게도 졸개 한 놈이 부득이 죽었군. 어쨌건 살상은 줄였으니 불행 중 다행이로세. 이제 남은 일은 여기에 갇힌 여인들을 모두 제 고향으로 돌려 보낼 것이며, 이 집 마누라와 며느리 등속들은 악종의 내조자로 방자하게 지냈던만큼 관가의 노비들로 보낼 수밖에 없질 않겠나. 그리고 좀전에 방에서 본 그 여인은 김치양의 조장지처요, 염자 마님이 틀림없네. 그런데 의지할 곳이 당장 없으니 별수가 있겠나. 마침 이 집을 인계하여 그의 가족들도 찾아가지고 한 가정을 영주하도록 주선하세."

유충정은 침착한 표정으로 두 내갑장에게 앞으로의 지침들을 묵중히 일렀다.

"예, 어사님. 기발한 착상이시오. 당장 그럴 수밖에 별 도리가 없는 처지이니 마침 안성맞춤으로 잘 됐습니다."

"나는 안세왕자께서 어찌된 일인지 그 의문 때문에 될 수 있는 한 속히 궐 안에 들어가 봐야겠네. 그러니 남은 일들은 서둘러 처리 하세나. 일단 여기에 갇힌 여인을 먼저 모두 처리할 것이니, 자네들은 집안에 들어가서 마누라와 며느리, 그리고 자녀들까지 모두 끌어내 오시게."

"예, 알겠습니다."

털보와 살무사 두 내갑장은 십이 층 돌계단을 올라 집 안으로 달려 들어갔다. 그러나 집 안의 아녀자들은 어디에 숨었는지 찾기가 쉽지 않았다.

10

무너진 복매당

찰방사 유충정은 여인들이 구금되어 있는 방들 앞에 다가섰다. 구금된 여인들은 방금 전 수라장의 참경들을 처음부터 끝까지 지켜보고 뭔가 두려운 듯 모두들 공포에 질려 문들을 닫아 걸고 쥐죽은 듯 조용했다.

"이 곳에 갇혀 있는 모든 여인들은 주저 말고 나오시오! 이제는 해방되었으니 마음을 놓고 모두 나와 각자 고향으로 속히 돌아가시오!"

유충정은 엄숙한 목소리로 크게 부르짖었다. 유충정의 낯익은 목소리를 알아들은 듯 먼저 방문을 박차고 나온 여인은 좀 전에 방으로 끌려왔던 그 염자 마님이란 김치양 부인이었다.

염자 마님은 며칠 굶어 탈진 상태임에도 기쁨과 반가움과 환희가 넘치는 듯 감격의 눈물을 흘리며, 버선발로 달려 나와서는 유충정 앞에 무릎을 내리며 합장을 했다.

"사자님, 천사님. 정말 감사합니다. 미천한 목숨들을 이렇게 건져주시니 감개가 무량이옵고 망극지은입니다."

"염자 마님."

유충정은 부인 앞에 한 발 다가서며 나직이 별명을 불러보았다.

"예옛? 사자님께서 어찌 쉰네의 별명을 아십니까?"

김치양 부인은 의아한 표정으로 놀라면서 유충정을 지켜보았다.

"놀라지 마시오, 아주머님. 저는 천사도 아니요, 이역땅 사자도 아니요, 아주머님의 남편 김치양의 자랄 적 친구였던 유충정입니다. 오늘 아주머님을 구하고자 이역땅 송나라 사자로 위장해서 들어온 것이랍니다. 방 안에서는 주인놈 앞이라 반말로 하대한 것이니 널리 양해하십시오."

"오호. 그러셨습니까? 기적적인 상봉이군요. 저는 언젠가 부군께서 막역한 친구분이 계셨다는 말씀은 들은 적이 있었으나, 뜻밖에도 이제 금시 초면에 이런 꼴로 뵈니 부끄럽고 황감할 따름입니다, 유서방님."

"피차 일반이십니다. 저는 아주머님이 시집을 오시던 날 초례청에서 잠시 모습을 보았을 뿐, 그 후로 친구지간에는 세상을 처세하는 길이 달라 이제사 뵈오니 무안할 따름입니다."

"겸손한 말씀이십니다. 그런데 유서방님께서 이 곳은 어떻게 아셨습니까?"

"예, 우연한 일이었지요. 오늘 공교롭게도 내 귀에 아주머님 가정에 대한 이상스러운 소문이 들리기에 의문이 생겨 사시던 집을 찾아가 보니, 아니나 다를까 집안이 이렇게 풍비박산된 것을 비로소 알게 되었답니다."

"오, 그러시다면 저의 집에 시부모님과 두 아이들은 별고 없이 잘 있는지 그 소식도 아시겠지요?"

김치양 부인은 첫째 시부모와 두 자녀들의 안부가 염려된 듯 조급한 표정으로 물었다.

그러나 유충정은 선뜻 대답을 못 하고 주저주저했다. 시부모와 두 자녀가 각각 따로 끌려가 억류당한 것도 모르는 걸 보면, 가족들의 행방 소재쯤은 알고 있으리라 믿었던 기대가 막연하여 대답하기도 안타까운 심정이었다. 그리고 산산조각으로 흩어진 가족의 현 실상들을 사실대로 일러준다면 금시 기절할 것이다. 또 별고 없이 잘 있더라고 말하면 성급하게 무작정 돌아가려 들 것이며, 돌아가서는 아무도 없는 폐허를 보게 되면 실신할 것이니, 어떻게 대답할지가 난감했던 모양이었다.

"유서방님, 어이 말씀을 주저하십니까? 혹시 변고라도 있다는 말씀이십니까? 어서 사실대로 실상을 일러 주세요."

김치양 부인은 초조하게 재촉을 했다. 난처한 일이었다. 잠시 주저주저하던 유충정을 별수없는 듯이 말문을 열었다.

"아주머님. 제가 하는 말에 놀라지 말고 침착하게 들어 보시오. 전에 사시던 집에는 시부모님과 두 아이들도, 그리고 집채도 없었습니다."

"예엣? 그럼 저의 시부모님과 두 아이들은 어찌 되었다는 말씀이십니까?"

김치양 부인은 기겁해서 일어나 물으며 발을 동동 굴렸다.

"아주머님, 흥분하지 말고 침착하게 들어 보시오. 제가 먼저 계시던 옛집을 찾아가서 알아보니 시부모님은 현미 다섯 섬에, 또한 두 아이들은 현미 열 섬에 끌려 가고, 집도 오십 섬에 넘어갔다 합디다. 그리고 시부모님과 아이들에 대해서는 어디에 어떻게들 있는지 행방 소재를 아는 사람도 없었습니다."

"어머나, 세상에, 부모 자식들까지 그이가 팔아 버렸다고요? 이를 어쩌나? 어디로 팔려 갔는지 짚히는 데도 없답니까?"

"예, 그러나 가족들은 빨리 찾아 모시도록 제가 모든 정성을 다 해 볼 작정이니 과히 염려 마시고 차후를 기다려 봅시다."

"부처님. 굽어살펴 주소서!"

김치양 부인은 눈물 보따리가 터진 듯 왈칵 두 손에 얼굴을 가리며 울먹이고 있었다. 잠시 체읍涕泣이 진정되기를 기다린 뒤 유충정은 말을 이었다.

"가족들을 찾는 길은 행여 늦더라도 어떻게든 찾도록 노력할 것이니 과히 염려하지 마십시오. 그리고 의식주도 염려 마시고, 시부모님과 두 자녀를 찾아오거든 이 집에서 한 생을 보람되게 영주하도록 하십시오."

"유서방님. 그게 어인 말씀이십니까? 제 집도 아닌데 어찌 남의 집에서 한 생을 지내라십니까?"

"아니오. 아주머님도 지금 보시다시피 이 집의 두 부자는 저렇게 천벌을 받고 모두 천만리 길의 지옥으로 떨어지고 시신만 남았질 않습니까. 그리고 이 집안의 계집과 자녀들도 악종의 씨들이니만큼 살육은 않았더라도 관가의 종살이로 보내게 되어 있으니, 이 집은 농토와 더불어 아주머님께서 그동안 산전 수전 고생도 많으셨으니 영구장천永久長天으로 관장하셔야 될 집입니다. 그러니 이제부터 아주머님은 흩어졌던 식솔들이 다시 돌아오거든 자이비 없는 가정이나마 굳세게 이끌어 나가십시오."

유충정은 처세의 방도와 설정들을 엄중하게 훈고訓告했다.

이 무렵, 방 안에서 문구멍을 뚫어 놓고 추이를 지켜보던 사십여 명의 여인들은 비로소 의심들이 풀린 듯 환희에 넘치는 화사한 표정들로 우루루 몰려나와 유충정 앞에 모여들었다. 해방된 반가움의 사례를 올리려는 모양들이었다.

"알겠습니다. 그리고 저와 같이 있던 아녀자들도 사례를 드리고자 하는 모양들이니 저는 잠시 물러가 있겠습니다.”

김치양 부인은 같이 있던 여인들에게 자리를 양보하며 유충정의 뒤로 물러섰다. 유충정 앞에 모여든 여인들은 큰절로 장읍하며 말했다.

김치양 부인은 같이 있던 여인들에게 자리를 양보하며 유충정의 뒤로 물러섰다. 유충정 앞에 모여든 여인들은 큰절로 장읍하며 말했다.

사십여 명의 여인들은 감격의 눈물을 흘리며 마냥 흐뭇한 표정으로 한 마디씩 했다. 유충정은 잠시 그들을 둘러보고 나서 엄숙하게 말했다.

“모든 아낙들은 신중히 들으시오. 나는 여러분들을 구제하고자 이방인 행세로 들어왔을 뿐 어엿한 우리 고려 사람이오. 요즈음 같은 태평 성세에서도 세상을 더럽히는 악종들이 설치고 있다는 소문이 들리기에 겨레된 도리로 나섰을 뿐 나에게 은덕이고 사례할 것도 없소.

다만 여러분들에게 한 가지 당부하고 싶은 것은, 여러분들은 대부분이 보쌈질과 감언 이설, 또는 가정의 몰상식한 어른들의 무모스러운 금욕에 억지로 팔려 왔을 것이오. 이 중에는 이역땅에서 후첩이나 기첩妓妾 따위로 한때나마 부귀 영화를 누려 보고자 하는 허영심에서 나온 이도 더러 있다는 말을 듣고 있소.

하지만 여러분들에게 한 마디 충고하노니, 야성이 짙은 오랑캐들에게는 그들 노리개밖에 안 되는 위험 천만한 일이라 엄중히 경계해야 될 것이오. 지금 송나라는 당나라 후예들로, 그 야만인들 속담에도 ‘노리개첩은 삼 년이면 끝장이다’라는 격언이 있소. 다시 말해서 노래개처첩은 아들딸들을 낳아 주어도 소생 명의所生名義는 본처 앞으로 돌아갈 뿐이지, 만기 삼 년이 되면 생화장生火葬 또는 혹독한 종살이를 시키는 것이 그들의 관습이요 법이외다. 그러니 여러분들은 공연한 허영심을 버리고 백년 해로할 수 있는

짝을 찾아 오순도순 한평생 참되게 살기를 간곡히 당부하고 싶을 뿐이오.”

“예, 절실하게 느끼고 체험했습니다. 현명하신 교훈을 받자오니 두고두고 자나깨나 명심 불망銘心不忘하겠습니다.”

“고맙소. 우리 모국의 품 속에서도 때에 따라 어두운 때가 없지는 않겠으나, 허망한 허영심보다 더 어둡지는 않을 것이니, 그리 알고 어서 밝은 가정으로 돌아가 새 삶을 찾으시오.”

사십여 명의 여인들은 숙연하게 품신하며 합장 배수로 크게 장읍을 하고는 물러나가기 시작했다. 그리고 여인들은 누각 대문을 나서면서도 감개가 넘쳤던 듯 수없이 돌아서서 유충정에게 합장 배수로 사의를 표했다.

“아낙들은 대문을 나서기 전에 한 마디 더 들으시오! 앞으로 나는 연락처를 이 집에 둘 것이니, 행여 난처한 일이나 어려운 골칫거리가 있을 시에는 언제든지 주저하지 말고 이 곳으로 찾아오시오! 내가 될 수 있는 한 협조해 드리겠습니다!”

유충정도 흐뭇한 표정으로 한 마디 더 일러 주고는 손을 크게 흔들어 배웅을 했다.

이 무렵, 수라장이 일어날 때부터 인근 마을 주민들은 사병들이 도망치는 모습과 그들의 귀띔들을 알아챈 듯 냉소 섞인 표정들로 굉장한 구경거리라고 누각 대문 안에까지 몰려 들어와 쑥덕거리며 추이들을 흥미롭게 지켜보고 있었다.

이런 가운데 집 안으로 들어갔던 털보와 살무사 두 내갑장은 집 안을 오랫동안 샅샅이 뒤져서 모두 찾아낸 듯 서른대여섯쯤 되어 보이는 주인 마누라와 이십대쯤 되어 보이는 며느리를 비롯해, 성숙된 세 어린이와 그 뒤에는 옷차림들로 보아 찬모들인 듯 두 여인을 이끌고 나왔다. 그들 모두는 주인과 아들의 시신들이 개 돼지같이 처참하게 널브러져 있음을 목격하고는 공포에 질린 듯 창백한 표정들이었다.

두 내갑장은 주인 마누라와 며느리를 끌어다가 유충정 앞에 동댕이를 치듯 꿇어 앉혔다. 그들의 옷차림과 몸치장들을 보면 구중 궁궐의 왕비나 공주도 무색하리만큼 화려하고 사치스러웠다. 주인 마누라는 주황색 당라 주단唐羅綢緞의 스란치마저고리에, 며느리는 보라색 능라 금수綾羅錦繡의 스란치마저고리로 단정하고 있었다. 집 안에서의 평복이 이 정도라면 나들이 옷치장은 얼마나 눈이 부실까 가히 짐작이 가게 한다.

게다가 마누라의 쪽진머리에는 한 자 길이의 황금 봉잠鳳簪에, 목에는 여의주 목걸이, 그리고 양 팔목에는 칠보가 박힌 쌍금 팔찌에, 양쪽 손가락에는 옥첩을 받은 보석 쌍금지환雙金指環과 비취옥지환翡翠玉指環 등이 눈부시게 휘황 찬란하였다. 또 며느리도 시어머니에게 뒤질세라 쪽진 머리에 칠보옥엽잠七寶玉葉簪과 목에는 역시 여의주가 달린 비치옥 목걸이에, 양 팔목에는 칠보를 박은 쌍금 팔찌, 그리고 손가락에는 양쪽의 엄지손가락만 빼고는 여덟 개의 손가락에 칠보쌍금지환과 밀라비취옥지환 등 이 세상의 온갖 패물들은 모두 여기에 모인 듯했다.

두 여인의 차고 있는 패물만도 줄여 잡아 쌀로 친다면 이천오백 석 이상의 액수였다. 그리고 자녀들도 왕세자·빈궁 등과도 못지않은 호화 찬란한 치장들로 차리고 있었다.

큰 계집아이와 열서너쯤 되어 보이는 막내딸과 열 살쯤 되어 보이는 막둥이에, 그리고 며느리가 낳은 서너 살짜리 손주까지 모두 세 아이였다. 주인 마누라와 며느리는 공포에 질린 창백한 표정들로 달달달 떨면서 엎드려 있었고, 그의 자녀들도 마당에 널브러진 가친들의 시체가 끔찍하게 무서웠던 듯 어머니의 등에 매달리며 우악스럽게 울부짖었다. 악종들의 씨들인기 하나 그래도 천진 난만한 어린 것들의 모습은 차마 사람의 눈으로 보기엔 너무나 측은하고 애틋한 정경이었다.

"두 계집들은 고개를 들고 내가 이르는 말 정중히 들거라!"

유충정은 그들 앞에 한 발 다가서며 엄숙하게 말문을 꺼냈다.

"나리 마님. 쇤네들은 미천한 목숨들이오나 불쌍히 여기시어 목숨만은 살려 주십시오. 제발 비옵니다. 나리 마님!"

주인 마누라는 고개를 들고 마치 파리가 앞다리를 빌 듯 손을 마주 비벼 대며 목숨만을 살려 달란다.

"나리 마님. 모진 목숨이지만, 한 번만 너그러이 자비를 베풀어 주십시오. 쇤네들 목숨 부지하는 길이라면 무엇이든 시키는 대로 따르겠습니다. 제발 목숨만은 부지하게 하여 주십시오. 천번 만번 빕니다."

시어머니의 말을 이어 며느리도 두 손을 마주 부비며 애걸복걸이었다.

"어허. 이 난장판에 목숨만 살려 달라니, 너희들은 이 마당에 널브러진 저 송장들이 뉘 것들인지 알고나 하는 말이냐?"

"예예. 알고 있지요만, 쇤네들은 집 안에만 묻혀 있는 아녀자라 어떤 영문도 모르고 있으니 그저 목숨만은 살려 주십시오, 나리 마님."

마누라는 무조건 통사정으로 목숨만 살려 달란다.

"어허. 영문도 모른다니 맹랑한 계집들이로구나. 이런 마당에서도 무슨 죄인지를 모른다니, 그럼 정신 병자들이란 말이더냐!"

"황송합니다. 무슨 죄인지는 모르나 어떤 형벌이든 달게 받겠으니 그저 목숨 하나만은 부지하도록 간곡히 빕니다, 나리 마님."

"너희들 몸에 지닌 패물만 보아도 수많은 애꿎은 아녀자들이 생지옥으로

매장을 당했다는 증거가 역력하거늘, 제 일신만 알고 남의 원통함은 몰랐다고 시침만 떼는 것이냐? 세상을 더럽히며, 공포로 사람들을 불안하게 하는 너희들 흡혈귀 따위는 시급히 이승에서 사라져야 하느니라!"

"나리 마님. 세상을 더럽히고 공포로 불안하게 하는 것은 세간 일들이라 남정네들의 일이며, 쉰네들은 오직 집 안에서 아기를 낳아 주고 남정네 뒷바라지나 할 뿐 무엇을 알겠습니까. 너그러이 자비를 베풀어 주십시오."

"요사한 것들. 지아비란 놈이나 집 안에서 일을 부추기며 내조한 계집년이나 한통속들이니, 범죄는 똑같으니라."

"나리 마님. 이제 무슨 죄인지 비로소 알겠습니다. 쉰네 죽을 죄라 형벌을 달게 받겠으나 목숨만은 제발 살려 주십시오. 간절히 빕니다."

"오늘 너희들의 목숨을 거두려 했다만 아녀자라 살육은 피하고자 하니, 그 대신 내가 이르는 말에나 앙탈 부리지 말고 온순히 응하렸다!"

"예예, 나리 마님. 목숨만 살려 주신다면 이르시는 대로 어떤 일이든 온순하게 응하겠습니다."

"오냐. 그럼 너희들에게 매달려 있는 그 아이들부터 먼저 처리해야 되겠다. 어디 일가집이나 친척집이라도 맡길 만한 곳이 있겠느냐?"

"예, 인근 고을에 애들 삼촌이 있습니다."

"오, 잘 되었구나. 그럼 너희들은 몸에 지니고 있는 패물들은 이제 너희들에겐 무용지물이니 모두 빼가지고 아이들에게 넘겨 주어 삼촌집으로 보내서 그것을 밑천으로 의지하게 하여라."

"예엣? 어미와 새끼들을 영영 격리시킨다는 뜻입니까?"

"그렇다. 수많은 아녀자들을 송나라 생지옥으로 보내게 하였으니 마땅히 너희들도 그들처럼 이역땅 송나라에 가서 쓴맛을 보아야 할 것 아니겠느냐?

그러니 이나마도 응하지 않는다면 당장 이 자리에서 목숨을 버리는 수밖에 없을 것이니 모두 알아서들 하여라.”

“이크. 아닙니다! 목숨만 살려 주신다면 이역땅의 어떤 짓인들 마다하겠습니까. 이르신 분부대로 패물들은 넘기겠습니다만 집 안에도 많으니 그 걸 넘기는 게 어떠할는지요?”

“이 못난 것들아, 그 물건들은 농토와 집과 더불어 관가에 몰수시켜 그 동안 수난당한 여인들의 유족들에게 다소나마 위로해 줄 것이니라. 어서 딴 수작 부리지 말고 내가 이르는 대로 순순히 순응이나 하렷다!”

“예예. 이르신 대로 하겠습니다!”

고부지간인 마누라와 며느리는 착잡함과 참담한 표정들로 패물들을 빼어 각기 어린 아들 조끼 주머니에 넣어 주면서도 집 안에 있는 패물들이 못내 아까운 듯 자신들도 모르게 투덜거렸다.

“아이고, 집 안에 있는 것들이 아까워서 어쩌누……”

유충정은 그런 말을 들은 체도 않고 마누라 옆에 서 있는 계집아이에게 시선을 옮겼다.

“너는 제법 나잇살이나 먹었나본데, 이 집의 누구이며 나이는 몇 살이냐?”

유충정은 어쩔 셈인지 계집아이에게 나이까지 물었다.

“예. 저는 이 집의 딸이고요, 나이는 열두 살이에요.”

“음, 그렇다면 네가 철이 있으니 여기서 개죽음을 당하기 전에 동생과 조카를 이끌고 삼촌 집으로 들어가 의지하여라. 이제 네 어미와 올케는 송나라에 노예로 팔려 갈 것이고, 이 집과 농토들도 몽땅 관가에서 몰수하는 것이다. 그러니 앞으로 이 곳에는 미련이나 볼 일도 없거니와 와본들 개죽음만 당할 것이므로 너희들 삼촌이고 할아비이고 간에 이 곳엔 얼씬도 하지 말라고 일러라. 알겠느냐?"

"예. 나리 마님 말씀을 알아듣겠어요. 하지만 남자들만 죽이셨으면 됐지, 우리 아녀자들까지 벌을 주시는 건 남자 어른들의 체통이 아니요, 그리고 수치가 아닙니까? 나약한 아녀자들이니 한 번만 용서해 주세요. 그래서 우리 엄마와 올케도 같이 가게끔 풀어 주세요. 저희 어린 것들을 가엾게 보아서라도 자비를 베풀어 주세요, 나리 마님."

어린 계집아이는 제법 어른스럽게 울먹이며 간청을 했다.

"너의 말뜻은 알겠다만 지금 그럴 수는 없는 처지이니라. 네 어미와 올케는 생지옥에 갇혀 있는 여인들에게 속죄하는 뜻에서라도 송나라에 들어가 살아야 된다. 또 그 나라의 귀신이 되는 길만이 용서받는 속죄의 길이니라. 그러니 너희 어린 것들은 내가 특별히 보아 주는 것이니 불행한 일을 당하지 않으려면 당장 어디로건 이 곳은 피해야만 된단다. 내 말 알아듣겠느냐?"

유충정의 준엄한 소리에 여자아이는 주저하지도 못하고 울먹이며 떨어지지 않으려는 서너 살짜리 조카를 강제로 끌어서 업었다. 그리고 열 살쯤의 남동생을 강아지같이 질질 끌면서 모자지간에 생이별의 아쉬움도 나누지 못한 채 대문을 걸어나갔다.

이 때 유충정의 뒤에서 이 광경을 바라보던 김치양의 부인은 자신도 자녀들을 잃고 애처롭게 헤매는 처지라 남의 일 같지가 않았던지 눈시울이 붉어져서 유충정 곁에 공손히 다가섰다.

"유서방님. 외람되게 아녀자가 이런 자리에 나설 일은 아니나, 지금 제가 보건대 너무 박절하고 가혹한 처분인가 합니다. 우리 세간에서도 관습이 그렇지 않습니까. 대개의 여자들은 지아비에 딸린 속인이라 내조죄는 됩니다만, 그렇다고 지아비에게 내조를 마다할 수도 없는 일 아닙니까. 이들 범죄가 된 동기는 지아비들의 품행 자체에 있으니만큼 철부지 어린것들을 봐서라도 아녀자들은 관대히 용서하여 주시지요.”

김치양의 부인은 유충정에게 나직이 관대 처분해 줄 것을 간청했다. 민정 民情:백성의 사정과 생활 형편을 보살피는 막중한 찰방사로서 소임에 냉철하라는 왕명까지 받은 유충정으로서는 난감한 일이었다. 지아비에 딸린 계집이라도 지내온 습성들은 세상을 더럽힐 우려가 다분히 있기 때문이었다. 그리고 이역땅으로 보낸다는 말은 자녀들과의 만남을 영구적으로 격리하게 하기 위한 말이었으나, 사실은 국내에서 멀리 떨어진 지방 관아의 기녀나 창기 아니면 노비로 보낼 참이었다.

그러나 지금 김치양의 부인의 간청은 들을 수도 안 들을 수도 없는 난처한 입장이었다. 잠시 고심하던 유충정은 김치양 부인이 모든 가족을 잃고 애태우는 심정을 수렴했던가, 또는 고려 개국의 유일한 벽상공신인 신숭겸 장군 가문의 절의에 눌려 소청을 거슬릴 수가 없었던지,

“알겠습니다. 물러가 계십시오.”

했다. 그리고 자기 눈 앞에서 떨고 엎드려 있는 두 여인에게 말했다.

“두 아낙들은 듣거라. 너희들은 엄중히 극형으로 처리할 작정이었더니라. 하지만 지금 곁에 계신 염자 마님께서 관용을 청하시고, 또 철부지 어린 것들을 보아 참작해서 특별히 자비를 베풀 것이로다. 그러나 한 가지 훈계하노니, 지금 나라에서는 처자식들도 악종들의 씨이므로 이역땅에 축출시키거나 관가의 노비로 활용하게 하라는 특명이었다. 하지만 내가 사사로이 내리는 처분이니 세상에 나가더라도, 나의 사사로운 처분을 생각해서라도 세

상 모르게 살 것이요, 또 지금까지의 습성으로 세상을 더럽히거나 문란하게 하는 일이 없도록 할 것이며, 만일 불측한 일이 들통났을 시에는 냉엄한 형벌로써 다스릴 것이니 각별히 명심하여라. 알아듣겠느냐?”

“아휴, 나리 마님. 정말 감사합니다. 나리 마님의 엄훈嚴訓을 자나깨나 명심하겠습니다. 쇤네들은 고이 풀어주신다니 이승에 새로 태어난 듯 참으로 감개가 무량입니다요, 나리 마님.”

두 여인은 환호하며 기쁨에 격한 듯 벌떡 일어나 합장한 채 여러 번을 날 듯이 장읍했다.

“좋다. 끝으로 한 마디 더 귀담아 들어야겠다. 너희들은 이제 세상 밖에 나가 수절을 하건 팔자를 고치건 그것은 너희들 소신대로 처세할 것이로다. 하지만 남까지 불륜을 부추기거나 음란을 조장하는 것이 없도록 각별히 명심할 것이며, 사치와 허황된 생활은 흡혈귀들의 생활이나 다름없으니 언제 어느 때고 지벌地罰이나 천벌天罰이 노리고 있다는 점을 유의할 것이니라. 또한 너희들 뒤에는 눈과 귀가 항상 지키고 있다는 것을 명심해서 치세하라, 알아듣겠느냐?”

“예예. 그렇잖아도 그런 일들로 인해서 쇤네들이 지금 되우 혼쭐로 맞고 있는데 명심하다마다 여부가 있겠습니까. 불순이고 허영이고 모두 떨쳐 버리고 이제부터는 참된 새 사람으로 돌아갈 것을 하늘을 두고 굳게굳게 다짐을 하겠습니다, 마님.”

며느리가 유창한 목소리로 대답했다.

“오냐. 그렇다면 다행한 일이로구나. 그럼 이제 너희들은 이 집을 마지막 나서기 전에 의례상 지아비들의 시신도 깨끗하게 처리하고 가야 될 것이니, 둘은 이웃집에 가 젊은 장정들 몇 사람을 불러 시신을 수습하고 떠나도록 하거라."

"어떻게 수습하라는 말씀이십까?"

주인의 마누라가 물었다.

"그야 현 실정에서 정식 장례 절차는 못 치르더라도 매장은 시키도록 너희들이 알아서 할 일이 아니겠느냐."

"예예. 쇤네들의 소신대로 알아서 처리하겠습니다. 잠시 기다려 주십시오."

두 여인은 새장 속에서 풀려난 새처럼 바쁘게 누각 대문을 총총히 걸어 나갔다. 고부지간인 두 여인이 나간 뒤를 이어 유충정은 그들 뒤에 움츠리고 서 있었던 찬모 차림의 두 여인에게 한 발 다가섰다. 두 여인들은 모두 나이가 스물대여섯쯤으로 생김새들은 비록 미인 축에는 낄 수 없겠으나, 됨됨이는 순박하고 단정한 용모들이었다.

"너희들의 얼굴을 보아하니 한창 젊은 것들인데 이 소굴에서 무엇하는 아낙들이냐?"

"예. 쇤네들은 미천한 부엌데기들입니다."

"어허. 새파란 것들이 이런 곳의 부엌데기들이라. 너희들 됨됨이를 보아하니 부엌데기질할 얼굴은 아닌가 본데 대관절 어찌하여 이 소굴 속에 굴러들었더란 말이냐?"

"예, 쑥스러운 일이지만 엄전께서 물으시니 대강 여쭙겠습니다. 쇤네는 두 자녀를 둔 어엿한 가정 주부였답니다. 그러나 두 해 전에 팔난봉으로 명성이 자자하던 김치양이란 색한에게 뜻밖에 겁간을 당하여 결국 시집에서 소박 맞고 쫓겨 났답니다. 그래서 친정으로 되돌아갔었으나, 친정은 윤리 준칙이 지엄한 문중이라 소박 맞는 것은 가문의 수치라고 차라리 시집에서 자결해 버리라며 저를 받아 주지 않았습니다.

그런데 자결하는 것도 어떻게 하는 건지 용기도 없었을뿐더러, 갈 곳도 없어 고민 끝에 낯선 이역땅에나 건너가 팔자라도 고쳐 사는 날까지는 살아 보리라 하고 들어왔었지요. 그래서 부엌일을 우연히 거들다 보니 일을 잘 한다며 차일피일 보내 주질 않아서 이 모습으로 억류되고 말았답니다.

한데 부엌살이를 하는 동안 쇤네 지아비는 여러 번 이 곳까지 찾아와 모든 것을 용납할 것이니 돌아와 달라고 애원하기에 쇤네도 자식과 부부지정을 생각하여 돌아가려 무진히 애걸하였답니다. 하오나 이 집 주인댁은 일단 이 집 문턱을 들어서면 쓸모없기 전엔 나갈 수 없노라며 으름장을 놓은 데다, 사람을 파리 잡듯 하는 곳이라 어쩔 수 없이 이렇게 부엌데기로 주저앉게 되었습니다.”

이 여인은 조금 전 구속에서 풀려 난 사십여 명의 여인들을 따라 함께 나갔어도 될 일을 주인 마누라와 같이 안채에서 숨어 있느라 몰랐던 모양이었다.

“으음. 김치양이란 녀석이 근래에도 궐 밖으로 빠져나와 남의 가정들을 애꿎게 파단시켰구나. 고이한 놈이로군…….”

유충정은 속으로 중얼거리다가는 이어,

“그렇다면 마침 잘 되었구나. 너는 지아비와 자식들이 지금도 학수 고대하고 있을 것이니 일각이라도 지체하지 말고 지금 당장 돌아가 따뜻한 가정을 다시 이루도록 하렷다!”

유충정은 여인에게 엄히 귀가할 것을 명령했다.

“예, 생지옥 속에서 불행 중 천만 다행으로 은덕을 입으니 정말 감개가 무량입니다. 이 은덕은 두고두고 잊지 않겠습니다. 내내 존체 만안하십시오.

"나리 마님."

부엌데기 여인은 크게 장읍을 올리고 나서 너무나 기쁜 듯 홀가분한 표정으로 물러갔다. 유충정은 다음 여인에게 시선을 옮겼다.

"너도 소박을 맞았더냐?"

"예, 여쭙기 겸연쩍고 쑥스러운 일입니다. 쇤네는 시집이라고 갔으나 삼 년이 지나도록 아이를 품지 못하여 결국은 석녀石女:아기를 못 낳는 여자로 소박 당한 꼴이 되었습니다. 그래서 친정에 들어갔었으나 제 친정 역시 본래 윤리 준칙이 지엄한 문중이라, 여자란 일단 시집을 가면 죽든 살든 시집 귀신이 돼야 한다는 엄책으로 저를 마다하시니 어디 갈 데라고는 없어 낯선 이역땅에라도 건너가 부처님이 이 몸을 데려가는 날까지 노리개질이든 종살이든 바람이 치는 대로나마 한 생을 의지하려던 것이 이렇게 부엌데기로 잡혀 있게 된 것입니다."

나중 여인은 어디라도 의지할 데가 전연 없는 탓인지 풀려나는 것도 달갑지 않은 듯 울적한 표정으로 사연을 우울하게 아뢰었다. 이 때 마침 유충정 뒤에서 유심히 듣고 있던 털보 최내갑장은 나중 여인의 사연이나 됨됨이가 첫눈에 홀딱 끌렸던지 유충정의 곁에 성큼 다가와서는 나직이 말했다.

"어사님. 소인이 이 기회에 한 가지 청을 해야겠습니다. 소인은 어린 두 자녀가 있습니다만 아내를 잃은 지가 삼 년이나 된 홀아비입니다. 마침 이 여인을 배필로 맞이하고 싶으니 주선시켜 주십시오."

유충정은 털보 최내갑장이 던진 귀띔 소리에 수긍이 되는 듯 고개를 끄덕끄덕하다가 여인을 향해 말머리를 이었다.

"네 사연을 지금 들어보니 따분한 일이로구나. 나는 너희들 모두를 무작정 가정으로 고이 돌아가게끔 하였었다만, 너의 사연을 들어보니 너는 지금

의지할 데가 없다는 뜻이 아니냐?”

“예. 부끄럽습니다. 스스로 목숨을 끊을 담력은 없고 보니 궂은 목숨 그
럭저럭 바람 부는 대로 한 생을 보낼 수밖에 길이 없지 않습니까. 하오니 어
떤 곳, 어떤 험준한 종살이라도 감수할 작정이니 어디건 주선시켜 주십시
오.”

“음. 참으로 기구 망측한 신세로구나. 그렇다면 한 번밖에 없는 귀중한 생
애를 바람 부는 대로 헛되게 보내서야 되겠느냐? 짐승살이와 달라서 인생
살이란 것은 호의 호식하며 안일하게 지내느니보다는 여러 모로 험난과 고
행도 맛보며 사는 것이 더욱 보람있는 값어치요, 참된 생이란다. 허황한 열
등감을 버리고 굳센 용기로 한 생애를 보람되게 꾸려 보거라. 내가 정히 의
지할 데가 없다면 내가 마땅한 배필감을 중매할 것이니 응하겠느냐?”

“나리 마님. 황감합니다. 쇤네는 당장 오갈 데도 없는 신세인데 응하고
말고가 있겠습니까. 하지만 운수 팔자 사납게도 쇤네는 임신을 못 하는 돌
계집인가 하니 어찌 죄스럽게 색다른 사내를 또 낙심하게 할 수 있겠습니까.
차라리 버려진 몸 노리개첩이건 종살이건 숙명이 다 하는 한 부담없이 속
편하게 지내다 가는 것이 쇤네 갈 길인가 하니 그리 주선하여 주십시오.”

“어허. 그런 생각은 헛된 열등 의식이며, 공연한 자학이니라. 그리고 사람
마다 체질이 다르고 정혈精血이 다른진대, 약을 쓰면 대개는 임신을 할 수
가 있을 것이요, 설혹 아기를 못 본다 해도 서로가 한 생의 외로움과 희로애
락을 같이하면 그것이 바로 보람된 인생살이니라. 내가 중매할 신랑 측에는
어미 잃은 자녀가 있으니, 낳은 정도 깊으나 기르는 정도 두터운 것이므로
너의 처지로서는 행복한 인생의 길을 이제사 영위할 때가 아니겠느냐. 그리
알고 주방에 들어가 우리들이 저녁 식사도 할 겸 주안상을 차리도록 하여

라."

"예, 오갈 데도 없는 몸, 새 인생길이 있다면 쇤네로서는 오죽 반갑겠습니까? 쇤네 뜻하지 못했던 은덕을 받으니 감개가 무량이옵고 감읍할 따름입니다. 그럼 나리 마님. 쇤네는 집 안으로 들어가 저녁상을 차릴 것이니 잠시 후 일을 끝내시고 안으로 드십시오."

이 여인도 감격에 격한 듯 뜨거운 눈물을 적시며 십이 층계를 올라 집 안으로 들어갔다.

이 무렵, 이웃집 일꾼들을 부르러 나갔던 주인 마누라와 며느리는 마을에서도 인심을 잃어 상여채마저 못 구했는가, 아니면 부부지간에도 정리가 없었던가, 퇴비 나르던 담가擔架:들것를 세 채 이끌고 들어와서는 송장들을 담가에 싣게 했다. 부군에 대한 예우의 장례가 아니라, 퇴비나 쓰레기를 쳐 주는 격이었다. 그리고 두 고부는 유충정 앞에 공손히 엎드리는데, 그 중 며느리가 품신했다.

"나리 마님. 이제 시신들의 마지막 자리걷이는 깨끗이 끝날 것이옵니다. 쇤네들 너그러우신 자비를 받들어 이만 물러가겠습니다. 한데 외람되오나 기왕 자비를 베푸시는 김에 한 가지만 더 청하겠습니다. 쇤네들 소지하고 있던 패물과 옷가지들도 함께 가져가게 하여 주시면 이 은혜 두고두고 잊지 않겠습니다. 쾌히 허락하여 주십시오."

"뭣이? 옷가지와 패물도 함께 가져가겠다고? 그게 무슨 뚱딴지 같은 소리냐? 아까는 불결한 것들을 몽땅 떨쳐 버리고 참된 새 사람으로 돌아가겠노라 굳게 다짐까지 하더니, 이제는 또 탐욕이 솟구치더란 말이냐?"

"아닙니다. 여쭙기 황송하나 솔직히 아뢰건대 쇤네들은 비록 이 집에 시집이라고 오긴 했어도 형식일 뿐 부부지정이라곤 티끌만치도 없었고, 단지

물질 만능이란 어른들 가르침만 따라 시집살이를 해 온 것이 패물과 옷가
지들밖에는 아무것도 없는 처지랍니다.

삼가 여쭙자면 지아비란 사내들은 재물이나 농토나 임야 따위이지만, 우
리 아녀자들은 그런 집안에서 애를 낳아 주고 길러 주어도 재산이라고는
패물과 옷가지밖에 무엇이 있겠습니까. 부득이 안 되신다면 어쩔 수 없지만,
그 동안 쉰네들은 만일이 우려되어 살아남고자 신주처럼 간직하던 것이며,
또 세상 물정에 경험도 전혀 없는 저희 아녀자로서는 당장 세상살이를 적
응하는 데 크게 밑거름이라도 될까 싶으니, 기왕 자비를 베푸시는 마당이니
쉰네들 어쩔 수 없는 소원도 들어주십시오. 간절한 소청입니다, 나리 마님."

"내가 너희들에게 패물을 허용하지 않는 것은 너희들을 순박한 참 인간
으로 만들기 위함이니라. 옷이나 패믈이란 것은 일시 비상용에 요긴할 뿐
분수에 지나친 것은 언제 어느 때고 좋지 않은 대가를 받게 될 뿐만 아니라,
참된 인생의 보람도 상실되는 것이니 두렵지 않으냐? 그래도 나는 자녀들을
특별히 생각해서 너희가 지니고 있던 패물들을 모두 넘겨주게 하였거늘, 이
제는 집 안에 있는 것마저 욕심이 부풀더란 말이냐? 네 소원이 굳이 지니고
싶다면 후회 말고 챙겨가려무나."

유충정은 여인들의 패물 문제까지 간여하기가 남자로선 어색하고 구차스
러운 듯 소청대로 허락해 버렸다.

"감개 무량입니다, 나리 마님."

주인 마누라와 며느리는 유충정의 간곡한 훈계는 들은 체도 않고 좋아라
며 총총걸음으로 십이 층계를 올라 기거하던 안채로 들어갔다.

세 사람의 시신들은 산으로 운구하고자 이웃에서 데려온 일꾼들은 세 채
의 퇴비 담가에 흩어진 시신들을 하나씩 실어가지고 한 자리에 나열시켰다.

이에 북망 산천으로 떠나려는 것이었다.

그런데 담가 외에 삽이나 곡괭이가 없는 것을 보면 작게나마 봉분을 만들어 묻어 주질 않고 방치해서 산짐승님들에게 공궤하려는 모양인가? 유충정은 의아한 표정으로 그들에게 다가서며 물어 보았다.

"이보게, 젊은이들. 졸지에 궂은 일로 수고가 많네. 그런데 의아한 것이, 이 집 여편네들은 그 시신들을 어찌 처리하라던가?"

"예. 이 댁 마나님과 며느님 말씀이 힘들여 파묻을 것 없이 깊은 산 속의 짐승들에게 먹잇감으로 풍장風葬:시체를 한데에 버려 두어 장사 지냄이나 하라는 분부이셨습니다."

'으흠. 손가락에 못다 뺀 패물들이 있으니 작은 손가락지 한 개만 넘겨 주어도 정장正葬으로 봉분도 족하려만, 두 년들은 부부지간의 정리가 그다지도 비정했던가? 지독한 년들이로고.'

유충정은 뇌까리듯이 투덜거리며 민망스러운 표정으로 길게 탄식을 할 뿐 무어라 만류하지도 못했다. 세 채의 퇴비 담가에 실린 시신들이 줄을 지어 누각 대문을 막 나설 때였다. 집 안에 옷가지와 패물 보따리를 챙기러 들어갔던 주인 마누라와 며느리는 각기 한 아름씩 보따리를 챙겨가지고 십이 층계를 한 계단 두 계단 막 내려서는데, 또 어인 일인가, 이 때 뒤에 따르던 주인 마누라는 땅에 끌리는 스란치마가 발부리에 밟혔던가, 이상하게 앞으로 쓰러지며 앞장 섰던 며느리에 덮쳐 결국 두 여인은 십이층 계단 밑으로 네댓 바퀴 구르면서 굴러 떨어졌다. 마치 높은 산정에서 큰 바위들이 허물어져 내려구르는 형상이었다.

두 내갑장이 경아해서 달려가보니 며느리는 칼날 같은 계단 모서리에 콧잔등의 급소가 으스러진 듯 낭자한 선지피를 내뿜으며 꿈틀거렸고, 주인 마누라는 극심한 뇌진탕을 입은 듯 층계 밑으로 떨어지기가 무섭게 뻗어 버리고 말았다. 상상도 할 수 없었던 괴이쩍한 변고였다.

땅바닥에 끌리게 입었든 스란치마의 탓으로만 단정하기 쉬우나, 한편으로 신앙적이건 원리적이건 그 원인을 자상하게 둘추어 보면, 인육 장사로 인해서 죽어간 수천 명의 원혼들이 좌시하고 있지는 않았을 것이니, 신앙적인 천벌이리라. 또 인과 응보라는 성현들의 말씀을 듣고 보면 이것은 지벌이 내린 것 같기도 하였다. 어쨌든 기이한 참변임에 틀림없었다.

한 마을에 같이 살면서도 이렇게 노여움에 인심까지 잃었던지 이웃 마을 사람들도 이들을 측은해하기는커녕 오히려 고소해하는 표정들로 이 참경들을 바라보고만 있었다.

이들 중 마을의 좌상 어른인 듯한 육십대에 길다란 흰 수염을 드리운 노익장 한 분이 유충정 앞에 나와 읍례를 하고 말을 했다.

"오늘 수고가 많으시오. 소인은 이 마을의 좌수 되는 사람이올시다. 어디에 계시는 뉘시인지는 모르지만, 저희들의 마을뿐만 아니라 온 나라의 골칫덩어리를 말끔히 없애 주셨으니 이제서야 비로소 태평 성세를 만난 게 감개가 무량합니다."

"오, 좌수님이시오? 저는 상서도성尙書都省에 있는 사람으로 바람을 쐬러 산책을 나왔다가 우연히 이 모습을 보고 듣게 되었답니다. 이 집의 족속들로 인하여 이 마을뿐만 아니라 온 나라의 주민들도 애로가 너무나도 막심했겠습니다."

유충정은 수인사로 그럴 듯한 신분을 주워댔다. 상서도성이란 육조 판서를 총괄하는 최고 기관으로, 유충정은 어사대 찰방사라는 어사 신분을 감추고 분위기도 조성하기 위해 직종이 대단히 많은 상서도성으로 얼버무린 것이었다.

"오, 상서도성에 계십니까? 오늘 수고가 정말 많으셨습니다. 우리 주민들은 이들 때문에 애로뿐이었겠습니까. 그리고 저희 마을은 백여 호밖에 안 됩니다만, 한 해에 대여섯 명씩 딸과 며느리들을 도둑 맞고 있었습니다. 그리고 이웃 마을뿐만 아니라 전국 방방곡곡까지 공포증과 울화병으로 죽어 나가는 부모들만도 한 해에 삼십여 명씩이나 되니 원성들이 하늘을 찌를 듯한 실정이었답니다."

"어허. 딸과 며느리들을 어찌 거느렸기에 그다지 도둑을 맞는다지요?"

"예, 여쭙기도 쑥스러운 일입니다만, 이르건대 주민들 대부분은 농군들이라 일터에 나가 있는 게 천직이 아니오리까. 물론 딸과 며느리들에게 엄중히 경계는 시켰지만, 이 곳 납치범들은 괴상한 비법들로 납치하거나, 또는 고이 잠든 새벽녘에 포대 자루로 보쌈질을 해 가니 어찌 당하리까. 그들 납치술은 귀신들도 경악할 지경이랍니다. 하지만 이제나마 평정이 되었으니 하해 같은 은덕에 감개가 무량입니다. 정말 감읍할 뿐입니다."

"저에게 은덕이랄 것까지는 없습니다. 저는 산책을 나왔다가 우연히 맞이했던 것뿐이니 과찬할 것도 없습니다. 한데 의심스러운 것은 제가 알기로는 아녀자들의 납치나 도둑을 당하는 일은 벌써 몇 십 년 전부터 내려온 일들인가 본데 어찌 그 동안 금오위에 고발도 아니하였습니까?"

"예. 나으리께선 의심이 되시겠지만 고발이나 고소는 할 수도 없었답니다. 왜냐 하면 이런 변고는 옛날 이십여 년 전부터 더욱 극심하여 우리 고장뿐만 아니라 온 나라에서 여러 번 들고 일어나 관가에 고소를 하였으나, 이미 인육 간상배奸商輩들에게 관가의 수령들이 수많은 뇌물을 받아먹었기 때문에, 무혐의는 물론 도리어 무고 혐의로 역피해까지 당했습니다. 또 고발·고

소자들의 대부분은 인육 간상배의 자객들에게 귀신도 모르게 죽임을 당하고, 더욱이 시신마저도 어디론가 사라진답니다. 이 곳 오정골의 전임 좌수님과 피해자의 유족들의 십여 명도 오 년 전에 고소했다가 황천도 가지 못하고 어떻게 어디론지도 모르게 안개처럼 사라졌습지요. 실정이 이러하니 납치당한 아녀자들의 부모들은 그 아녀자들이 어느 소굴 속에 갇혀 있다는 것을 잘 알고 있으면서도 주야로 애만 태울 뿐이지, 어디에다 하소연도 못하는 실정이었더랍니다."

"어허, 듣자 하니 정말로 못된 인간 백정들이었구려. 알겠습니다. 뇌물을 받은 탐관 오리가 어떤 놈들인지 우선 규찰하게 해야죠. 오늘은 어둡기 전에 직면한 일부터 처리하고 봅시다. 지금 이 시신들은 비록 제 목숨도 다 하지 못하고 횡사한 꼴들입니다만 그래도 죄값은 어떻든 간에 명색이 사람의 탈을 쓰고 있었던만큼 인륜 대사의 도리로 북망산에 끌어다 구덩이에 파묻어 봉분이라도 해서 의례는 갖추어 주어야 될 것 아니겠소?"

유충정으로서는 주민과 피해 당사자들의 입장을 모르는 것은 아니나, 그래도 사람의 시신을 땅 속에 묻어 주질 않고 산짐승들의 먹잇감으로 내버려 둔다는 것은 상상도 못 했던 일이었다. 특히 인간된 도리로서는 보기에도 마음에 몹시 안쓰러웠던 모양이었다.

"나으리, 외람된 말씀이지만 이 족속들은 고이 처리할 수가 없는 악종들입니다. 소인들도 예의 절차를 모르리까마는 혈원 골수로 우리 조상적부터 몇 십 년을 빌면서 기다려왔었는데 어찌 묵과할 수가 있으리까. 이 족속들은 소인들이 알아서 처리시킬 것이니 나리께서는 아무것도 모르신 척 간여하시지 말고 다른 볼 일들을 보십시오."

좌수의 말에 이어 주변에서도 한 마디씩 했다.

"나으리. 그 인간 백정들은 저희들이 간을 꺼내어 술안주라도 한 점씩 하고 나서 처리할 것이니 나으리께서는 모른 척 지나가십시오."

그 주변 사람들의 노호성怒號聲은, 딸이나 며느리를 잃은 유족들인 듯, 자못 듣기에도 모골이 송연하였다.

"나으리, 망자들에 대해서 주민들의 예의는 안되었습니다만, 저 노성들을 들어보십시오. 모무가 모였다면 저놈들의 살점은커녕 뼈도 안 남을 것이외다. 그러니 이 곳의 몇몇 사람들이나마 액땜으로 한풀이와 원풀이를 한들 누군들 만류할 수가 있겠습니까. 그러나 아녀자들의 시신들은 추하고 꾀씸해도 사나이답게 묻어 주도록 할 것이니 그리 아시고 나으리께선 간여하지 마시고 모른 체하십시오. 그럼 소인들은 이만 끝고 가 나름대로 처리시키고 다시 뵙겠습니다."

좌수는 엄숙하게 한 마디 품신하며 크게 장읍하고는 몇몇 장정들을 동원시켜 십이층 계단 밑에 떨어진 주인 마누라와 며느리를 안으려 했으나 낭자한 피 때문인지, 안지는 못 하고 손발만 하나씩 움켜잡은 채 질질 끌어다가 대문 앞 퇴비 담가의 시신들 위에 포개 싣는다.

그 중 며느리는 크게 다쳤어도 목숨이 붙어 있어 살려 달라며 허위적거리고 있건만 누구 하나 거들떠보는 이도 없고 주워갈 홀아비도 없었다. 그 한 가지의 욕심만 아니었던들 고이 한세상을 살 수가 있었으련만, 결국은 자신의 운명을 스스로 자초한 격이니 사람의 눈으로 보기에는 심히 민망스러운 광경들이었다.

다섯 구의 시신을 포개 싣고 세 채의 담가들이 대문 밖으로 모두 사라질 무렵, 유충정은 잠시 무슨 생각인가 골똘히 심사 숙고하다가는 일이 되어가는 형편에 따라 어쩔 수 없었다는 듯 두 내갑장에게 말했다.

"이보게. 한 사람은 밖에 쫓아나가 좌수를 잠시 동안 다시 불러주시게. 그리고 또 한 사람은 저 십이층 계단 밑에 떨어진 보따리들을 가져오시게."

"예, 알겠습니다."

살무사 윤내갑장은 즉각 누각 대문으로 달려나가고, 털보 최내갑장은 십이층 계단 밑에 떨어진 두 보따리를 양손에 들고 왔다. 곧 이어 누각 대문에서 살무사 윤내갑장이 좌수를 대동하고 들어왔다. 좌수는 유충정 앞에 공손히 머리를 조아렸다.

"찾아 계십니까, 나으리."

"예, 좌수님을 부른 것은 다름이 아니올시다. 여기에 폐물 두 보따리가 있습니다. 그런데 무게가 얼마나 나가는지 저희들이 잘 몰라서 그러는데, 무게는 농사하는 분들이 잘 아실 터이니 쌀로 몇 말 무게가 되겠는지 한 번 들어 보시겠습니까?"

"예예, 정확히는 몰라도 대충은 압니다. 소인이 들어보겠습니다."

좌수는 침착한 표정으로 두 보따리를 한 손에 움켜잡고 신중하게 들어보았다.

"무게는 쌀로 치면 소두小斗:8kg로 두 말 반 정도의 무게인뎁쇼."

서너 번 신중하게 중량을 달아보던 좌수가 말했다.

"오, 소두로 두 말 반 정도 무게라면 그 속에 몇 가지 옷들을 빼면 어림잡아 이백오십 돈쭝이라, 쌀로 치면 한 돈쭝에 소두 닷 말 값이니 천 석이 넘겠습니다."

"예, 순금으로만 친다 해도 그렇게 되겠습죠."

"알겠습니다. 이 두 보따리는 상급 관아에 보관하게 할 것이니 좌수님은 전국 온 나라에 피해당한 유족들을 일일이 찾아가지고 명단을 작성시켜 주십시오. 그리고 한동안은 내가 이 집이 정리될 때까지 머무를 것이니 될 수 있는 한 서둘러 제출하도록 힘써 주십시오. 딸자식과 며느리를 잃은 유족들 마음이야 한없이 아프겠지만, 이미 죽어간 사람을 이제 어찌하겠습니까. 그래도 다소나마 위로가 될까 싶어, 혈원 골수의 한맺힌 물건이나마 적절히 분배시켜 돌려보내려는 것이니, 참담했던 과거를 잊어버리고 새 마음으로 가정을 밝게 일구도록 달래 주십시오.”

“예엣? 이 패물들은 나으리께서 관장할 것이지 어이 뭇 사람들에게 넘기려 하십니까?”

“이 패물들은 피해당한 백성들의 원한이 얽혀 있는 것이니, 피해당한 백성들의 것이오. 나는 피해당한 가정이 아니고. 나라 또한 관장할 자격이 없질 않습니까? 그러니 여러 소리 마시고 고되시더라도 전국에 젊은 장정들을 풀어 방문榜文도 널리 붙이게 하여 유족들 중 하나라도 빠짐없이 확실하게 찾아주십시오. 그리고 나랏님께 장계도 올려야 될 것이니 명단을 작성하여 분배가 잘 되도록 도와 주십시오. 앞으로 유족들을 찾아내자면 경비가 많이 들 것이니 우선 있는 대로 받으시오. 여기 있습니다. 별도로 수고비는 톡톡히 드릴 것이니 정성을 다 해 주십시오.”

유충정은 유족 찾기를 당부하며, 오늘 퇴궐할 때 내탕고에서 인출한 내탕전 이십 냥을 도포 속 주머니에서 꺼내준다. 이십 냥이면 쌀 이십 가마니 값이다. 유충정이 패물 보따리를 좌수에게 맡기지 않고 피해 가족들의 명단을 작성하게 된 이유는, 행여 부정적인 비리나 착복 등을 우려한 때문이기도 하지만, 유족들을 정확하게 찾자는 취지였던 것이었다.

“예, 시일이 걸리더라도 전국 방방곡곡에 젊은 사람들을 풀어 방문을 붙여 한 사람의 누락자가 없도록 철저하게 찾도록 시키겠습니다.”

"그리고 한 가지 더 묻겠는데 이 집의 농토는 얼마나 됩니까?"

"예, 인육 장수로 떼돈을 벌었으니 부정한 농토와 임야들이 어머어마합니다. 임야는 차치하고서라도, 논이 백오십 섬지기에, 밭이 이백오십 섬지기로 농토만 사백 섬지기랍니다."

"오, 사백 섬지기라면 모두 소작인들에게 주어도 소작료가 한 해에 사백 석은 저절로 들어오겠군요?"

"아암요. 한 가마 추수에 닷 되가 소작료로 수납되는 것인데, 지난 해 추수 때까지만 해도 한 해에 사백 석이 아니라 칠백 석씩이 수납되었던 집이었습니다."

"알겠습니다. 제가 좌수님께 이 일도 당부해야겠습니다."

"예, 무슨 당부신지 소인이 할 수 있는 일이라면 무엇인든 마다하겠습니까. 힘닿는 한은 정성을 다 하겠으니, 어서 일러 보십시오, 나으리."

"제가 당부하고자 하는 것은 다름이 아닙니다. 이 집과 농토들은 전부 나라에 몰수시킬 것입니다. 그리고 전국에서 생계도 막연하거니와, 우리 종묘 사직에 특별히 존귀하면서도 가련한 가정이 있어 이들에게 집과 농토들을 포함해서 모두 적선시킬 것이니 앞으로 좌수께서는 이 집에 들어오는 사람들을 이웃 사촌처럼 잘 돌봐 주시기를 바랍니다."

유충정의 당부 내역은 이 집과 농토들을 김치양의 부인에게 모두 넘겨줄 것이니 앞으로 자기가 없는 사이라도 여기에 대해서는 일절 의심이나 시비나 괄시하지 말고 잘 도와주라는 당부였었다.

"예예. 그런 것은 추호도 염려 마십시오. 이제 저희들의 고통을 깨끗이 없애 주셨으니, 지금부터 태평 성세인데 어떤 분이 오시건 나으리의 은덕을 생각해서라도 이웃 사촌이 아니라 한집안처럼 대하겠습니다, 나으리."

"고맙습니다. 나는 나라일에 바쁜 몸이라 연락은 이 집으로 하시면 되겠습니다. 하지만 자주 만날 수는 없는 몸이니 좌수님만 믿고 있겠습니다. 그럼 더 볼 일이 없으니 이만 돌아가 보십시오."

"예. 이 곳 일은 소인에게 맡기시고 소임에나 임하십시오. 소인은 이만 물러가겠습니다."

좌수는 크게 장읍을 하고 물러나갔다.

"자, 이제는 여기에 남은 쓰레질밖에 없네. 그리고 나는 안세왕자의 의심스러운 행색 때문에 속히 궐 안으로 들어가 보아야 될 것이니 모두들 해가 지기 전에 서둘러서 맡은 일을 해치우고 저녁상을 받도록 하세."

좌수가 물러가자 즉시 유충정은 두 내갑장에게 집 안의 자리걷이로 쓰레질을 재촉했다.

"예, 안세왕자의 행색이 아무래도 의심스러운군요. 빨리 저녁상을 들고 예궐해 보셔야지요."

세 세람은 소매를 걷어붙이고 자리걷이를 시작했다. 자리걷이라야 무당굿이 아니고 주인 족속들이 입던 옷가지들과 침구들을 비롯하여 의장衣欌과 금침장衾寢欌 등 손때가 묻은 것 전부를 대문 밖에 끌어내어 소각시키는 쓰레질이었다. 그리고 한편에서는 김치양의 부인과 부엌일을 하던 여인이 육간 대청에다 새 만화석을 깔고 두레반상에 식사와 주안상을 진설하느라 수선이었다.

한참 자리걷이를 마친 유충정과 두 내갑장은 손들을 털고 대청에 올랐다. 두레반상에는 세 사람의 식사를 겸한 주안상이 진설되어 있고, 그 곁에는 여인들의 겸상으로 소반도 차려 있었다. 부엌일을 하던 여인이 앞치마에 손을 닦으며 들어와서는 공손히 식사를 권했다.

"차린다고 수선만 떨었지 솜씨가 변변치 못합니다. 시장들 하실 것이니 변변치 못하오나 많이 들어 주십시오."

이 때 유충정은 이미 예상하고 있었던 듯 잠시 털보 최내갑장과 부엌일을 하던 여인을 번갈아보면서 말을 시작했다.

"오늘 우연스럽게도 이 곳이 흥숭했던 마당이였었네만 뜻밖에 최서방과 지금 부엌일을 도와준 부인의 인연이 한자리에 모이다 보니 비록 육례 절차 六禮節次:혼인의 의례 순서는 환경과 처지에 따라 채비는 없었으나마 신랑 신부 양자간의 마음 한 가지만을 믿고 나는 중신을 서고자 하네. 두 사람의 신원 과 처지 내역들은 차차 알게 될 것이고, 사주 궁합도 보나마나 천생 배필로 서로가 만족할 것이니, 두 신랑 신부는 단출하게 교배交拜로써 전안 예식奠 雁禮式:혼인 예식을 대신하시게."

신랑 신부에 대한 예식 채비가 없으니 서로가 맞절만으로 혼례식을 대하 라는 뜻이었다. 털보 최내갑장은 사전에 청했던 바라 싱글벙글 마냥 즐거운 표정이었다. 그러나 부엌일을 하던 여인은 안마당에서 좀전에 유충정이 중 매를 하겠다던 말만 듣고 있었을 뿐, 느닷없는 신랑감이 이 곳에 있는 사람 이라니, 아닌 밤중에 홍두깨격으로 당장 신랑의 당사자가 눈앞에 있고 보니 어리벙벙한 표정으로 주춤하고 있었다.

이 때 김치양의 부인은 비로소 유충정의 속셈을 알아챈 듯,

"오호라, 이 자리가 이제 보니 경사스러운 혼사 자리였더랍니까. 뜻하지 않았던 일이네요. 별안간 맞는 일이라 채비가 전무全無합니다만, 제가 초례 상이나마 챙겨 올 것이니 잠시 밥상을 한편으로 치우시고 기다려 주십시 오."

하며 부엌으로 나갔다. 잠시 지나서 김치양의 부인은 행자 반상杏子盤床:은

행나무로 만든 높은 소반상에 정화수 한 그릇, 그리고 대홍촉大紅燭 두 개를 밝혀 가지고 들어왔다. 본래 정화수라는 것은 어디에건 치성을 들이려 할 때 첫 새벽녘에 떠 놓은 물을 말함이다. 그러나 현 실정으로서는 별수없이 새벽녘에 떠놓은 정화수는 아니나마 칠원성군께 백년 해로의 부부된 선서만은 고하게 하려는 것이었다. 김치양의 부인은 명색이 초례상을 대청 복판에 놓고 이어 여인을 부액하여 최내갑장과 양편에 마주 서게 했다.

"두 분께서는 천생 배필인가 정말 반갑습니다. 객창客窓:나그네가 객지에서 묵는 방에 예상하지 못했던 갑작스러운 일이라 육례 절차는 채비가 없어 아쉽지만, 그런 대로 칠원성군님께 백년 해로의 선서나 엄숙히 올리십시오."

김치양의 부인은 두 신랑 신부에게 맞절로 교배례交拜禮를 시켰다. 교배례는 의례대로 부선재배婦先再拜 서답일배參答一拜, 즉 신부는 두 번이고 신랑은 한 번으로 큰절을 시켰다. 그리고 김치양의 부인은 술잔에 술을 따라 들고 신랑의 입가에 들이댔다. 신랑은 기다렸던 듯이 넓죽 반 잔 넘게 들이켜고 내민다.

김치양의 부인은 반의 반 잔 남은 술잔을 신부에게 들이댔다. 신부는 술 내음도 못 맡는 듯 입에 대는 시늉일 뿐, 초혼이 아니건만 예상하지 못했던 별안간의 신랑 앞이라 몹시 수줍었던지 양볼은 귀밑까지 홍당무처럼 붉게 물이 들어 고개를 들지 못하고 있었다.

"오늘은 두 분께서 술이 쓰건 달건 마셔야 백년 해로에 희로애락도 같이 할 수가 있답니다. 단숨에 넘기시지요."

하는 김치양의 부인의 권유에 못 이겨 신부는 눈을 내리감고 쓴약 마시듯 넘겼다. 두 몸이 한 몸으로 한평생 희로애락을 다짐하는 합환주合歡酒인 것이다. 이어 김치양의 부인은 먼저 같이 재배를 시키고 나서 두레반상에 모두 둘러앉게 했다. 이제 비로소 상우례相遇禮로 한가족이 한 상에 모여 저녁상을 맞는 것이었다. 느닷없는 결합이라 채비란 것은 물과 술뿐이나, 그런대로 숙연하게 명색이 전안례는 치른 셈이었다.

다섯 사람의 세 가족이 한 상에 모여앉아 수인사들을 나누고 나서 정겨운 이야기꽃들을 피우며 한창 즐겁게 식사를 하고 있을 때였다.

"이리 오너라! 이리 오너라!"

누각 대문 밖에서 굵직한 낯선 사나이의 사람 부르는 소리가 들려왔다.

"어떤 사람인지 소인이 나가보겠습니다."

살무사 윤내갑장이 식사를 하다 말고 달려 나갔다. 그리고 문빗장을 열어제치고 보니 문 밖에는 형부성 관복에 패검을 드리운 위풍 늠름한 풍체의 형관 하나가 형리 두 사람을 대동하고 서 있었다. 그들의 차림새들로 보아 이 집에 들어오기 전 바깥 뜰 어귀에서 보았던 그 삭발 소년을 호위하고 지나간 무리들임을 직감하게 했다.

"어디서 오신 누구십니까?"

"나는 형부성에서 나온 형관이니라. 주인장을 만나고자 왔는데 계시느냐?"

형관은 살무사 윤내갑장의 옷차림으로 보아 이 집의 노복奴僕으로 여겼던 듯 말투가 거칠었다.

"예예. 계십니다요. 어서 듭시지요, 형관 나으리."

살무사 윤내갑장은 제법 노복답게 굽신거리며 앞장 서서 공손히 안내했다. 형관은 두 형리를 이끌고 거만한 위풍으로 패검을 번득이며 유유히 따라 들어갔다. 이들이 십이 층계단 섬들을 올라오는 그 차림새들을 보고 찰방사 유충정과 털보 최내갑장도 첫눈에 안세왕자를 호송했던 무리임을 알아챈 듯 관심 있는 표정을 지었다.

유충정은 그렇잖아도 궁금했던 터라 자리에서 일어나 대청머리에 나서며 형관을 공손하게 맞이했다.

"어서 오십시오, 형관 나으리."

"당신이 이 집의 주인장이시오?"

형관은 대청머리 앞에 우뚝 멈추어 서며 거만스럽게 유충정에게 물었다.

"예. 그렇습니다. 어인 일로 오셨는지 우선 방으로 듭시죠."

유충정은 깍듯이 공대하며 형관을 사랑방으로 안내했다.

"고맙습니다, 주인장."

형관은 응대하며 유충정을 따라 사랑방에 들어가 보료에 마주 앉는다.

"형부성 형관께서 이런 변변치 못한 민가에 어인 행차시오?"

유충정이 먼저 말머리를 꺼냈다.

"예, 사연을 이르겠소. 내가 이 집을 찾아온 것은 다름이 아니오. 근자에 막중 국사를 어지럽히는 중죄인이 한 놈 있어 참수시킬 처지는 못되므로 불자나 되게 하고자 오늘 이 곳 송악산 기슭에 있는 숭교사에 입산시키게 되었는데, 이에 따라 우리 형부성의 형리들 십여 명이 감시를 맡게 되었소."

"오허. 옥문도 아닌 산사에서 감시하자면 불편이 많겠습니다."

"예. 그래서 한 가지 난처한 것은, 절간에는 비린 음식이란곤 새우젓조차도 없고 토끼풀들뿐이라, 우리들의 식사가 마땅치 않습니다. 그런 여유로 당분간만이라도 도움을 청할까 하여 이 마을에 내려와 보니 여러 집들 중 이 집이 마음에 끌리어 이렇게 찾아오게 되었소."

"오, 한 마디로 말해 그 감시하는 형리들의 삼식을 소인집에서 한동안 의존하시겠단 그런 말씀 아니시오?"

“예, 바로 그렇습니다. 며칠 몇 달을 신세질지 기간은 알 수 없으나, 그놈의 행동거지를 보아 될 수 있는 한 속히 처치할 작정이니 그쯤 아시오. 식량과 찬거리는 보름마다 궁중 비용사備用司:쌀을 관장하는 요물고料物庫와 찬거리를 관장하는 의영고義盈庫에서 넉넉히 보내올 것이니, 당분간 구차하시더라도 편의를 봐 주시오.”

“형부성 형관께서 청하는 일이라면 막중한 나라 일인데 우리 민가에서 어찌 마다할 수 있겠습니까. 머지않아 농경기가 닥쳐오겠지만 우선 나라의 일부터 편의를 드려야죠. 식사를 할 사람은 대관절 몇 분이시오? 그리고 이곳에 교대로 내려와 식사를 하시겠지요?”

“예, 식사를 할 사람은 나까지 열여섯입니다. 그러니 여덟 명씩 반반 교대로 내려와 식사를 할 것이오.”

“좋습니다. 농가라 성가신 일이나 막중한 나라의 일이니 정성껏 편의는 봐 드려야죠. 한데 오늘 저녁 식사는 어찌 하시었소?”

“예, 오늘 저녁 식사는 절간에서 멋도 모르고 받은 첫상이라 우격다짐으로 했습니다. 그러니 내일 아침부터 차려 주시오.”

“알겠습니다. 내일 아침부터 내려와 식사하도록 하시오.”

“고맙습니다, 주인장.”

“겸사의 말씀이오. 그건 그렇고 소인이 한 가지 묻고 싶은 것이 있습니다.”

“예, 말씀해 보시오. 내가 아는 한은 서슴없이 말씀해 드리겠습니다.”

“고맙습니다. 소인이 묻고자 하는 것은 다름이 아니라 형관께서 형부성에 계시면 궐문 출입을 자주 하시니 혹시 김치양이란 작자를 아시는가 해서 묻는 것입니다.”

유충정은 어사대 찰방사라는 기밀한 신분이건만 어찌할 심산인지 김치양에 대한 말을 들추었다.

"아하, 아다마다요. 그분은 궐 안에 계신 왕모 천추태후의 새 부군이시며, 벼슬이 우복야 겸 삼사사로 재상의 신분이오. 나는 그분과 내종지간內從之間:고모의 아들,《고려사 개설》에서는 김치양과 함께 왕족이라고 적고 있으나, 저자의 연구에 의하면 오기일 것으로 판단됨으로 형부시랑 이주정입니다. 그러니 아다뿐이겠습니까. 그런데 주인장께서는 어찌 김치양이란 분을 잘 아시오?"

"예, 그 작자는 옛날에 소인과는 소꿉친구요 술친구로, 죽자 살자 하던 단짝이었지요. 하지만 세상길을 걷는 뜻이 달라 소인은 산간 벽촌에서 과시 공부를 하느라 십여 년을 통 보지 못하던 터에, 요즈음 그 친구의 옛집을 반갑다고 찾아가 보았더니 철새같이 어디론가 행방도 없이 이사 갔다는구려. 풍문에는 그 친구가 궁중에 큰 감투를 쓰고 떵떵거린다기에 혹시나 아시는가 해서 물은 것입니다."

"오호, 그런 사이이시라면 즉시 만나 보셔야죠. 제가 천추전에 수시로 출입하고 있으니 금명간에 연락을 취해 보겠습니다."

"예, 그렇잖아도 소인도 재작년에 제술 갑과製述甲科에 장원으로 급제를 하였습니다만, 어인 일인지 아직 임명장이 없어 이렇게 허송 세월을 하다 보니, 그 친구 생각이 나서 한번 만나보고 싶었던 참입니다. 만나도록 주선시켜 주시오."

"호, 제술 갑과의 장원 급제라면 나라의 임명장 없이 놀아도 육 년 지나면 저절로 검교정승檢校政丞, 無任所 堂上官에 오르는 품위인데 무슨 걱정이시오? 하지만 가급적이면 무엇 심심풀이라도 소임은 있어야 할 것이니, 마침 이번 기회에 김공을 만나 의뢰하면 만족스러운 직분도 천거받을 수 있을 것입니다. 제가 내일 아침에 예궐하여 상봉하도록 주선을 할 것이니, 이런 때를 놓치지 말고 단단히 의뢰하여 보시오."

"고맙습니다, 이공."

"천만에요. 집안이나 다름없는 내종형의 친구지간의 만남이라 고맙고 반갑기는 피차 일반입니다."

"그런데 소인은 임명장이 없으니 아직 평민이라 나라일을 알 필요는 없지만, 그래도 앞으로 세상 돌아가는 물정쯤은 다소라도 알고 있어야 될 성싶고, 이공이 수행하는 일이 궁금해서 좀 알고 싶구려. 대관절 그 중죄인은 어떤 놈이기에 옥문에 가두어 놓지 않고 절간에다 가두어 애꿎은 형리들만 생고생을 하게 하시오?"

찰방사 유충정은 앞으로의 대비책을 마련하고자 함인 듯 그럴 법하게 낚싯밥을 던지며 넌지시 캐물었다.

"예, 말씀드리기 겸연쩍은 일입니다. 그놈의 죄상에 관해서는 막중 국사에 특별한 기밀이라 부모와 처자지간에도 말할 수 없는 일이니, 그저 장해물이라는 것만 아시면 됩니다."

"오, 우리 막중 국사에까지 장해를 끼치는 놈이라, 그렇다면 그놈 아주 못된 역적놈이구려?"

"예, 한 마디로 못된 역적놈이죠. 그러나 적절한 기회를 보아 쥐와 새는 물론 귀신들도 모르게 감쪽같이 없앨 작정이니 조금도 염려할 건 없습니다."

"오, 잘 알아듣겠소. 그럼 숭교사에 오르자면 산길이 험할 것이니 어둡기 전에 돌아가 보십시오."

"예, 내일 아침부터 신세를 끼칠 것이니 오늘은 이만 물러가겠습니다."

형부시랑 이주성은 먼저 들어올 때와는 달리 겸손하게 방문을 나섰다. 식탁으로 돌아온 유충정은 두 내갑장과 두 여인들을 다시 식상에 둘러앉게 했다. 그리고 멈추었던 식사를 다시 이으며 방금 사랑방에서 형관과 주고받은 내역들을 대충 말해 주었다. 두 내갑장들이 알아둘 내역들과 두 여인들에게 형리들의 삼식을 당분간 부탁하기 위해서였다.

"그러니 보름마다 식량과 찬거리들을 보내어 주겠다는데, 그 동안 양식거리와 반찬거리는 있겠소?"

유충정은 털보 최내갑장의 새 아내가 된 여인에게 물었다.

"예, 곡간에 쌀이 백오십 가마 넘게 있고, 땅 속 저장고에 반찬거리도 넉넉한 것 같습니다."

"오, 그렇소. 사병들과 감금된 아녀자들은 모두 합해 백여 명씩이나 뒤치다꺼리하던 집이라 그런 정도는 있겠죠."

유충정은 앞으로 어찌할 속셈인지 득의 양양한 표정으로 뇌까리며 반주를 기울였다. 김치양의 품행과 가족들에 대한 모든 비밀들을 공연한 헛수고도 없이 직접 장본인과 통해서 해결할 기회가 온 것이 흐뭇했던 모양이었다.

"유서방님. 저의 부군을 만나게 되면 우리 가족들 모두가 본래대로 한집안에 모여 살게 되겠지요?"

김치양의 부인은 유충정의 빈 잔에 술을 따르며 지아비의 귀가를 크게 기대하는 기색으로 물었다. 그러나 유충정은 고개를 설레설레 저으며 냉정하게 말했다.

"절친한 친구지간이었던 터라 입장이 겸연쩍습니다만 지금은 안 됩니다. 근일간 염자 마님의 시부모님과 자녀들을 어떤 수단 방법으로든 한집에 모여 살게끔 온 힘을 기울여서 찾도록 하겠습니다만, 그 부군이란 작자는 부모 처자들을 개 돼지처럼 팔아먹고 궁중의 위신만을 위하여 일신상의 야망 밖에 모르는 위인이라, 이제 가족들과 만나면 또 패륜 행위를 서슴지 않을 것이니, 행여 마주치더라도 냉정히 대하거나 낯을 피하셔야 합니다. 그리고 언젠가는 부군이 반성하고 빌며 기어들 때가 있을 것이니, 그 안에는 인내와 냉정함으로 자중하셔야 됩니다.”

유충정의 충고에 김치양의 부인은 수긍을 하면서도 부부지간의 미련은 버릴 수 없는 듯 침울한 표정이었다. 제 부모 처자들을 잔혹하게 물건처럼 팔아먹은 그런 사내를 그래도 한평생의 지아비로 섬기고자 하는 그 미련은 어찌 보면 천치 같기도 하다. 그러나 전안례를 올리기 전이라면 남남이라 눈여겨 볼 것도 없겠지만, 초례 때 칠성님께 부부로서 백년 해로의 희로애락을 다짐하고, 또 한때나마 한 금침 속에서 깨가 쏟아지듯이 정을 나누며 자녀까지 둔 이 마당에 아무리 잔혹한 지아비라 할지언정, 그리고 첩을 두었다 해도 짐승이 아닌 이상 한 생애에는 하나밖에 없으니 인륜 대사에 일부종사만은 하늘이 두쪽 나도 어길 수가 없었던 모양이었다.

“염자 마님은 그 부군에 대한 미련을 두지 말고, 한동안 괴롭더라도 참고 기다려 보시오. 그리고 오늘부터는 이 집의 주인이시라, 의식주는 조금도 걱정 없으니, 앞으로 흩어져 있는 시부모와 자녀들을 찾는 일에나 우선 치중하여 봅시다.”

유충정은 상에서 물러나 앉으며 재차 이르고는 이어,

“윤서방은 오늘 주워들인 두 패물 보따리를 최대부崔大夫:중추원사 겸 어사대대부 최항의 댁에 갖다가 보관시키고 오시게. 그리고 염자 마님의 가족들을 찾을 때까지 신랑 최서방과 신부는 이 집 건넌방에서 신방을 차리도록 하시게. 나도 그 동안 사랑방에서 윤서방과 같이 머무를 참일세. 그럼 더 볼

일이 없으니, 나는 예궐하여 안세왕자에 대한 의문들을 살펴보고 와야겠
네."

유충정은 윤내갑장과 최내갑장 내외에게도 지침을 이르고는, 수선스럽게
일어나 대청문을 나섰다.

— 2권에 계속

286

천추태후와 남첩 1

1판 1쇄 인쇄 2009년 2월 10일
1판 1쇄 발행 2009년 2월 20일

지 은 이 신주현
편집주간 장상태
편집기획 김범석
디 자 인 정은영

발 행 인 김영길
펴 낸 곳 도서출판 선영사
주   소 서울시 마포구 서교동 485-14 영진빌딩 1층
Tel 02-338-8231~2   Fax 02-338-8233
E-mail sunyoungsa@hanmail.net
Web site www.sunyoung.co.kr

등   록 1983년 6월 29일 (제02-01-51호)

ISBN 978-89-7558-181-6   04810